徳 間 文 庫

アイスクライシス

笹 本 稜 平

徳 間 書 店

目次

主な登場人物

郷田裕斗（ごうだひろと）……日本の資源探査会社・ジオデータ社所属。海底油田の探査のため北極海の基地へ。

山浦哲生（やまうらてつお）……ジオデータ社の若手社員。大学では地球物理学を専攻していた。

峰谷友美（みねたにともみ）……ジオデータ社社員。基地の庶務一切を取り仕切る。

ジェイソン・マクガイア……アメリカの準石油メジャー、パシフィック・ペトロリアムからオブザーバーとして参加。屈強な男で無類の酒好き。

アーロン・モース……オブザーバーとして参加した海洋学者。華奢な体格。

チャーリー・ノアタック……カナダ系イヌイット。狩りが得意。

サミー・ピアクトク……チャーリーと同郷のイヌイット。

水沼敏夫（みずぬまとしお）……ジオデータ社社長。

アレックス・ノーマン……パシフィック・ペトロリアムの副社長。

プロローグ

二〇二X年一月九日。ロシアの国営通信社、イタルタス通信が発信したあるニュースが世界を駆け巡った。

ロシアの核物理学研究の総本山であるクルジャコフ研究所が、かつてソ連とアメリカが研究に力を注ぎ、けっきょく断念した純粋水爆の開発に成功したという。純粋水爆とは起爆剤として原爆を使わない水素爆弾で、俗に「きれいな水爆」とも呼ばれる。

そもそも核融合反応による水素爆弾は、原理的にセシウム、ストロンチウム、ネプツニウムなどのフォールアウト（放射性降下物、いわゆる死の灰）を生成しない。その意味ではきれいな核爆弾なのだが、熱核材料である重水素や三重水素に核融合反応を起こさせるためには、その前段階として原子爆弾を爆発させ、高温高圧のプラズマをつくる必要がある。

その原爆によるフォールアウトの生成が避けられないため、従来の水爆は決してきれいな核爆弾にはならない。ビキニ環礁で行われた水爆実験で、第五福竜丸を含む日本の漁船数百隻が大量の放射能で被曝したのはそのためだ。

　純粋水爆とは異なる概念での「きれいな核爆弾」と言われるものに中性子爆弾がある。こちらは核爆発による破壊力よりも爆発時に発生する中性子線による殺傷力を高めたもので、主に戦術核としての運用を想定したものだ。

　中性子線はコンクリートの壁や戦車の装甲を通り抜け、地下鉄が走る程度の地下まで透過する。そのため都市圏なら広範囲にわたって兵員や住民を殺傷できる。一方で爆風や熱線による破壊力はある程度コントロールでき、都市インフラや建造物への被害は最小限度に抑えられ、爆弾投下後の占領の際に、自軍の地上部隊を速やかに展開できる。

　しかし人や動物に対する殺傷力の強化という面からみれば、道徳的な意味で「きれいな」とはとても言えない。こちらはアメリカによって一九八〇年代に戦術核兵器として開発され、欧州における中距離核戦力の中心兵器として配備が検討されたこともある。

　純粋水爆の場合は起爆剤として原子爆弾を使用しないため、原理的にフォールアウトをまったく生成しない。その意味では字義どおり「きれいな水爆」と言っていいが、原爆の代わりに核融合反応を引き起こすための手段の開発が難関だった。

　反物質触媒による核パルス推進や粒子励起(りゅうしれいき)ガンマ線などという、現在の科学技術のレベルからみてもSFに近い手法が提案されはしたものの、実現に至るどころか、世界の核技術者や軍事専門家のあいだでは、ほぼ開発は断念されているものと見做(みな)されてきた。

報道が事実なら、クルジャコフ研究所はなんらかの方法でその難関をクリアしたものとみられるが、その詳細については機密として一切明らかにしていない。一方、その活用法に関して、クルジャコフ研究所は驚くべき見解を表明した。

爆発力を適切にコントロールでき、かつフォールアウトはゼロとなる。それに加えて、核融合反応で発生する中性子線を特殊な材料によって完全に遮蔽できる。人や環境に害を与えることがないと称するその新型爆弾を、研究所はなんと「ソーヴェスチ（良心）」と命名した。

開発の目的は土木工学分野での使用で、ロシアとしてはシベリア等での大規模な港湾の掘削や鉱山開発、鉄道建設など民生での利用が期待されるとし、アルフレッド・ノーベルのダイナマイトをはるかに凌ぐ大発明になると自画自賛したうえで、近い将来、ロシア領土内で実験が行われると予告した。

もし実験が行われれば、核拡散防止条約や包括的核実験禁止条約に違反するのではないかという疑念に対しては、今回の発明はそれらで規定された核兵器のカテゴリーに入るものではない。従ってその点においていかなる制約も受けない。そもそも「兵器」という表現が不適当で、「新型核融合爆薬」といった表現が妥当ではないかとまで強弁した。

アメリカを中心に、世界は猛反発した。急遽開かれた国連安全保障理事会で、西側諸国は実験の禁止と開発の停止を要求した。むろんロシアはそれに反対し、中国もロシア側についた。安全保障理事会では、常任理事国であるアメリカ、イギリス、フランス、ロシア、中国のうち一国でも拒否権を発動すればいかなる議案も成立しない。

中国がロシア側についた理由は定かではないが、米中摩擦の激化によって孤立感の深まる現状で、ロシアとの関係強化を図るために貸しをつくったとの憶測がある。ロシアのみの拒否権発動で事足りたわけだから中国の加勢にとくに意味はなかったが、ロシアも国際社会での現在以上の孤立は望まず、中国の動きは歓迎すべきものではあっただろう。アメリカは、もし実験を行ったら追加の経済制裁を科すと脅しているが、すでに制裁慣れしているロシアはどこ吹く風だ。

当面、ロシアがそれを新たな軍拡競争の手札にする可能性はなさそうだとみて、西側諸国の批判的な論調もやがて下火になった。技術的な面からみても、ロシアが本当に純粋水爆の開発に成功したと見做(みな)すこと自体が困難で、なんらかの意図をもって流されたフェイクニュースではないかという見解が大勢を占めた。米軍のある高官は言った。

「冷戦時代も現在も、核兵器の存在意義は相互確証破壊にある。一方が核による先制攻撃を行えば、そちらも核による報復攻撃を受ける。双方に膨大な人的、物的被害が出て、国家が壊滅する。悲しい現実だが、その恐怖があるからこそ、世界は最終戦争から免れている。その意味から言えば、爆風、熱線、大量の死の灰や中性子線による被害の少ない純粋水素爆弾の戦略的効果はないも同然だ。そんなものを敵国に撃ち込んで通常核による報復を受けたら、結果は一方的な敗北でしかない」

第一章

1

郷田裕斗(ごうだひろと)は大きく伸びをした。気温はマイナス一七度。きょうは三月二十二日で、この季節の北極の気温としては生暖かいと言っていいほどだ。

日本の資源探査会社、ジオデータが運営するポールスター85は、今年一月上旬に設置された海底油田探査基地で、コードネームの末尾の「85」は現在の北緯を意味している。

ここにやってきて約二ヵ月半経つ。一月から三月にかけての北極の平均気温はマイナス三〇度台で、ときにマイナス四〇度を下回る。そんな極寒の環境にも人間は慣れるもので、きょうくらいの気温なら、ダウンスーツは脱ぎ捨てて、厚手のフリースとアノラックだけでも外で過ごせる。

夏なら北極点近くでも平均気温は零度前後まで上昇する。あえて極寒のこの時期を選んだ理由は、北極海を覆う海氷がいちばん安定するからだ。海氷は海流によって絶えず流動する。氷が融ける夏にはそれが激しく、氷が割れて海面が露出したり、割れた氷同士がまたぶつかり合って、破砕された氷塊が広範囲を埋め尽くす乱氷帯を形成したりする。

基地を運営するための物資を運ぶ航空機の離着陸にも支障が出るし、せっかく氷上に探査機器を設置しても、氷そのものが大きく移動してしまえば集めたデータが意味をなさなくなる。潮流による移動が少なく、大型航空機の離着陸にも堪える厚さ一・五メートル以上の海氷がもっとも発達するのがこの時期なのだ。

しかしこの日の暖かさは、なにか不吉なものを予感させる。とくに根拠があるわけではない。分厚い氷の下は三〇〇〇メートルの深海だが、普段はそれを意識することはない。自分が海の上にいて、足元の氷がなくなれば海の藻屑と消える――。そんな理屈を忘れさせてくれるのがマイナス三〇度を下回る冬の北極の寒さだ。

もちろんいま程度の気温で氷が融けだすことはありえない。しかしその氷の下に人知を超えた魔物が棲んでいるような、理性とは別の畏れのような感情がなぜか湧いてきて落ち着かない。

ここはいわば偽りの大陸なのだ。南極のように堅固な大地に支えられているわけではない。人間は本来陸上の生物なのだろう。自分の足の下に陸が存在しない環境に、人間は本能的に恐怖を抱くのかもしれない。そんな恐怖を忘れさせてくれるのが寒さなのだと、この日の暖かさが逆に気づかせてくれる。

いまいるのは北極点から四二〇キロ南の北緯八五度一二分、東経一三二度二〇分の地点。周囲は見渡す限りサスツルギ（雪原の表面が風で削られた風紋）に覆われた氷の原野で、それを押し潰して描かれた雪上車やスノーモビルの轍（わだち）が幾筋も延びている。

風除けの氷のブロックで囲われたオレンジ色のドームテントが九張あり、うち三張は大型だ。一つは食堂兼会議室用のテントで、もう一つは地震探査用のインパクター（人工地震発生装置）や、基地周辺半径二〇キロに張り巡らせたストリーマーケーブル（受振機内蔵ケーブル）がキャッチしたデータを収集・分析するコンピュータ、インマルサット（国際移動通信衛星機構）による衛星通信装置や、そのバックアップとしての無線機器などが置かれた研究棟。三張目の大型テントは雪上車やスノーモビルの燃料や食料などの貯蔵庫。残りの六張は隊員たちの居住棟だ。

さらに人員や資材の輸送に用いられる雪上車が一台とスノーモビルが五台。いずれも遠目でも目立つような赤や黄の塗装で、それらが白以外に色彩のない雪原の数少ない彩りだ。

いまは午後八時を過ぎた時刻。先ほど夕食を終えたばかりで、太陽はすでに沈んでいるが、極地の太陽は沈んでも水平線のすぐ下を周回しており、まだしばらくは薄暮の状態が続く。水平線は血塗られたような赤に縁どられ、その上の空は次第に紫色に変わり、見渡す氷原もうっすら赤みを帯びている。

郷田たちはこの基地では日本標準時を使っている。日本からやってきているからだというわけではなく、この場所の経度がたまたま日本のタイムゾーンと一致しているためだ。隊員にはアメリカ人もカナダ系のイヌイットも含まれるが、彼らもこのタイムゾーンの使用に不満はない。彼らの母国のタイムゾーンに合わせたら、当地での真昼が真夜中の時刻になってしまい、生活リズムの面で不具合が生じる。郷田たちにとっては本社との連絡に時差がなく、その点でも好都合といえる。

「なんだか薄気味悪い暖かさですね。また一荒れ来るんじゃないですか」

傍らから声をかけてきたのは山浦哲生(やまうらてつお)だ。郷田より七歳年下の若手社員で、理工系の大学院の修士課程を修了した学究肌だが、性格的にも肉体的にもやや線が細い。

石油探査の現場は砂漠や山岳地帯、海洋、それも今回のように北極圏というようなこともある。郷田は高校、大学とラグビーをやっていて、いまも体力には自信があるが、そんな学者タイプの山浦が、どちらかといえば荒くれ者の世界の資源探査会社を選んだのには理由がある。

いまは修士課程や博士課程を修了しても大学に正規の教員としてなかなか雇ってもらえず、臨時講師やポスドクと呼ばれる任期付き研究員としての道があるだけで、それだと生活保護水準すれすれの収入しか得られない。かといって民間企業も彼らを積極的に採用しようとはしない。正規雇用での就職率は学部卒業者よりもずっと低く、近ごろは学歴難民と呼ばれるような状況だ。

　そんななかでなんとかまともな職を得ようとすれば、大学院での専攻分野だった地球物理学と相性のいい民間企業を選ぶしかなく、資源探査の分野でときおり名前を聞くことのあったジオデータの社員募集に駄目で元々と応募したらしい。募集要項に修士・博士課程修了者歓迎と書かれた数少ない企業の一つでもあった。

　ジオデータは設立十五年目の若い会社で、現社長が開発した地震探査の革新的な技術を武器に、いくつかの石油メジャーを含む国内外の大手石油会社を顧客に抱え、いまも成長の途上にある。技術を売り物にする会社という性格から、有能な技術者は喉から手が出るほど欲しい。とくに地球物理学、それも海底地震の研究で修士号を取得したという山浦のキャリアに採用担当の役員は興味を引かれた。

　筆記試験の成績は優秀だった。二次試験の面接担当者として、そのとき白羽の矢が立ったのが郷田だった。山浦の専門は地殻変動由来の地震だったが、その応用としての地震探査にも深い理解を示した。自分にとっても頼もしい相棒になりそうな気がして、郷田は迷わず合格点を出した。

　郷田もまた大学院の博士課程を修了し、出身大学にポスドクとして勤務していたが、そこで得られる薄給では到底飯など食えず、空いた時間にコンビニのアルバイトをして糊口をしのぐ日々だった。

そんなとき、ある学会誌に掲載された求人広告が目に入った。ポスドクにターゲットを絞った広告で、当時は聞いたこともない会社だったが、たちの悪いブラック企業だとしても、ポスドクをただ働き同然でこき使う大学ほどブラックではないはずだ。

郷田の専攻は電気工学で、当時、ジオデータは北極でのより低コストの地震探査技術の開発に力を注いでいた。面接で人工地震発生用のインパクターの小型化について意見を求められ、そのころ興味を持っていた常温超電導による電磁石のアイデアを披瀝(ひれき)した。

常温での超電導の実現は世界の科学者の夢で、現在はマイナス百数十度以下の低温が求められるが、近い将来、マイナス二〇度台の常温超電導が可能になる。それは北極の平均気温を上回る。つまり北極でなら冷却用の液体窒素は必要がなくなり、極めて強力でコンパクトな超電導磁石によるインパクターが実現できる――。そんな思い付きのアイデアを披瀝すると、面接を担当した技術部長はいたく感心した。

北極圏の海底には、全世界の未発見埋蔵量の一三パーセントを占める石油、同三〇パーセントを占める天然ガスが眠っている。それらを巡って、ロシア、カナダ、ノルウェー、デンマークの沿岸四カ国が領有を主張しており、さらにそこでの権益に世界のオイルメジャーが食指を動かしている。加えて地球温暖化によって北極海の氷が融け、太平洋と大西洋を最短距離で結ぶ北回り航路が生まれつつある。つまり大規模な油田やガス田から産出される資源を輸送する天然のインフラも整いつつあるというわけだ。

より低緯度の地域にとっては旱魃や台風、ハリケーンなどの気象災害、氷河の融解にともなう海面上昇という国家の存亡にもかかわる事態が進行する一方で、北極海に面する国々にとっては、それがバラ色の未来でもある。

温暖化の主因とされるCO_2の削減についても、日本を含む世界各国は、さしたる具体策もなく何十年か後のカーボン・ニュートラルの宣言を競い合っているが、口約束でしかない削減目標を本気で達成しようとしている国が果たしてどれだけあるのかと考えれば、つい眉に唾をつけたくなる。

そもそもCO_2を地球温暖化の元凶とする見方に郷田は疑問を持っている。同様の考えを表明する学者も世界には少なからずいるが、CO_2悪玉説の大合唱の前にその声はかき消される。

しかしなんらかの理由による温暖化の進行自体は事実かもしれない。そうだとしたら、絵に描いた餅に終わりかねないCO_2削減にかまけているあいだに、低緯度地域は灼熱地獄となり、砂漠化が進み、島や低地は水没する。一方で耕作不能とされていたシベリアやカナダの北部、さらにはグリーンランドでさえも農業ができるようになり、鉱工業生産も拡大する。そんな世界規模で生まれる格差を緩和するためには莫大なインフラ投資が必要で、それを支えるための経済システムは、いまも大量の石油や天然ガス、石炭を消費することで成り立っている。

石油関連産業に対する風当たりは強い。CO_2削減原理主義者は金融ビジネスの世界にもいて、化石燃料の開発に携わる企業への投資をやめるヘッジファンドや機関投資家も最近は増えてきた。そんな分野のエグゼクティブたちは、大量のCO_2をまき散らしながら自家用ジェット機で世界じゅうの空を駆け巡り、石油なしでは成り立たないあらゆる産業に投資を続けている。

ポールスター85のメンバーは郷田と山浦のほか、峰谷友美（みねたにともみ）というジオデータの女性社員が一名。さらにクライアントであるアメリカの準石油メジャー、パシフィック・ペトロリアムからオブザーバーとして参加する社員が二名、北極圏の現地事情に詳しいカナダ系イヌイットが二名。データの収集と分析もほぼ済んで、今月の末には基地を撤収し、それぞれの故国に帰ることになる。

「極夜が終わって日照時間が延びるのはいいんですけど、せっかく寒さと長い夜に慣れたところでこの変化じゃ、かえってバイオリズムが狂いますよ。なんだか最近睡眠不足で」

山浦は贅沢な悩みを口にする。一月上旬に基地を設営してから二ヵ月あまりは極夜が続いた。しかし三月上旬には太陽が昇るようになり、日照時間は日に日に延びて、現在は十四時間ほど。月末には白夜が訪れる。極点に近いこのあたりでは、白夜も極夜も五ヵ月近く続く。山浦ほどではないが、極地ならではのそんな生活環境の変化に、郷田も体が戸惑っているようなところがある。

「たらふく飯を食って、ジェイソンたちの酒盛りに付き合えば、おれは一気に爆睡しちまうけどな。心も体もおまえほどはデリケートにできていないから」

郷田は生あくびを嚙み殺し、アノラックのポケットから取り出したスキットルのジャックダニエルを口に含んだ。

「郷田さんはいいですよ。アルコールに強いですから。僕は下戸(げこ)で、酔い潰れて大鼾(おおいびき)をかくという芸当ができないんです」

「そんなに毎晩大酒を飲んでたら体がもたないよ。ジェイソンやチャーリーと比べたら、おれなんか子供みたいなもんだ」

ジェイソン・マクガイアはパシフィック・ペトロリアムの石油探査部門のベテラン技術者で、屈強な体格の中年男だが、彼が最も関心のある液体は石油ではなくアルコールだ。朝起きたときに酒臭いことはしばしばだが、日中は断つことができるし、仕事上での判断力は的確で、アメリカ本社からの意に沿わない指示には徹底して反論し、郷田たちが助けられたことも多い。

そんな性格もあってか、彼を煙ったがる上司も本社にはいて、鬱陶しいから北極にでも飛ばせという話になったようだとジェイソンは笑う。そんな会社の雰囲気にうんざりしていたから、費用は会社もちで楽しめる北極ツアーだと割り切って、喜んで参加することにしたとのことだ。そういう頼りがいのあるパートナーだから、この基地のリーダーである郷田としては、三日に一度程度は夜の飲み会に付き合うことになる。

チャーリー・ノアタックはカナダ最北端のエルズミーア島出身のイヌイットで、こちらもアルコールに目がない。イヌイットはかつては飲酒の習慣がなく、体質的にアルコールに弱いとされる。そのため近年はアルコール依存症が急増して社会問題化している。しかしチャーリーはイヌイットとしては特異体質らしく、飲み始めると底なしという点でもジェイソンに負けていない。

狩りの腕も抜群だ。冬の極点近くでも北極の海氷は流動し、ときにリードと呼ばれる割れ目ができる。スノーモビルで遠出をしてはそんな場所を見つけ、そこから姿を現すアザラシや小型鯨のイッカクをライフルで仕留めてくる。そうした海生動物の猟はイヌイットに認められた特権だ。

イヌイットのもう一人はサミー・ピアクトクで、チャーリーと同郷だ。こちらは酒は強くないが料理の腕がいい。料理と言っても普段はレトルト食品や缶詰類が中心だが、チャーリーの狩りの獲物があるときは彼が腕を振るうことになる。

イヌイットの伝統的な調理法は、天日干しした乾燥肉か、凍った肉をスライスして生で食べるというほぼ二種類に限られる。それはそれで慣れると病みつきになる美味さだが、サミーはかつてバンクーバーで調理師の修業をしたとのことで、シチューやソテーなど火を使った料理もなかなかの腕前だ。

アメリカ側から参加しているもう一人のメンバーがアーロン・モースという若い海洋学者だ。ジェイソンとは対照的に華奢な体格で、その点は郷田と山浦の関係と似ているが、性格的には負けん気が強く、ときにジェイソンと激しくやり合うこともある。なにごとにおいてもとことん理詰めで、ジェイソンが白旗を上げることもしばしばだ。

基地の庶務一切を取り仕切るのが峰谷だ。年齢は三十の少し手前だが、若い会社のジオデータではすでに中堅だ。技術系ではなく総務畑で、現地での食料や備品の購入から人員や機材の航空輸送の手配など、ロジスティックス全般を管理する役回りだ。

学生時代には山岳部に所属し、ヒマラヤの八〇〇〇メートル峰で女性として最年少の登頂記録を打ち立てたことがある。入社してしばらくは社内事務専業だったが、極地や砂漠、海洋、山岳など、現場の活動場所が持ち前の冒険心を満たす地域だということに気づき、社長に直訴して現在の業務に就くようになった。

体型はスリムだが、タフネスに関しては山浦はもちろん郷田にもひけをとらず、寒さも暑さも苦にしない。磊落な性格で、うっかり泣きごとを言えば発破をかけられる。ジェイソンとチャーリーが主催する酒宴にもしばしば付き合う。チームのコミュニケーションの要であり、ジェイソンたちからも一目置かれる存在だ。

2

「あっちのほう、雲行きが怪しいですね」

山浦が指さす。その方向にはロシアがある。そのあたりからこちらに向かってうろこ状の巻積雲が広がりだして、その向こうには残照を受けて赤みを帯びた積乱雲の雲堤が低く立ち上がっている。郷田は頷いた。

「天候は下り坂のようだな」

「嫌な色の雲ですよ。先週の猛吹雪の前触れもこんな雲でしたから」

山浦は不安げに言う。北極の低気圧はときに台風並みに発達し、ごく最近の襲来でも三日間荒れ狂った。そのあいだ探査活動は中断せざるを得ず、その後作業を前倒しして、なんとか今月末までに探査終了と撤収が可能なようにやりくりした。

「今度も長引いたら、月末の撤収は難しくなりそうだな」

郷田は微妙な気分で言った。こんな場所からは一刻も早く立ち去って、穏やかな気候の文明社会に帰りたいと思うのが普通のはずなのに、なぜか名残惜しい気分になる。北極に限らずそれはいつものことで、文明から隔絶されたウィルダネスでの生活が生まれついての体質に合っているらしい。

日本には妻と娘が待っている。いまも年数ヵ月、地の果てのような場所で過ごす郷田を、帰国すれば家族は温かく受け入れてくれる。それでも危機はあった。家庭は妻の恭子に任せっきりで、郷田は風来坊のように世界をほっつき歩く。かつてはそれが一年の大半に及ぶこともあった。知らないあいだに恭子は鬱状態に陥っていた。

これから自分で命を絶つ——。任地で受けたそんな電話で、それまでの仕事へのプライドが瓦解した。自分にとっていちばん身近な存在の妻と娘。いつでも自分が帰れる場所だと思っていた家庭——。自分はそれすら護れなかった。世界の人々の幸福に繋がる仕事をしているという自負がいかに能天気な思い上がりだったか。妻と娘を不幸に陥れる自分のような人間が、どうして世界の役に立てるのか。

慌てて妻の実家に電話した。義母と義父が家に向かってくれた。恭子は病院で処方された向精神薬や睡眠薬を大量に飲んで、意識がもうろうとした状態で発見された。やむなく恭子を入院させ、娘は実家で預かってもらった。そんな変化に気づきもしなかった自分をののしりながら、郷田は急遽日本へ向かった。任地は南米の奥深いジャングル地帯だったため、帰国するまで一週間かかった。

病院に駆けつけると、妻の容態は安定していた。心配をかけたと恭子は詫びた。謝らなければならないのはこちらだと郷田は言って、恭子にきっぱりと約束した。もう海外での仕事はしない。内勤に配置換えをしてもらう。それが認められないなら会社を辞める——。

喜んでくれるかと思った恭子が、それはだめだと言い出した。入院して落ち着いて考えた。資源探査の仕事のことを語るあなたの瞳の輝きに惹かれて、自分は結婚を決意した。一時の気の迷いであなたからそれを奪ったら、自分も生きる希望を失うと。一年の大半を別れて暮らして、精神に変調をきたしてしまった。そんな気持ちの弱さを自分は克服したいと恭子は訴えた。

それも不安定な精神状態からくる一時的な言動に過ぎず、元の生活に戻ればまた鬱状態に陥るかもしれない。けっきょく根本原因は自分にある。郷田はそう腹を固め、社長の水沼敏夫に相談した。水沼は親身に応じてくれた。当時、会社は急成長中で、マンパワーは逼迫していた。現場の技術者はつねにフル稼働で、郷田自身もそれを当然のことと受け止めていた。

しかし恭子に起きた事態を耳にして、水沼は考えを変えていた。これまでは郷田のようなアグレッシブな社員に重荷を背負わせ続けた。このままでは会社は成長しながら痩せ細る。社員を消耗品にしてはならない。それでは安定した成長は望めない。ここはいったん成長を止めてでも地力をつける。受注を抑え、マンパワーの配分を最適化し、優秀な人材を積極的に採用する。だから郷田も辞める必要はない。海外での業務は年間三ヵ月以内に抑え、海外勤務のあとは国内勤務とする。

技術開発と現地での探査活動はジオデータにとって車の両輪で、郷田のような技術系の社員にはその両方を担当してもらう。十分とは言えないが、それならある程度家庭と仕事を両立できる。ジオデータは社員一人一人で成り立つ会社で、その社員の生活基盤である家庭を破壊するようなことをしていたら、それはやがて企業の崩壊に繋がる——。

その考えに郷田も同感した。感謝の意を示すと水沼は言った。

「礼を言いたいのは私のほうだ。人間も企業も図に乗ったときが転落の始まりだ。そんな当たり前の事実に奥さんは気づかせてくれた。ときには一歩立ち止まって考えることも大事だよ」

3

遠くからかすかに爆音が聞こえてきて、それが次第に大きくなり、ほどなくその機影が視認できるようになった。大型の機体だが旅客機ではない。アメリカとヨーロッパを最短で結ぶ北極点を通過する航空路はいくつもあるが、普通は一万メートル前後の高高度を飛ぶから、見えても飛行機雲を引く小さな点でしかない。

最近流行の北極圏のアドベンチャーツアーで人や物資の輸送によく使われるのが極地に強いとされる双発のツインオッターだが、機体はそれよりずっと大きい。さらに機影が近づくと、機体の上に円盤型のアンテナを搭載した早期警戒機だとわかる。尾翼にはロシア空軍機を示す赤い星マーク。

しかし早期警戒機もレーダーの探知範囲を最大にするため高高度を飛行するのが普通で、北極圏上空を機体の特徴が把握できるほどの低高度で飛ぶケースはまれなはずだ。

「この周辺で、どこかの船が遭難でもしたんですかね」

山浦も怪訝そうに言う。ロシアは砕氷船の保有数では世界最大で、北極海沿岸での資源探査や物資輸送に盛んに投入しているし、北極圏航路の既得権益確保を目的に、中国も自国の砕氷船をしばしば投入していると聞く。

しかし海上での捜索活動なら対潜哨戒機を使うはずだ。早期警戒機は空軍が運用する機体で、対潜哨戒機は海軍が運用する。そんな場合はまず海軍に声がかかるはずなのだ。

わずかに風が強まってきた。気がかりなのは不審な早期警戒機よりも、不穏な雲行きのほうだった。郷田と山浦は食堂兼会議室の大型テントに戻った。

ジェイソンとチャーリーがイッカクの干し肉を山盛りにしたアルミの大皿をテーブルに置き、ジンのボトルを開け、恒例の酒宴に入ったところだった。彼らは北極の寒さでも凍らないジンやウォッカのような蒸留酒を好む。

外の雲行きを説明すると、ジェイソンは手元のタブレットを操作して、インマルサット経由でアメリカ国立気象局のサイトにアクセスする。北極圏一帯の天気図と気象衛星の写真をダウンロードして、備え付けのプリンターに出力した。

印刷された衛星写真と天気図をテーブルに置いて、ジェイソンは唸る。

「こいつはでかいな」

西部シベリア方面の北極海に巨大な低気圧の雲があり、ノヴァヤゼムリャ島を含む広大な地域を覆っている。その中心は現在地から約二〇〇〇キロほど。半径が九〇〇キロはあるため、暴風域の端まではここからざっと一一〇〇キロ。衛星写真は三時間前に撮影されたものだから、現在はそれよりかなり近くまで達していると考えられる。郷田は唸った。

「低気圧の速度にもよるが、あすにはここも呑み込まれるな」

探査の業務はほぼ終了していて、結果は良好だった。水深三〇〇〇メートルの海底に埋蔵量五億バレル以上の巨大油田の存在が確認された。場所はロシアが領有を主張しているロモノソフ海嶺(かいれい)に隣接する水域で、現在、北極海でどこの国も領有を主張していない数少ない場所の一つだ。

ロモノソフ海嶺は北極点を含み北極海を横断するように続いており、デンマークもその一部をグリーンランドの大陸棚だと主張している。さらにカナダも一部を自国の大陸棚だと主張し、それぞれ重なっている部分もある。各国の主張はいまも確定しておらず、アメリカはアラスカ沿岸のＥＥＺ以外は管轄権を主張していない。しかし石油のみならず、天然ガスから石炭、さらに希少金属などの天然資源の宝庫である北極海の争奪戦を、指を咥えて見ているつもりはない。

南極は国際条約によって世界のいかなる国も領有の主張ができない。しかし北極についてはそうした条約がない。最近は米中対立ばかりが注目され、東シナ海や南シナ海での中国の傍若無人な振る舞いが国際社会の非難の的になっている。その陰に隠れて目立たないが、温暖化によって氷の融解が進み、船舶の航行が可能な海域が増えている北極海も、じつは周辺各国による権益の草刈場と化している。そこでの覇権を虎視眈々と狙っているのがロシアだ。

領有権を主張できる有効な大陸棚を持たないアメリカが、北極海の争奪戦に加わる手段は、まだどの国も領有を主張していない海域で有望な油田を発見することだった。今回の探査は、アメリカの資源探査衛星が海氷上に染み出たオイルスリック（海底油田から染み出た石油による海面上の油膜）を発見し、いち早くその情報を得たパシフィック・ペトロリアムが、ジオデータをパートナーに乗り出したものだ。

この海域の水深は二〇〇〇メートルから四〇〇〇メートル。かつては数百メートルが海底油田の採掘の限界とされていたが、世界的に見れば、現在は二五〇〇メートルでの採掘がすでに行われており、三〇〇〇メートル以上の能力を持つ掘削リグも登場している。準メジャーと見做されるパシフィック・ペトロリアムにとっては、北極開発の重要な橋頭堡となるものであり、アメリカの世界戦略にとっても大きな意味がある。

あすからは基地周辺に張り巡らしたストリーマーケーブルの回収に取りかかり、月末には基地を撤収して、一七〇〇キロ南のレゾリュートから飛来する輸送機にピックアップしてもらう予定だった。しかし北極の低気圧は極点付近で迷走し、ときに一週間以上荒れることもある。

「予定どおり帰国できる可能性は、ほぼ消えましたね」

山浦は落胆を隠さない。本人は北極が好きで参加したわけではないから、待ちに待った帰国が先に延びるのが嬉しいはずもない。しかしジェイソンは意に介さない。

「おれとしては、本社に戻ったっていいことがあるわけじゃない。待っているのは、北極で白熊に食い殺されて欲しいと願っているような連中ばかりだから、もうしばらくここで美味い酒を飲んでいられるほうが嬉しいよ。この低気圧の大きさなら、最低でも四、五日は身動きがとれないからな」

きょうまでの滞在期間中に、ひどい低気圧に襲われたことは何度かあった。いずれも今回ほど大規模ではなかったが、猛烈なブリザードと低温で、テントの外で行動することはほぼ不可能だった。もちろん作業計画には予備日も含まれているが、それはほぼ使い切っている。

「ところで、さっき——」

例のロシア軍機の話を聞かせると、さして関心もなさそうにジェイソンは言った。

「確かに爆音が聞こえたな。ロシアのやることはわからないことばかりだ。おれたちの探査活動が気に入らないから、早く立ち去れと脅しをかけてるんじゃないのか」

「たしかにね。高度は一〇〇〇メートルくらいだったから、あれじゃ早期警戒機としての役割は果たせない。ただ図体の大きい飛行機だから、脅しには役に立ちそうだ」

「早期警戒機には兵装はないから、怖がることはなにもない。ポールスター85は民間プロジェクトでも、バックには米連邦政府が控えているしな」

不敵に言ってジェイソンはグラスに注いだジンを呷る。そのときテントの外でまたかすかな爆音がして、それが一気に耳を劈く轟音に変わる。慌ててテントの外に飛び出すと、三機の戦闘機が、さきほどの早期警戒機が向かったのと同じ方向に飛び去るのが見えた。こちらも尾翼に赤い星のマークが見える。

「スホーイ35だよ。現在のロシア空軍の主力戦闘機だ。ずいぶん低く飛んでいたな」

ジンのグラスを手にしたままテントから出てきたジェイソンも、さすがに驚きを隠さない。隣接する居住用テントから峰谷も出てきて、飛び去って行く戦闘機を眺めて問いかける。

「なにが起きたの？　戦争でも始まるの？」

「ロシアがこの近くの海域の領有を主張しているといっても、別に紛争が起きているわけじゃない。そもそもアメリカは大陸棚の権利は主張していないし、ここに関しては、ほかのどこの国も領有を主張していない」

ジェイソンは顔半分を覆う赤髭を撫で回す。

「ああ、ここは公海上だから、軍用機が上空を飛行したとしてもなんら問題はない。とくに気にすることもなさそうだ。それより雲行きがだいぶ怪しくなってきた」

空を見上げて郷田は言った。シベリア方面から流れてくる巻積雲は次第に密度を増して、水平線上の積乱雲も高さを増しているように見える。強まってきた風が耳元でかすかな唸りを上げる。峰谷が問いかける。

「また低気圧が近づいてるの？」

「かなりでかいやつがね――」

気象衛星の写真で確認した状況を説明すると、峰谷は落胆したように言う。

「じゃあ撤収用の輸送機のチャーターもやり直しになりそうね。橇付きのＬ１００は、最近は北極圏ツアーで引っ張りだこで、なかなかスケジュールが押さえられないのよ」

Ｌ１００は軍用輸送機の定番ともいえるＣ１３０の民間用の機体だ。今回基地で用いている雪上車を含む探査用の機材は、ツインオッターのような小型機では運べない。

北極圏ツアーも近年は大規模化して、ノルウェーやデンマーク、ロシアなどの大型砕氷船による極点クルーズも行われているが、より手軽に楽しめる飛行機によるツアーも盛んで、北極海の氷盤上に着陸できる大型機として引く手あまたなのが、Ｌ１００やロシア製のイリューシン76、ウクライナ製のアントノフ74だ。レゾリュートをベースにカナダの民間航空会社が運航するL100のチャーターも峰谷が担当している。

「焦ってもしようがないよ。食料も燃料も十分備蓄がある。あと一ヵ月だって大丈夫だ」

ジェイソンはむしろ楽しげだ。峰谷が釘を刺す。

「保って二週間といったところよ。いまの減り方だと、ウォッカとジンはたぶん五日も保たないわよ」

「そりゃまずいな。ツインオッターをチャーターして、臨時便で運んでもらえないか」

「そんなことで無駄な経費は使えないわよ。消費量を減らすか、なくなったら我慢してもらうかしかないわ。あなたの健康のためにもね」

峰谷はぴしゃりと言う。切ない声でジェイソンは応じる。

「しようがない。調子に乗るなってチャーリーによく言っとくよ」

自分が飲む分を減らす気はなさそうだが、なくなれば氷でも舐めていてもらうしかない。

「状況を本社に連絡しておくわ。ジェイソンもアメリカの本社に状況を報告しておいて。なんだか忙しくなりそうね。基地撤収のスケジュールも組み立て直さないと」

そうぼやきながらも、峰谷はどこか楽しげだ。そろそろお役御免の時期が近づいたと思ったら、思わぬ大仕事の出現でまた出番ができたかと、内心喜んでいる気配さえ窺える。

4

夜半を過ぎて、テントの外の風音が激しくなった。外に出てみると、空の半分は満天の星だが、シベリア方向は星がまばらだ。夕刻に広がりだしていた巻積雲がさらに厚みを増して、基地の上空まで覆い尽くそうとしているようだ。気温はマイナス一五度と、夕刻よりも上がっている。温暖前線が近づいているのだろう。

温暖前線の通過前後には概して気温が上昇する。もちろん風もブリザードも強まるから、外での行動は困難だが、それに続く寒冷前線の通過後は、気温は一気に低下する。

ジェイソンが新たにダウンロードしたアメリカ国立気象局の天気図と気象衛星の写真を見ると、低気圧は夕刻に見たときよりも一〇〇キロは接近している。しかし低気圧の移動速度としてはむしろ遅いほうで、もしこのままの速度で進んだとしたら、極点付近に長期間停滞しかねない。

気象局の発表では、低気圧の勢力はこの冬最大で、北極海を航行するすべての船舶に警戒警報が発令されているという。もちろんテントの耐風性と耐寒性は十分それに耐えられるし、燃料の備蓄もゆとりがあるから、外を出歩かない限りとくに危険なことはない。

しかし強風とブリザードのなかを備蓄用のテントまで出かけるのは困難だから、とりあえず数日分の食料や燃料を会議室兼食堂用テントに運び、個人用のテントからの移動も難しくなる可能性があるから、全員がスペースにゆとりのあるこちらのテントで寝泊まりすることにした。これまで何度か低気圧に襲われた際にも同様の対応をとっていたから、とくに反対する者はいない。

峰谷が四日分の食料と燃料をリストアップした。今回の低気圧の場合、四日で嵐が収まる保証はないが、全員が寝泊まりするとなるとスペースはそれでぎりぎりだ。足りなくなったら量を減らして食い繋ぐしかない。さっそく作業にとりかかり、必要な物資を運び込んだ。各自のテントから私物や寝袋も運んでおいた。

そんな状況を東京の本社に連絡すると、スケジュールの遅れはやむを得ないが、安全第一で行動して欲しい。今後はパシフィック・ペトロリアム側と緊密に連絡をとり、万一の際には米軍の艦艇や航空機による救援を要請すると言う。

そうは言っても猛烈なブリザードを突いて飛行機は着陸できないし、アメリカは北極点近くを航行できる強力な砕氷船を有していない。ロシアにはそれがあり、最悪の場合に救難要請をすることも考えられるが、北極海沿岸の港湾から極点付近に到達するには一週間から十日はかかるから、この場合、それほど役に立つとは思えない。

けっきょくなにが起ころうと、ここで堪えるしかないというのがさしあたっての結論だった。ジェイソンがアメリカの本社と連絡をとった結果も似たようなもので、探査そのものは成功裏に終わったのだから、帰国はとくに急ぐこともない。基地に籠っている限り危険はないだろうと、のんびりしたもののようだった。

ここまでの探査データは衛星回線でジオデータのサーバーに転送してあり、むろんパシフィック・ペトロリアムもそれを共有している。吐き捨てるようにジェイソンは言う。

「おれたちはもう用済みなんだよ。生きて帰らなくても痛くも痒くもないというのが連中の本音だろうな」

「そう僻むこともないだろう。いまのところ命のリスクがあるわけじゃないんだし」

郷田は鷹揚に言った。チャーリーとサミーはなにを騒いでいるんだという顔で、慌てる様子はかけらもない。けろりとした顔でチャーリーが言う。

「こんなので人が死ぬようなら、おれたちイヌイットはとっくの昔に絶滅しているよ」

「でも、狭いテントに一週間も閉じ込められたら、精神に異常を来しますよ。トイレに行くのだって命懸けだし」

山浦は情けない声を出す。会議用テントの近くには簡易トイレが設置されていて、周囲は氷のブロックで囲んである。

「ほんの一〇メートルくらいじゃない。それで遭難する人なんていないわよ。自信がなければロープで確保してあげるから」

ヒマラヤ経験者の峰谷が発破をかける。ジェイソンが言う。

「そのときはこのテントを囲んでいる風除けブロックの陰でやればいいんだよ。用を足したとたんにカチカチに凍ってしまうから、臭いの心配をすることもない」

「でも、海が荒れて氷が割れるかもしれない」

山浦は次々不安の種を思いつく。サミーが宥めるように言う。

「心配ないよ。この辺りの氷は北極圏でもいちばん厚い。現に一月には大型の輸送機が着陸できたんだから」

基地を設置するにあたっては、イヌイットたちの意見を参考にした。彼らはスノーモビルを駆使して北極点近くまで狩場にする。その経験知は大いに参考になった。彼らが太鼓判を押したこの場所には、機体重量が三五トン、そこに一五トンの貨物を積んだL100がなんなく着陸できた。

毎年四月に入ると、ロシアの民間団体が北緯八九度に大型ジェット機が離発着できる滑走路を持つアイスキャンプを設置して、そこにホテル並みの宿泊施設を用意し、世界中から研究者やツーリストを迎え入れている。北極はいまやそんな観光ビジネスの舞台でもある。地球温暖化で海氷の面積が縮小しているのは事実だが、それはカナダやグリーンランド、シベリアなどの沿岸地域の話で、北極点を中心とする高緯度地域は、夏でもほとんど陸地のような場所なのだ。

「ただしそれは、海水温が一定している場合の話だよ」

アーロンが皮肉な調子で口を挟む。山浦が問いかける。

「それが変わるケースがあるの？」

「もちろんあるよ。たとえば海底火山の噴火とか、なにかの理由で海流が変化した場合とか。暖流のスカンジナビア海流が北に蛇行すると、極点近くの海水温が上がることがある」

「馬鹿馬鹿しい。それで極点の海氷が融けて、でかい穴が開いたという話は聞いたことがないぞ」

ジェイソンが鼻で笑う。彼には学者としてのキャリアはないが、現場一筋の石油掘削技術者で、油田開発のプロとしての実績は申し分ない。そのプライドがあるから、アカデミックな領域の話になると、妙にアーロンに張り合うところがある。

「そういう単純な問題じゃないんだけどね——」

動じる気配もなくアーロンは応じる。

海水温が上がっても気温は変わらないから、氷が融けるのは水中の部分だ。つまり氷は薄くなるだけで、上から見た限り変化がない。北極についても南極についても、海氷の面積は飛行機や人工衛星で観測できるが、厚さは空からは計測できない。しかし過去の衛星写真を解析すると、北極点付近にリードや乱氷帯が特異的に多い年がある——。

「それが、氷が薄くなった証拠だというんだね」

山浦が興味深げに問い返す。そこだというようにアーロンは頷く。

「そういう年に限って、スカンジナビア海流が北極点方向に蛇行しているんだよ。深海底での火山の噴火が確認されたこともある」

「くだらない話だな。おれたちは地震探査をやっている。海底火山の噴火が起きれば、センサーが検知するはずだ。いまのところそういうデータは得られていない。海水温も上がっていないし、氷厚にも変化はない。いい加減な話で不安を煽るなよ」

ジェイソンが吐き捨てる。海水温と氷厚は地震波の速度に影響するから、基地を設営して以来、観測は怠っていない。山浦はその言葉に納得したようだ。

「確かにそうだね。そういう特異なケースまで心配していたらきりがないから」

「最悪の事態はつねに想定しなきゃいけない。それを言いたかっただけだよ。低気圧で荒れているときにそんなことが起きたら、誰も助けには来られないから」

アーロンは投げやりな調子で言い返す。仲をとり持つように郷田は言った。

「アーロンの言うことにも一理ある。海水温と氷厚のチェックはしっかりやっておかないとな」

「大丈夫ですよ。必要なデータはもう本社に送ってありますけど、その後もデータの収集は継続していますから」

不安が払拭されたように山浦は応じる。そこは科学者の端くれで、理詰めで納得すれば頭の切り替えは早い。

峰谷は八日後の三月三十一日に予定していた撤収のための輸送機のキャンセルとその後の機材の確保について、バンクーバーに本社のあるカナダの航空会社と交渉している。いまこちらのローカルタイムは午前一時で、バンクーバーは午前九時。先方はちょうど始業時間だ。

峰谷はてきぱきと事情を説明し、現在の予約はいったんキャンセルしたあと、状況の推移をみて再度予約を入れるから、機材の確保を柔軟に行って欲しいと要請した。

航空会社の担当者は、すでに予約が埋まっていて要望に応じるのは難しいと渋ったようだが、峰谷は執拗に粘って、なんとか四月五日のフライトを確保した。嵐が多少長引いたとしても撤収作業を前倒しすればたぶん間に合うし、だめならまたキャンセルすればいいと、峰谷はあっけらかんとしたものだ。

5

テントの外に出ると風の唸りはさらに強まって、基地の周囲を白い亡霊のような雪煙が駆け回る。その隙間から覗く頭上にはもう星は出ていない。気温はマイナス二〇度。日中よりはだいぶ低いが、それでも夜間の極点の気温としては異常に高い。

そのとき、足元の氷がぐらりと揺れた。風に煽られて自分がよろめいたのかと思ったが、どうやらそうではなさそうだ。一瞬風が途切れても、足元の氷はまだ揺れている。地震か——。しかし氷の下には海しかない。普通の意味での地震が起きるはずがない。

思い当たるのは海底地震だ。直下で起きた海底地震で、強い地震波が洋上の船舶を襲い、船底が損傷することもあるらしい。下を津波が通過して、氷が上下動することもあるだろう。その場合、いくら分厚い海氷でも、割れる可能性は大いにある。

背筋をぞくりとするものが走った。それがこの日、心のなかで蠢いていたあの言葉にし難い不吉な予感と共鳴した。なにか想像もできないことが起きている——。

郷田はテントに駆け戻った。なかにいたメンバーも表情をこわばらせていた。山浦がコンピュータを操作して、地震波のモニター画面を表示する。研究棟のサーバーとＬＡＮで接続されていて、わざわざ出向かなくても状況はこちらで監視できる。

「異常な波形が観測されています。いまの揺れはＰ波によるものです。それが非常に大きいんです。さらにそれに続くはずのＴ波が観測されていません」

Ｐ波はもっとも伝播速度が速く、地震発生時の初期微動に相当するもので、固体でも液体でも気体でも伝わる特性がある。陸上の地震の場合、Ｐ波より少し遅れて本震に相当するＳ波がやってくる。しかしＳ波は水中を伝わらないから、海の上では観測されない。

さらに遅れてくるのがＴ波と呼ばれるもので、これは水中も伝播する。普通ならすでに到達しているはずなのだ。言い難い不安を覚えて問いかけた。

「じゃあ、海底地震じゃないのか」

「僕もこういうのは初めてです。Ｐ波にしては揺れが大きすぎます。なにかが海中で爆発したような感じです」

「火山の噴火か」

「それならＴ波が届いているはずなんです。いま近づいている低気圧による可能性もあるんですが」

「低気圧？」

「そちらはアーロンの専門分野かもしれません」

山浦が話を振ると、ここは出番だというようにアーロンは身を乗り出した。

「爆弾低気圧と呼ばれる強力な低気圧が発生すると、それによる波やうねりが海底に振動を与え、それがＰ波として観測されることは珍しくないんですよ。気象観測にも応用できると考えて、研究を進めている機関もあります」

「しかし、海面で起きた波の振動で、これほど強いＰ波が発生するのか」

郷田は地震波の波形が表示されているモニターを指さした。アーロンはあっさり首を横に振る。

「あり得ないでしょうね。そういう場合、地震計でしか検知できないような、ごく微弱なものだと思います」

「だったら、いったいなにが起きたんだ。おれは海底油田の探査や掘削に長年携わってきたが、こういうのは初めての経験だぞ」

ジェイソンは頭を抱える。郷田も不快な慄(おのの)きを禁じ得ない。やはりなにか異様なことが起きている。


それから三十分ほどして、山浦が声を上げた。

「これを見てください。大変なことになってますよ」

指さしているのは海水温と氷厚をモニターしているディスプレイだ。基地の一角の氷に穴を開け、海面まで計測機器を垂らして、一時間ごとのデータを収集している。その水温を示すグラフが、直近のデータと比べて急激に跳ね上がっている。

「一時間前と比べて五度上昇しています。常識的にはこんなことはあり得ません」

山浦の声は上ずっている。気温とは異なり、海水温は比較的安定している。きょうの外気温はたしかに高いが、海水は厚い氷で蓋(ふた)をされている。大量の気泡を含む海氷は断熱効果が高いから、その下の海水は外気温の影響を受けない。海流の関係で多少上下することはあっても、せいぜい一、二度の幅のはずなのだ。そんな程度の変動だから、水中に垂らしたセンサーのバッテリーを節約するため、データの収集は一時間に一回の設定にしてある。

「氷厚はどうだ？」

訊くと山浦はモニターの画面を切り替える。

「前回のデータと比べて一センチほど薄くなっています。影響が出ているのは間違いありません。収集サイクルを変更します」

山浦はサイクルを最短の一分間隔に設定した。取得した最新のデータでは、水温は六度に上がっている。いまも上昇傾向にあるのは間違いない。氷厚はさらに一センチほど薄い。

「やはり海底火山の噴火か？」

ジェイソンは険しい表情だ。山浦は首をかしげる。

「そうだとしたら、持続的な地震波が計測されているはずなんですけど、先ほどの強いＰ波のあとは、なにも検知していないんですよ」

「突然海流が変わったとか？」

ジェイソンが問いかけると、傍らでアーロンがきっぱりと否定する。

「何ヵ月かのスパンで変動することはあっても、こんな急激な変化はありえないよ。それより、この先さらに水温が上がれば、氷はどんどん薄くなる」

「いますぐ基地が沈むわけじゃないだろう」

「薄くなるだけじゃない。そのせいで割れやすくなる。基地の周辺でリード（氷の割れ目）が広がると、飛行機も着陸できなくなるし、基地が真っ二つに分かれてしまうこともある。渡れないほど広いリードができたら、別の場所へ避難もできない」

「ヘリコプターなら大丈夫だろう」

「アラスカやカナダはもちろん、北極海沿岸のどの陸地からも、ここまで飛んで来られるヘリコプターはないよ」

希望を断ち切るようにアーロンは応じる。山浦がまた声を上げる。

「さらに水温が上がりましたよ。いま七度です」

郷田はチャーリーとサミーに問いかけた。

「北極圏では、こういうことはよく起きるのか？」

「イヌイットの伝説にもこんな話はないよ。このあたりは夏だって気温は零度前後だから、海水がそれ以上温まるはずがない。海のなかでなにかが起きているとしか思えない」

サミーは深刻な顔で言う。チャーリーが悲鳴のような声を上げる。

「いまだって夏場に氷が減って狩りができなくて困ってる。北極の氷がこれ以上融けたら、おれたちは生きていけなくなるよ」

「たぶん局地的な現象だと思うけどね。海底火山が何百箇所もいっせいに噴火でもしないかぎり、北極海全体の水温はこんなふうには上がらない」

アーロンが宥めるように言う。ジェイソンが突っかかる。

「だったらその局地的な原因を突き止めろよ。おまえは海洋学者なんだろう」

「海洋学といったって、いろいろ分野がある。僕の専門は海流だけど、いま言ったように、この温度上昇は海流によるものだとは考えられない」

「しょせん学者なんてこんなもんだよ。普段は利いたふうな理屈をこねて、いざ問題に直面すると、いまの科学の限界だと逃げを打つ」

苦々し気に言い捨てるジェイソンの衛星電話に着信があった。ジェイソンは慌てて応答した。アメリカの本社かららしい。

相手の話に耳を傾けながら、その顔色が青ざめる。ひとしきりやりとりをして通話を終え、ジェイソンは郷田たちを振り返った。

「この近くで、ロシアが核実験をやらかしたらしい」

テントのなかが静まり返った。背筋に冷たい汗が滲み出る。慄く思いで問いかけた。

「核実験？　海中で？」

「まだ確証はない。ただ北極海で作戦行動中のアメリカの原子力潜水艦が、とてつもない強度の水中地震波を検知した。エネルギー量は核爆発に相当する。疑わしいのは例のソーヴェスチだ」

第二章

1

「あのきれいな水爆という触れ込みの？」

郷田は慄きとともに問いかけた。ジェイソンは頷いた。

「そのうちやると予告していたから、ペンタゴン（国防総省）はずっと監視していたらしいんだよ」

「陸でやるんじゃなかったのか」

「地下であれ地上であれ、陸上で実験をすれば準備段階で軍事衛星に探知される。かといってこれまでの核兵器とはメカニズムがまったく違うから、臨界前核実験で済ますわけにもいかない。やるとしたら海中じゃないかとペンタゴンは予想していて――」

北極圏最大の軍港、ムルマンスクや極東のウラジオストクを軍事偵察衛星の監視下に置いていたという。すると二週間ほどまえに、不審な貨物を積載した砕氷貨物船がムルマンスクから北極点方面に向かって出港し、それに随伴するように原子力潜水艦数隻が港を出たらしい。

「海中で核実験なんてできるのか」

「できないことはないだろう。かつては核魚雷や核機雷が開発されたこともあるくらいだから」

「しかしさっきの地震のとき、核爆発の光もきのこ雲も見えなかったぞ」

「爆弾の威力にもよるが、数千メートルの深海で核爆発を起こしても、それによる火球は水圧で押し潰されてあっというまに萎んでしまう。海面には水蒸気の泡が浮かび上がって、わずかに波立つ程度だそうだ」

「そのうえに氷があるんじゃ、だれも気付かないな」

鋭い危機感を覚えて郷田は言った。ジェイソンが付け加える。

「それに中性子線は水中を透過しないから、そちらの面でも実害はない。しかしアメリカの原潜だけじゃなく、世界中の地震観測所がさっきのP波を観測したはずだから、それを解析すれば騙しとおすのは無理だ。ロシア側は、バレてもかまわないと考えているんじゃないかとペンタゴンは見ている」

「というと?」

「放射性物質を生成しないという連中の触れ込みを立証するには海中実験は最適だ。あとでその周辺の海水を分析すればその点が立証され、ソーヴェスチの安全性が既成事実化する」

郷田は憤りを覚えた。

「ふざけたことを。そんな身勝手な話が許されるのか。まだ実験の段階で、本当に放射性物質が出ないかどうかは保証の限りじゃないだろう。そもそも例の軍用機が真上を飛んだんだから、おれたちがここにいるのは知っていたはずだ」

「あの国は昔からそういうふざけたことを平気でやらかすんだよ。原潜や北極海沿岸の地震観測所から送られたデータをいまペンタゴンで解析している。おれたちがここで探査活動を行っていることはペンタゴンも承知しているから、真っ先に知らせてくれたそうなんだが」

ジェイソンは吐き捨てるように言ってグラスのジンを呷る。郷田は訊いた。

「場所は特定できたのか？」

「ロシアが領有を主張しているロモノソフ海嶺の向こう側の斜面らしい。距離はここから四〇〇キロほど。北緯八六度、東経一一二度の近辺だ」

「ずいぶん近いな。津波の心配は？」

「氷で上から押さえが利いているから、その心配はないそうなんだが――」

ジェイソンは言いにくそうに言葉を濁す。郷田は訊いた。

「ほかに心配なことがあるのか？」

「水圧で潰されるとは言っても、いったんは水中に数百万度の火球ができる。それによって周囲の海水が熱せられる。それが海流によってこっちに流れてくると——」

「これからさらに氷が融けるな？」

慄きを隠さず問いかけた。ジェイソンは絶望的な答えを返した。

「ああ。途中で冷えるから熱水そのものが流れてくるわけじゃないが、氷の下の海水温が一時的に何十度も上昇する可能性があるらしい」

2

水沼敏夫は午前三時に枕元の携帯電話で叩き起こされた。

連絡してきたのはジオデータ社プロジェクト管理室の綿貫正司（わたぬきせいじ）。この日の当直が彼だった。

プロジェクト管理室は時差の異なる様々な地域で探査活動を行う現地チームを、年中無休、二十四時間体制でサポートする。緊急事態が起これば、どんな時間であれ、社長の水沼にまず連絡を入れることになっている。

伝えられたのは寝耳に水の一報だった。水沼は慌てて問い返した。

「北極で核爆発？　まさか――」

切迫した思いを滲ませながらも、冷静な口調で綿貫は応じる。

「パシフィック・ペトロリアムからいま連絡がありました。現在ペンタゴンが情報を収集していますが、軍事機密に属するため、まだ公表は避けてほしいとのことです」

「郷田君とは連絡がとれたのか」

「インマルサットで呼び出したんですが、繋がらないんです。極点付近はいま強い低気圧が接近しているようですから、それで電波障害が出ているのかもしれません。十分ほどまえにパシフィック・ペトロリアムからジェイソン・マクガイア氏に連絡を入れたときは繋がったそうなんですが」

「だったら郷田君たちは無事なんだな」

「いまのところは――」

「なにか起きているのか」

「海水温が上昇して、氷が融け始めているそうです。米軍の分析によると、核爆発は水中で起きたようで、フォールアウトや中性子線による被害はたぶんないだろうとのことですが」

「海水は汚染されるだろう」

「ペンタゴンは、爆発したのはソーヴェスチだろうとみています」

「ロシアが開発したという例の純粋水爆か」

「ええ。彼らの触れ込みだと、フォールアウトも中性子線も発生しないとのことです。そのとおりなら、水温の上昇以外に危険はないと考えられますが、それも果たして本当かどうか」

綿貫は不信感をあらわにする。いずれにしてもそれが水爆なら常軌を逸した話だ。第五福竜丸を始めとする数百隻の日本漁船が被曝したビキニ環礁の水爆実験では、その威力が想定より大きく、米軍の当初の発表より危険海域がはるかに広かった。安全とされた海域で操業していた漁船は退避が間に合わずに被曝した。

今度もソーヴェスチの安全性を信じ、郷田たちのいるポールスター85には影響がないと判断したとしたら、それもまた重大な過誤になりかねない。放射能汚染の可能性も決して否定できないし、それ以上に問題なのは、すでに起きている氷の融解だ。

水沼自身、かつて北極圏で地震探査を行ったことがあり、海氷の性質についてはある程度の知識がある。海氷が薄くなれば亀裂や乱氷帯が生じやすくなり、航空機の離着陸も困難になる。極端に薄くなれば、航空機の重量を支えられなくなり、最悪の場合、郷田たちは氷の孤島に取り残される。

「急を要するな。米軍は動いてくれているのか」

焦燥を隠さず水沼は訊いた。綿貫の答えは悲観的だ。

「問題は現在の天候です。この冬最大とみられる低気圧が迫っていて、とても飛行機が飛べる状況じゃないようです。そのうえアメリカには、極点まで行けるような強力な砕氷船がありません」

「我々になにができるか考えてみよう。エマージェンシー委員会を招集してくれ。私はこれから会社に向かう」

水沼は躊躇なく言った。エマージェンシー委員会は社長直属のタスクフォースだ。役員クラスと海外経験の豊富な管理職で構成され、これまでも職員がゲリラに誘拐された際などの危機管理で成果を上げてきた。今回はペンタゴンと直接話をすることにもなりそうだ。

なんとしてでも郷田たちの命を救う。それが社長としての責務だと心を定めながらも、成り行きによってはアメリカとロシア、いや日本を含む世界の国々の政治的な思惑に翻弄されそうだと思えば、水沼には暗澹たるものがある。

3

風はいよいよ強まり、テントの外はブリザードに変わっていた。

水温はあれからさらに上がり、いまは一〇度を超えている。気温はマイナス二〇度前後で推移しているため、大気に接している氷の表面が融ける惧れはない。

しかし海中の部分の融解は進んでおり、氷厚は二センチほど薄くなっている。まだ危険が迫っているというほどではないが、水温がこれからさらに上がり、一方で荒天が長引けば、融解は加速する上に海氷の流動性が高まり、氷盤にリードができやすくなる。

そうなると天候が回復しても、航空機が離着陸できる場所が限られるようになる。それで退避が遅れれば、さらに氷が薄くなる。

そのあたりは海洋学者のアーロンの領域だが、こういう事態を想定した学術研究はおそらく一度もなされておらず、今後の推移に関してはすべて推測の域を出ないとアーロンは言う。

わからないことはわからないと言う率直さは学者として評価すべきだが、逆に言えば、彼にはこの状況に対処する能力がないことの表明でもある。

パシフィック・ペトロリアムや米連邦政府関係者にはある程度の知識を持った学者もいるだろうが、困ったことについ先ほどからインマルサットが繋がらない。衛星電話も衛星放送と同様で、激しい降雨や降雪のとき、電波障害が発生することがしばしばある。

北極にせよ南極にせよ、需要の少ない極地に対しては通信衛星各社とも対応は手薄だ。パシフィック・ペトロリアムは、今回の探査のためにペンタゴンに軍事通信衛星の利用を申し入れたが、安全保障上の問題があると拒否された。

最近インマルサットが北極専用の通信衛星の運用を始めたので、やむなく他社と比べたデータ通信量の大きさに期待してそちらを導入したが、悪天時の脆弱性はまだ解消しきれていないようだ。

バックアップの無線設備も基地にはあるが、そちらも入るのは空電ばかりで通信の用をなさない。焦燥を募らせる隊員たちに郷田は言った。

「とりあえず、いますぐ危機が訪れるわけじゃない。嵐が去るまでの数日の辛抱だ」

人が不安なく乗れる海氷の厚さは一〇センチ程度だと聞いている。いまはまだ一五〇センチ近くあり、一日や二日でそこまで融解することはないだろう。もちろんそれも素人の考えにすぎない。しかしいま起きている事態に関しては、おそらくだれもが素人だ。北極で核爆発が起きるなど、想像した者すらいないだろう。

「米海軍も空母やイージス艦ばかりじゃなく、砕氷船もちゃんとつくっておけばよかったんだよ。世界最強の海軍だと威張っていたって、北極じゃ最弱の部類だ」

ジェイソンは苦々しげに言ってジンを呷る。こんな状況で酔い潰れられては困るが、とりあえず天候が回復してジオデータの本社やパシフィック・ペトロリアム、さらにはペンタゴンと連絡がつくまでは郷田もできることはなにもない。

そのとき、また強い衝撃がテントを揺らした。背筋を冷たいものが走る。地震波のモニターを注視していた山浦が不審そうに首をかしげた。

「いまのは地震じゃないですよ。P波が届いていません。それからT波もです。ごく近くで大きな衝撃が発生したようです」

「近くというと、氷の上でか」

「そうだと思います。あれから水温は上がり続けていますから」

「いま何度だ?」

「一二度です。ひょっとすると――」

「思い当たることがあるのか」

「海氷が割れた可能性があります。S波とよく似た波形が記録されています」

S波は水中を伝播しない。つまり記録された波形は地震によるものではない。慌てて問い返した。

「つまり、この近くで氷が割れたのか」

「地震学的にはあり得ない揺れです。考えられるのは、海中部分と海上部分の温度差による氷盤の亀裂です」

「まさか、おれたちの足元でじゃないだろうな」

ジェイソンの酒焼けした顔が青ざめる。山浦は首を横に振る。

「それはないと思いますが、かなり近いのは確かです。モニターに出た波形のわりに揺れが異常に大きかったですから」

「縦にすっぱり割れたのか」

「それはわかりません。活断層のように、氷体の内部で斜め方向にずれることもあるかもしれません。様子を見に行ければいいんですが、この天候では――」

山浦は強風でばたつくテントの天井に目を向ける。ベンチレーター（換気口）から外を覗くと、ブリザードはかなり激しいが、この程度では本格的な荒れとはまだ言えない。スノーモビルのライトなら二〇メートルほどの視界は確保できそうだ。郷田は山浦に問いかけた。

「亀裂ができたとしたら、どのあたりかわかるか」

「大体の位置なら」

山浦が指し示すコンピュータの画面には、基地周辺の半径二〇キロに張り巡らされたストリーマーケーブルの配置図が表示されている。

放射状に三六〇度の方向に延びた二十数本のケーブルのうち数本の途中に、忙しなく点滅している箇所がある。センサーに異常があったことを示すシグナルで、基地からみておおむね北の方向、距離にして一五キロのあたりだ。

「想定外の強い震動で、センサーに異常が発生したようです」

「そこでなにかが起きたわけだな」

「その可能性が高いです。記録されたデータでも、その付近で異常に強い波形が観測されています」

「わかった。これに位置座標を転送してくれないか」

携行している専用のＧＰＳ端末を手渡すと、山浦はそれをパソコンにＵＳＢ接続し、もっとも強いシグナルを発しているポイントの座標を転送する。受けとった端末のディスプレイには目標となる位置がプロットされている。

「まさか、これから出かけるんじゃないでしょうね？」

山浦が頓狂な声で問いかける。当然だというように郷田は応じた。

「本格的に低気圧の下に入ったら、数日は身動きがとれなくなる。状況を把握するならいましかないだろう」

「状況がわかったって、できることはなにもないですよ」

「だからといって、ここが安全だという保証はない。危険ならいまのうちに退避できる。嵐が収まるのを待っていたら、基地ごと海に沈みかねない」

「そんな極端なことは起きないですよ」

「絶対にか？」

「たぶん――」

「たぶんじゃ話にならん。いまならスノーモビルで十分走れるし、なにかあったら雪上車で迎えに来てもらう。サミー。一緒に来てくれるか」

声をかけると、サミーは躊躇なく立ち上がる。

「だったらおれも行くよ」

ジェイソンも呼応する。チャーリーも腰を浮かす。郷田は言った。

「だめだよ。あんたもチャーリーも出来上がってるじゃないか」

「北極に飲酒運転禁止の法律はないぞ」

「じゃあ、おれが法案を提出する。賛成の人は手を挙げて」

ジェイソンとチャーリー以外の全員が挙手をする。ダウンスーツを身にまとい、すでに準備の済んでいるサミーを促した。

「じゃあ、決まりだ。出かけようか、サミー。なにか起きたら、基地にはトランシーバーで連絡するよ。このくらいの距離ならなんとか交信はできるだろう。インマルサットが復旧したら、もちろんそっちを使うが」

「これを持って行って。万一のときには役に立つから」

峰谷がレーション（行動時用の食料キット）を手渡す。ストリーマーケーブルの敷設や点検、撤収の際には、広範囲を一日かけて移動するため、事故などが起きれば孤立する。そんなときに備えて峰谷が特注したもので、ペミカン（イヌイットやインディアンの携行食で、脂肪とタンパク質に富み、かつては極地探検やヒマラヤ登山などにも用いられた）やチョコレート、ナッツなど高カロリーの食品やビタミン剤とともに、固形燃料も入っている。

　せいぜい一五キロの移動で大袈裟な気がしないでもないが、きのうの夕刻、感じていた不穏な予感が的中した。それを思うと、この先なにが起きても不思議ではないような気がして、ありがたく受けとって外へ出た。

4

　時刻は午前四時。日が昇るまではあと二時間ほどあるが、高緯度地域は薄明の時間が長いため、周囲はすでにほの明るい。

　気温はまたわずかに上がってマイナス一七度。温暖前線が近づいているせいだろう。それでも吹きつける寒風は、体感温度を大きく低下させる。

　風の方向に体を押し倒すようにスノーモビルに向かい、それぞれが一台にまたがった。こうした状況ではタンデムは危険だ。二台で行けば、片方に故障や事故が起きてもなんとかなる。

　極寒冷地仕様のスノーモビルのエンジンは、イグニッションキーを回せばすぐに始動する。ストリーマーケーブルは雪に埋もれているので目印にならない。海氷の性質を熟知しているサミーが先に立って、時速二〇キロ以下の低速で進む。視界が悪いうえに、先ほどの不審な揺れで、氷の状態がどう変化しているかわからない。

スノーモビルは平坦な氷原なら時速一五〇キロは出せるが、視界の悪いなかで突然リードに遭遇したとき、とっさには停まれない。車と違いフロントが橇になっているため、意外にブレーキの利きが悪いのだ。

サミーは針路を一度頭に入れれば、あとはぶれることがない。郷田は絶えずGPSで確認するが、方向の修正を指示する必要がない。イヌイットは体内にGPSを内蔵しているとしか思えない。

スノーモビルのヘッドライトは強力だが、いまは前方のブリザードの幕を、前進する速度のぶん押し除けるだけだ。風は耳元で唸りを上げる。襟元から忍び込む寒風がなけなしの体温を奪いとる。

頭上を稲妻が走り、スノーモビルの走行音でもかき消されないほどの雷鳴が轟く。これから温暖前線が通り過ぎ、寒冷前線の支配下に入れば、気温はマイナス四〇度を下回るだろう。のんびりはしていられない。かといっていたずらにスピードも上げられない。一五キロ先のポイントまで、このスピードでは一時間近くかかる。

予告もなしに核実験を行ったロシアへの怒りは収まらない。爆発が起きる直前にロシアの軍用機が低空で上空を通過していた。ポールスター85の基地があることに気づかないはずがないし、今回の油田発見のニュースをパシフィック・ペトロリアムはプレスリリースしており、ロシア側の関係者がそれを知らないとは思えない。

そしてそのことがむしろ不安の種になる。これから始まるであろう国際政治のせめぎ合いのなかで、郷田たちの存在は軽視され、本格的な救出が遅れる惧れがある。

この先海水温が低下してくれれば、あとは低気圧の襲来に備えるだけだが、そうなってくれる保証はない。爆発現場の海水はいまも高温を保っている可能性があり、こちらに流れてきているのはその外縁部からのもので、今後より高温の海水が移動してくれば、事態は最悪の方向に向かうだろう。

考えれば考えるほど悲観に傾くが、ここで思い悩んでも仕方がない。クライアントのパシフィック・ペトロリアムのバックには米連邦政府がいる。まさか郷田たちを見殺しにすることはないだろう。なんとか無事に嵐をやり過ごせれば、なにか知恵を出してくれるはずだと信じて、いまはできるだけのことをするしかない。

基地を出てからほぼ四十五分。GPSにプロットした目標地点はもうすぐだ。

そのとき、サミーのスノーモビルが停止した。郷田もブレーキレバーを引いた。サミーが降りてきて前方を指さす。

二〇メートルほど先に黒い一本の線があり、その末端はヘッドライトの光の輪の外に消えている。つまりどこまで延びているのかわからない。

「新しいリードだな？」

訊くとサミーは頷いた。

「いまのところ狭い割れ目ができているだけで、これから気温が下がれば再凍結して繋がるはずなんだ。普通はね」

「というと？」

「この亀裂ができたのは海水温が上昇したせいだ。この季節には普通ではあり得ないことなんだよ」

「再凍結しないで、このままさらに広がるというのか」

聞くとサミーは黙ってスノーモビルに乗り込んで、歩くより少し早いくらいの速度でその線に近づいていく。郷田もそれに倣うと、その一メートルほど手前でサミーはスノーモビルを停めた。

細い線に見えていた亀裂は、近づいてみれば五〇センチ近くある。単なるひび割れではなく立派なリードだ。ハンドライトで照らしてみると、そのあいだを黒々とした海水が埋めている。

グローブを外して手を伸ばし、ゆらゆらと波立つ海水に指先を入れると、かなり温かく感じる。外気温がマイナス数十度だから、零度をわずかに下回る程度の海水が温かく感じられるのは当然だ。しかしこの温かさはそんなレベルを超えている。サミーも海水に手を突っ込んで首を横に振る。

「これじゃ、凍りようがないよ」

一度できたリードが再凍結した際に、新旧の氷の膨張率の差で盛り上がった、いわゆるプレッシャーリッジ（氷丘脈）は基地の周辺でもよく見かける。しかし現在の基地ができてきょうまで、先ほどのような気味の悪い衝撃を感じたことはなかった。このリードの出現がその衝撃の原因だとしたら、やはり山浦が言うように、海水と海氷の極端な温度差によって破壊的な応力が働いたためだと考えたくなる。

「これからもっと開くかな」

聞くとサミーは不安げに応じる。

「本格的に低気圧が暴れだすと、氷の下の海面も荒れるからね。開く場合もあれば衝突してプレッシャーリッジができることもある。どっちにしても、この一帯の海氷が不安定になるのは間違いないね」

郷田はトランシーバーを取り出して基地を呼び出した。ジェイソンが応答する。空電は多いがなんとか話はできた。

状況を説明すると、不安をあらわにジェイソンは応じた。体感するほどではないが、先ほどの震動と似た波形が頻繁に現れていて、氷の状態が極めて不安定になっている惧れがあるという。状況をアメリカの本社に報告しようにも、インマルサットはいまも繋がらず、無線はホワイトノイズが溢れかえり、まったく使い物にならないらしい。

「とにかく、早く基地に戻れ。この嵐のなか、さらにリードが増えたら、氷の島に取り残されるぞ」

普段なら必ずジョークを飛ばして通話を終えるジェイソンも、いまは深刻だ。

「わかった。急いで帰る」

そう応じてサミーを促した。できれば目の前のリードがどこまで続いているか確認したいところだが、そんな暇はなさそうだ。風もさらに強まってきた。

そのとき足元の氷原がぐらりと揺れた。

5

「さっきより大きな波形ですよ。新しい亀裂ができた可能性があります」

山浦が声を上げた。そんなことは聞かなくてもわかっている。ジェイソンも激しい揺れで危うく手にしていたグラスを取り落とすところだった。

「位置は？」

「さっきのポイントよりだいぶこちらに近いです。ここから一〇キロほどのところで、方向はほぼ一緒です」

「亀裂ができているとしたら、二人は孤立するじゃないか」

ジンの酔いが一気に覚めるほどの緊張を覚えた。不安を払拭するようにチャーリーが言う。

「開いたばかりなら、まだそれほどの幅にはなっていないよ。四、五メートルなら、スノーモビルをフルスピードで走らせれば飛び越えられる。この基地のはエンジンが大きいから一五〇キロは出せる」

「そうはいっても視界が悪すぎる。中途半端なスピードで走っていたら、気づかずに落ちてしまうこともあるだろう」

「サミーに任せておけば心配ないよ。おれたちの普段の狩場はもっと南で、氷も薄いから、リードやプレッシャーリッジにはしょっちゅう遭遇してる。もし幅が広すぎても、長さはせいぜい一キロから二キロだから迂回することもできる」

「それならいいんだが、この調子で氷が割れ続けると、この基地だって安全だという保証はないな」

ジェイソンはため息を吐いた。そのときトランシーバーに郷田からのコールがあった。慌てて問いかけた。

「こちらジェイソン。そっちはどんな状況だ。いまのはかなりでかい揺れだったぞ」

「いまいる場所はとくに変化はないんだが、問題はこの先だな」

郷田も不安げだ。ストリーマーケーブルのシグナルの位置を伝えると、郷田はいくらか安堵したようだ。

「場所がわかればなんとかなる。しかしこんなのまだ序の口かもしれないな」

「とにかく十分注意をして、無事に基地まで戻ってくれ」

「インマルサットはまだ復旧していないのか」

「まだだよ。いまどきの衛星通信がこれほど天候の影響を受けやすいとは思わなかった。ペンタゴンと話ができれば、なにか知恵を出してくれるかもしれないんだが」

「急いで戻るよ。これからいろいろ相談することがありそうだ」

焦燥を隠さずそう応じて、郷田は通話を切った。テントの外の風が、気のせいかまた強まったような気がする。インマルサットが不通では、国立気象局から気象衛星の画像もダウンロードできない。低気圧の移動速度や気圧のデータも得られない。

現場を見に行くと郷田が言ったとき、止めるべきだったとジェイソンは悔やんだ。この状況では、現場を見ようと見まいと事態の好転は期待できない。ここから脱出するためには隊員の総力を結集する必要がある。米軍であれなんであれ、救助を期待して安穏としていれば、嵐が去ったときには全員が基地もろとも北極の海に沈んでいるかもしれない。

海水温はあれからも上昇を続けている。しかしそれはペンタゴンにとっても、ホワイトハウスにとってもおそらく小さな問題に過ぎない。彼らはこれからロシアを相手にしたパワーゲームに熱中するだろうし、それはロシアも同様だ。北極圏の権益確保に出遅れたアメリカは、先行するロシアに対し、今後、徹底した覇権争いを挑むだろう。今回の事態はその引き金として格好だ。まさか第三次世界大戦に発展することはないにせよ、国際政治の場での鞘当ての道具にされるのは堪らない。

6

郷田たちは基地に向かってスノーモビルをフルスピードで走らせた。午前五時を過ぎて周囲は明るくなってきたが、ブリザードの暗幕はむしろ濃くなって、視界は少しも改善しない。

スピードは来たときより速めて時速三〇キロほどで進む。リードがある場所はおおむねわかっているから、そのすぐ手前まではさほど心配はない。

十分ほど走ったところでスピードを落とす。GPSで確認すると、ストリーマーケーブルが異常を検知したのはこの先三〇メートルほどのあたりだ。ゆっくりと進むと、前方に黒っぽい帯が見えてきた。リードの縁に近づいて驚いた。幅は一〇メートルほどあり、黒々として揺れ動く海面が見える。

「飛び越えるのは無理だな」

訊くとサミーも頷いた。

「迂回して、渡れるところを見つけるしかないね」

「長さはどのくらいある？」

「この幅だと二、三キロはあるかもしれない。どっち側に迂回するのが近いかは行ってみないとわからない」

「君はどっちがいいと思う？」

訊くとサミーは迷わず答えた。

「右だよ」

「根拠は？」

「勘だとしか言えないね」

そう言われれば信じるしかない。頷いてスノーモビルにまたがり、リードの縁に沿って右方向に走り出す。五分ほど走ったところでリードは狭まって、幅は三メートルほどになった。これなら渡れそうだ。

まずサミーが縁から二〇メートルほど後退してから、雪煙を上げてフルスロットルで驀進(ばくしん)する。橇のついたフロント部分が対岸に届き、そのままの勢いで後部のトラック部分がリードを乗り越える。大丈夫だというようにサミーは指でＯＫマークをつくる。郷田も一か八か同様にやってみると楽々渡れた。

しばらく進んでふと気がつくと、風がぱたりとやんでいる。ブリザードが収まり、頭上に晴れ間が広がった。低気圧が突然消えたわけではない。いわゆる疑似好天で、温暖前線が通過し、寒冷前線がやってくるまでの短時間、天候が回復することがある。これまでも低気圧に襲われたときに何度か経験している。

半日程度続くこともあれば、三十分ほどでまた荒れ始めることもある。寒冷前線が通過したあとの揺り戻しは、それ以前の荒天よりはるかに激しい。しかし問題はそれどころではない。

ブリザードが消えた氷原には、無数のリードが縦横に走り、きのう荒れ始める前までは地平線まで平坦だった氷盤が、いまはずたずたの状態だ。これでは嵐が去ったとしても飛行機の離着陸は期待できない。海水温上昇の影響は想像をはるかに超えていた。

トランシーバーで呼び出すと、応答したのは山浦だった。基地のほうでもすでに状況を把握していたようだ。

「基地から二〇〇メートルくらいのところにも幅の広いリードができています。いまインマルサットが使えるようになって、ジェイソンがアメリカの本社と連絡をとっています。峰谷さんも、日本の本社に状況を報告しています」

「そうか。いずれにしても想像を絶する事態だ。おれたちは視界があるうちに急いで基地に戻る」

そう伝えて通話を終え、郷田はサミーを促した。いま午前五時半。日はまだ昇っていないが、すでに薄明の時間に入っていて視界はクリアだ。サミーはフルスロットルで走り出す。郷田も躊躇なくそれを追う。

幅が六、七メートルとなると迂回せざるを得ないが、三メートル程度のリードなら、時速一五〇キロで飛ばせば楽々乗り越えられる。空は晴れ渡り、風は穏やかで、こんな状況でなければ絶好のツーリング日和だ。しかし起きている事態はそれどころではない。迂回したぶん時間のロスはあったが、基地までは十分足らずで到着した。

ジェイソンは衛星電話に齧りついて、なにやら激しくやりとりしている。峰谷が報告する。

「東京の本社と連絡をとりました。エマージェンシー委員会を立ち上げて対策を検討していたところで、こちらの状況を報告しておきました。パシフィック・ペトロリアムも対策本部を設置してペンタゴンと情報交換しているそうです――」

ここで収集したデータは、秘密保持契約を結んだうえで、パシフィック・ペトロリアム経由ですべてペンタゴンに提供するという。彼らは米原潜が検知したデータと世界各地の地震観測所のデータしかもっていなかったから、ポールスター85の地震探査機器が収集したデータは、爆発を詳細に分析するうえで貴重なものらしい。郷田は訊いた。

「それはともかく、おれたちがここから脱出するためのいい知恵は出てきたのか」

「米政府がカナダ空軍に協力を依頼して、アラートにC130を待機させ、天候が回復ししだい飛行できるようになっているそうなんですが――」

峰谷はそこで口ごもる。アラートはカナダ北端のエルズミーア島にある世界最北の村で、そこにある空港も常設のものとしては世界最北だ。しかしC130がそこから飛来したとしても、こちらが着陸できる状況ではないことはすでにわかっている。

そんな話をしているうちに、テントが風でばたつき始めた。外を覗くと、疑似好天はごく短時間だったようで、頭上はふたたび厚い雲に覆われつつある。氷原のあちこちで雪煙が舞い始める。ジェイソンが通話を終えて郷田を振り向いた。

「無事に帰れてよかったよ。これが最新の衛星写真だ」

差し出されたタブレットには、巨大な雲の渦が表示されている。画面のほとんどがその雲で覆われ、中心から南に向かって狭い扇状のスリットのような隙間が見える。それが先ほどの疑似好天の晴れ間だろう。日時の表示は三時間ほど前だから、まだ基地はその手前の雲の下だ。

「想像どおり、低気圧の移動速度は非常に遅い。疑似好天が短かったのは、晴れ間のスリットのいちばん狭いところが上空を通過したためだろう。グリーンランド方面に強い高気圧が張り出していて、進行がそれにブロックされている。下手をすると極点付近に五日は居座りそうだと国立気象局ではみているようだ」

「たった一晩であれだけ氷原が荒れたんだ。五日もそれが続いたらこれからどうなるか、想像もつかないな」

「海水温はずっと上昇中で、いま一八度です。外気温と比較したら野天風呂といっていいくらいですよ」

山浦が笑えないジョークを言う。ジェイソンは深刻に応じる。

「それでさらに亀裂が生じたところへ、強風で氷が流動すれば、目も当てられない状況になるな」

「それでもペンタゴンからは、いい案が出なかったわけだ」

郷田は落胆を隠せない。

「原潜で救出するという話も浮上したらしいんだが――」

祖国の面目を保とうとでもするようにジェイソンが言う。一九五八年に世界で初めて北極点を潜航して通過したのは原子力潜水艦ノーチラス号だが、その後の一九六〇年一月に、原潜のサーゴが北極点での浮上に成功しているという。

厚さが数メートルの氷盤を突き破るために、サーゴはセイルを中心に船体に特別な強化が施されていたとのことで、そのこと自体に戦略的なメリットはなにもなく、あくまで米海軍の軍事力を誇示するためだった。

その後、そういう仕様の原潜は建造されておらず、現存の艦を改修するには数ヵ月を要する。通常の原潜でも氷を割って浮上することは可能だが、せいぜい数十センチまでで、極点近くで強引に浮上を試み、船体に損傷を受ければ帰還することも困難になると、その案は即座に却下されたらしい。

「冷戦時代なら助かったのかもしれないな。皮肉な話だよ。ロシアにはそういう潜水艦はないのか」

「そのへんはアメリカと似たようなものらしい。潜水艦からの弾道ミサイル発射実験は北極周辺でたまにやっているが、そこはバレンツ海のような比較的氷の薄い場所で、極点までは行動範囲に入っていない。それにもしあったとしても、原潜は軍事機密の塊だから、米軍に手の内をさらすようなことはしないだろう」

ジェイソンも期待はしていない。そうなると答えは一つだ。いまいる場所が安全なうちに、嵐を突いてでもより落ち着いた場所まで自力で移動する。移動には雪上車もスノーモビルも使える。いまある燃料で行ける範囲は限られるが、足りなくなったら飛行機から落としてもらえばいい。グリーンランドやカナダの沿岸に近づけば、氷が薄くなり、潜水艦による救出も可能になるかもしれない――。

そんな考えを聞かせると、全員が不安げな表情で押し黙る。しかしチャーリーは身を乗り出す。

「それなら任せてくれよ。エルズミーア島やグリーンランドの周辺ならおれたちにとっては庭みたいなもんだ」

「でも視界のないなかでの移動は、リスクも大きいよ。雪上車やスノーモビルごと海に落ちたら一巻の終わりだよ」

アーロンが不安の種をみつけだす。腹を括って郷田は応じた。

「それを惧れるのもまたリスクだよ。全員が生きて還るために、できることはなんでもやらなきゃいけない。命懸けの旅になるかもしれないが、だからといってここに留まって死ぬという選択肢はありえない」

「氷がもっと融けて何十メートルもリードが広がれば、そこから潜水艦で救出してもらえるんじゃないの」

アーロンは大胆なアイデアを提案する。それも一つの考えだ。そんな話をしているいまも、ときおり鈍い衝撃が基地の氷盤を揺り動かす。新たな亀裂はまた増えているだろう。足元の氷の下が三〇〇〇メートルの深海だということを改めて思い出す。

アーロンの言うように、お誂え向きにリードができてくれる保証はない。それにソーヴエスチはきれいな水爆で、放射能の心配がないというのはあくまでロシアの言い分で、アメリカを含むどの国もまだ検証はしていない。流れてくる温水に放射性物質が含まれていたら、ここにいるだけで被曝する惧れがある。郷田はアーロンに問いかけた。

「このあたりの海流はどうなっている?」

「ロモノソフ海嶺を越えて、いまいる場所を中心に二〇〇キロくらいの幅で流れているはずだね」

「だったらその外まで南下すれば、海水温も下がり、氷盤も安定すると考えていいわけだな」

「そりゃそうだけど、そこまで行くあいだになにが起きるかわからない。そもそも核爆発の威力がまったくわからないわけだから、これからどこまで海水温が上がるか見当がつかない」

「それならいっそ氷がしっかり融けてくれて、潜水艦が浮上できるまでここで待ったほうがいいと言うんだな」

ジェイソンが真顔で問いかける。アーロンは微妙な表情で頷いた。

「あくまで僕の仮説だけどね。でも嵐を乗り切って無事に安全な場所まで移動できるという保証だってあるわけじゃないし」

「ずいぶん適当な話だな。しかし検討には値する。衛星回線が通じるうちに本社に相談してみるよ。ペンタゴンの答えを聞かないと判断はできない」

ジェイソンは言って、インマルサットの端末を手にとった。

7

ジオデータのエマージェンシー委員会には、主だった取締役と探査部門の幹部、綿貫を始めとするプロジェクト管理室のスタッフ全員が招集されていた。

「ロシアは実験のデータを明らかにしないんだな」

水沼は苦々しい思いで綿貫の報告を聞いた。綿貫は頷いた。

「ソーヴェスチの海中実験を行った事実は水面下で認めたそうですが、規模や環境への影響については、国家機密のため開示できないと言い張っているそうです。ペンタゴンは、ロシアも正確なところが把握できていないのではないのかと疑っているようです」

会議室に集まったメンバーにどよめきが広がる。水沼は問い返した。

「彼らにとっても予想外のことが起きたということか」

「その可能性があるそうなんです。アメリカによるビキニ環礁の水爆実験の際にも、実際の威力が想定の倍近くあって、当初指定された危険区域外で操業していた日本の漁船が被曝しました。郷田さんたちのチームがあそこで探査活動を行っていることをロシア側は当然把握していたはずです。予告もなしに実験を行ったということは、そのあたりに影響は出ないと予測していたのではないかというんです」

「だからって、あんな近くで警告もなしに核実験を行うなんて、いくらなんでも無茶な話だ」

「そういう無茶をやらかすのがあの国なんだそうです」

綿貫はお手上げだという口振りだ。水沼はさらに訊いた。

「ロシア側は、この件に対して責任をとる気はないのか」

「救出のためにできることがあれば協力するとは言っているそうなんですが、具体的な案を提示するわけでもない。もっともアメリカ側も、郷田さんたちの救出に関しては、いまのところノーアイデアですから」

そう言われると水沼自身も偉そうな口は利けない。エマージェンシー委員会を立ち上げてはみたものの、水沼を含め集まったメンバーからはこれといったアイデアは出てこない。けっきょくすべては米軍頼みで、その米軍もいまは推移を見守る以上のことはできないらしい。水沼は確認した。

「放射能の心配はないんだな」

「ロシアはそう主張していますが、ペンタゴンは信憑性が低いとみていて、これから米軍機を派遣し、現場上空から放射能調査を実施するそうです。ホワイトハウスはこの件でロシアに追加制裁をすると張り切っているようなんですが」

綿貫は不快感を滲ませる。その気持ちはよくわかる。こちらにすればいまこの状況で、国際政治の鞘当てにかまけてもらっては困る。参集したメンバーも渋い表情だ。

「パシフィック・ペトロリアムの連中は、テキサスの本社でいまも井戸端会議をしているのか」

切迫した思いで水沼は訊いた。こちらがやっているのも井戸端会議以上のものではないが、先方には連邦政府やペンタゴンとのパイプがある。ただ手を拱（こまね）いているだけではないはずだ。綿貫が答える。

「副社長のアレックス・ノーマン氏がこれからカナダに飛ぶそうです。行き先はエルズミーア島のアラートで、カナダ空軍が宿舎を提供してくれるそうです」

行ったからなにができるというわけではないが、今回の直接の当事者はジオデータだ。米軍とパシフィック・ペトロリアムがそこで密談しておざなりな対応をされては困る。水沼は即座に反応した。

「だったらおれもアラートに行くと、パシフィック・ペトロリアムに伝えてくれ。いや、おれが直接電話を入れる。アレックスとは十年来の付き合いだ。気脈は通じているし、断る理由もないだろう」

8

「これからペンタゴンとじっくり話し合うそうだが、原潜がすぐに動けるかどうかは確約できないと向こうは言っているらしい」

パシフィック・ペトロリアムとの通話を終えて、ジェイソンは渋い表情で言う。テントのなかのメンバーの顔に落胆の色が浮かぶ。郷田は問いかけた。

「爆発を観測した原子力潜水艦が、北極海にいるんじゃないのか」

「いま本国へ帰投中だ。ロシアはきれいな水爆だとか言っているが、信じられる話じゃない。艦体に放射性物質が付着しているかもしれないし、爆発の衝撃で損傷を受けているかもしれない。乗組員から、そのときの状況を聴取する必要もあるからだそうだ」

「米海軍の原潜というのは、そんなにやわな代物なのか」

思わず皮肉が口をつく。ジェイソンは反論しない。

「ああいうのは一種の精密機械だからな。近場で水爆が爆発すれば、積んでいる電子機器にも影響が出かねない」

「だからってこの事態に、北極海を留守にするわけにはいかないだろう」

「いま別の原潜がほかの海域から北極海に向かっているが、早くても三日はかかるそうだ」

「ほかの海域って、どのあたりなんだ」

「それは軍事機密で教えられないといっている。要するに太平洋か大西洋のどこかということだろうな」

「北極点付近の氷を割って浮上するという案は？」

「やはり無理だそうだ。もちろん十分大きなリードがあれば可能だが、そもそも海軍が乗り気じゃないらしい」

「どういう理由で？」

「原子力潜水艦は空母と並ぶ戦略資産で、作戦変更には統合参謀本部レベルでの議論が必要だというのが海軍の言い分でね。要は虎の子の原潜をそんな任務に使いたくないというけち臭い話らしい。空軍や陸軍で十分対応可能だし、そんな危なっかしい作戦で原潜がぶっ壊れたら国家的大損失だが、Ｃ１３０なら一機や二機ぶっ壊してもどうってことないという算盤勘定だろう」

「だったらどうして、ほかの海域の原潜を北極海に向かわせているんだ」

「ロシアに対するプレゼンスを維持しなきゃいけない。つまり縄張り争いだ。ロシアが勝手なことをしている以上、にらみを利かせなきゃいけないと思っているんだろう。ペンタゴンも、おれたちが自力でここから退避することを期待している。いま置かれている状況の深刻さが伝わっていないらしい。ペンタゴンや海軍のお偉いさんは、ロシアとどう張り合うかで頭がいっぱいのようだ」

「ホワイトハウスは？」

「ロシアに対する制裁をちらつかせてはいるが、この件についてはなんのアナウンスもない。大統領だって、おれたち民間人のことなんか気にもかけていないんだろう。いっそ死んでくれれば、ロシアを叩くいい口実になると思っていなきゃいいんだが」

政治の世界はすでに対露のパワーゲームに突入しており、郷田たちの救出は、はなから優先課題ではなかったらしい。そうなりそうだという不安はあった。そのとき郷田のインマルサット衛星電話が鳴った。東京の水沼からだった。

「大体の状況は峰谷君から聞いている。私はこれからアラートに向かう。パシフィック・ペトロリアムのアレックス・ノーマンと現地で落ち合って対応策を練るつもりだよ。米軍やアメリカ政府にプレッシャーをかけるうえでも、私が日本で安穏としているわけにはいかないからね」

「ありがとうございます。それは心強いです。いずれにしてもホワイトハウスやペンタゴンが、なにやら怪しい動きのようでして――」

ジェイソンから聞いた話を伝えると、困惑を隠さず水沼も応じた。

「そのあたりのことはアレックスからも聞いてるよ。政治の世界というのはどこの国も似たようなもので、我々にとっての大事は向こうにとっての小事に過ぎない。それでもアラートにはペンタゴンの担当官も同行するというから、こっちの考えをじかに伝えられる。君たちのほうはどうなんだ」

「けっきょくペンタゴンの態度待ちです。原潜が動いてくれないんなら、自力で退避するしかありません」

「なんとかなりそうか」

「徒歩なら命がけですが、雪上車とスノーモビルが使えます。これ以上氷盤が荒れないうちにやらないと、逃げるに逃げられなくなりますから」

「ペンタゴンには、最善をつくすように私からもプッシュしてみるよ」

「お願いします」

「アラートには一両日中に入れると思う。私はきょうの午前中に羽田を発つ。飛行中は携帯電話は使えないが、国際線ならＷｉ－Ｆｉが使えるから、状況が変わったら電子メールで知らせてくれ」

切迫した調子でそう言って、水沼は通話を終えた。その内容を伝えると、山浦と峰谷は顔をほころばせた。水沼がアラートにやってきたところで、なにか状況が変わるわけではないだろう。しかし会社のトップが自ら行動してくれている。これから事態がどう進行するにせよ、それが頼もしい援軍であるのは間違いない。

今度はジェイソンの衛星電話が鳴った。慌ててそれを耳に当てる。やりとりをするうちにその表情が曇る。通話を終えると、ジェイソンは手元のタブレットを操作してしばらく待った。大きなサイズのメールをダウンロードしているようだ。

それを終えると、ジェイソンはメールに添付されていた鮮明な画像ファイルを開いて見せた。

「米軍の偵察衛星によるレーダー画像だよ。雲の下も撮影できる。撮れたてのほやほやで、ついさっき北極上空を通過したときのものらしい。問題はここだよ」

ジェイソンが指で示した位置に、楕円形の黒い染みのようなものがある。周囲は氷原のようだ。だとすればそこは開氷面で、氷盤に巨大な穴が開いていることになる。画像の隅に記録された座標の範囲は爆発があったと推定される場所を含んでおり、その異様な開氷面が、それによって生じたものであることは明らかだ。大きさは長径が約七〇キロ、短径が約二〇キロ。爆発が起きてわずか六時間足らずのうちにそれだけの面積の海氷が融けてなくなったものと考えられる。

長径は、爆発したと推定される場所からほぼこの基地のある方向に延びている。つまり爆発直後には、時速約一〇キロ前後のスピードでこちらに広がっていたことになる。そのままのスピードだと、それだけの氷を融かした熱水塊があと二日足らずでここまで届いてしまう計算だ。

もちろんそのあいだに水温も流速も低下するだろう。しかしその影響はすでにここまで及んでおり、これからさらに高温の海水が流れてくるとしたら、いま自分たちがいるこの氷盤も早晩消えてなくなりかねない。

第三章

1

ほどなく寒冷前線が通過したようで、基地は圧倒的な強風と寒気の支配下に入った。気温はマイナス五〇度に近づいている。インマルサットはふたたび不通になり、無線は空電で溢れている。テントの外はブリザードによるホワイトアウトで視界は周囲数メートルしかない。

風は耳元で列車の走行音のような唸りを上げ、極地仕様の強靭なテントもそのたびに前後左右に大きく撓む。平均風速はおそらく四〇メートルに達していて、瞬間風速は六〇メートルを超えているだろう。

テントの張り布が裂けたりすれば、中にいようと外にいようと極寒の地獄だ。周囲は氷のブロックでガードしてあるが、防げるのは横からの風だけで、竜巻にでも襲われればひとたまりもない。

近くに設営してあるほかのテントがどんな状態か、視界が悪くて確認できない。破損しているかすでに飛ばされている惧れもあるが、それを調べるために外を歩ける状況ではない。

これまでも何度か低気圧には襲われた。しかしここまで恐怖を感じるのは初めてだ。風を遮るものがなにもない北極海の氷原上で、この超大型低気圧の猛威から逃れるすべはない。

それに加えて氷盤の揺れは頻度を増している。海水温は二〇度に近づいており、氷厚は一〇センチ薄くなった。水温がここまで上がると、氷はこれから加速度的に薄くなるだろうとアーロンは言う。

だからそれを待って、原子力潜水艦による救出に期待するのが賢明だとあくまで主張する。しかしその原潜がいまどこかの海から北極海に向かっているとして、到着するまで三日はかかる。それまでに氷盤の状態がどうなっているかはまったく予測がつかない。

爆発が起きた地点から急速に広がっている巨大な開氷面も郷田の危機感を募らせる。その周囲も広範囲に氷が薄くなっているはずで、それがいまいる場所にまで達したとき、果たして基地が存続できるのか、隊員たちが生存できるのかが問題だ。

テントの外の状態を見れば、ここからの脱出にアーロンが二の足を踏むのもわからなくはないが、致命的な状況になる前に適度に氷が薄くなり、そのタイミングで潜水艦が到着し、氷の割れ目から浮上して無事救出されるというシナリオは、絵に描いた餅とまでは言わないにしても、注文どおりいく可能性はきわめて低いと言わざるを得ない。そもそもジェイソンがアメリカの本社と交わした先ほどのやりとりでは、統合参謀本部が原潜による救出作戦をいまも承認していない。

この嵐がまだ数日続くとすれば、留まるも地獄、逃げるも地獄だ。それなら当てにならない原潜による救出をここで待つより、自力で状況を好転させる道を一歩でも進むことだ。不退転の思いで郷田は言った。

「あの開氷面は明らかにこちらに向かって広がっている。急いで南下してその延長線上から外れれば、原潜による救出の可能性も高まるだろう。幸運を祈ってここで待っているだけじゃ、潜水艦が到着する前に基地ごと海の底に沈むかもしれないぞ」

ブリザードが吹き荒れる外の世界と比べれば、保温性の高いテントのなかはいまのところ天国だ。そこで嵐をやり過ごせるなら、郷田にしたってそれに越したことはない。しかしこの状況を座視すれば、早晩全員が本物の天国に旅立つことになりかねない。

「いま移動したら、アメリカや日本のオフィスもペンタゴンも我々の位置を把握できなくなる。インマルサットや無線がいつ使えるようになるかわからないから、ＧＰＳによる位置情報を伝えられない」

アーロンはなお言い募る。ジェイソンが苛立ちを隠さず口を挟む。

「偵察衛星があるだろう。地上にある三〇センチの物体までなら識別できると聞いてるぞ。それで探してもらえばいいんだよ。レーダー式なら雲が厚くても関係ない」

「そういう能力は特定の地点をピンポイントで偵察するためのもので、北極海のような広い範囲を対象に、我々のような小さな目標を捜索できるほどの解像度はないんだよ」

そのくらいのこともわからないのかというようにアーロンは顔をしかめる。強い調子で郷田は言った。

「無線やインマルサットが永久に繋がらないわけじゃない。現にさっきまでは通じたんだから」

「北極で凍死はしたくないよ。燃料だってそれほど残っていない。ガス欠になったら終わりじゃないか」

アーロンは悲痛な声で言い返す。問題点を見つけ出すことにかけては天才だ。郷田は峰谷に確認した。

「燃料の残量は？」

テーブルにあった電卓を手にして、峰谷は即座に答えを返す。

「仕様書どおりの燃費なら、いまあるストックで二〇〇キロは行けそうね」

「それだけ南下すれば、温水を運んでくる海流の外に出られるだろう」

ジェイソンは興味をあらわに身を乗り出す。郷田は慎重に言った。

「例の偵察衛星の写真だと、開氷面は南北の幅が二〇キロほどだった。その周囲にも氷の薄い層はできていると思うが、それを考慮しても、一〇〇キロも南下すれば安全地帯に入れるんじゃないのか」

「だったらそうしよう。安全なところに着いたら、そこで嵐をやり過ごせる。雪上車なら全員が寝泊まりできる。食料や燃料や生活必需品は、橇付きのトレーラーで引いていけばいい」

ジェイソンは一も二もなく賛成する。峰谷も山浦も腹を固めたように頷いている。チャーリーとサミーも当然だという顔つきだ。しかしアーロンはなお頑なに首を横に振る。

「僕は嫌だよ。外は普通の嵐じゃない。完全なホワイトアウトで、目の前にリードがあってもわからない。落ちたら全員海の底だよ。この寒さじゃ雪上車がエンストを起こすかもしれないし、風で横倒しになるかもしれない」

いまにも泣きだしそうな調子だが、これほど移動を怖がる理由がわからない。郷田もジェイソンも原潜による救出の可能性を否定しているわけではない。むしろできるだけ早く南に移動して、原潜が浮上でき、かつこちらが氷上にとどまれるぎりぎりの位置まで退避できれば、最大の危機は回避できる。もし原潜が動かなくても、嵐さえ去れば救難の手段はいくらでもあるはずだ。

雪上車は作業用としてだけではなく、最悪の場合の避難用としての役割も考慮して、北極より寒い南極仕様を採用している。重さは一〇トンを超えるから、いまの風でも横倒しになる心配はないし、車内にはキッチンの設備もある。速度は最高でも二〇キロだが、トレーラーを引くとなると一〇キロ程度まで低下する。歩くよりましというところだが、そもそも外は人が歩ける環境ではない。

スノーモビルはこの風では危険が大きい。しかし万一の際の移動手段には使えるかもしれないから、五台あるうちの二台はトレーラーに積んで運びたい――。そんな考えを聞かせると、アーロンを除く全員が頷いた。ジェイソンはもちろん積極的だ。

「動くならいますぐだな。嵐はこれからひどくなることはあっても、当面収まる見込みはない」

「無理だよ。トレーラーに荷物を運びこんだり雪上車を立ち上げたり、この嵐のなかでできるわけないじゃないか」

血相を変えるアーロンに、峰谷がたしなめるように言う。

「ヒマラヤじゃこんなの日常茶飯よ。ロープで安全を確保すれば、この程度の風で飛ばされる心配はないから」

「だったら君たちが勝手にやればいい」

「おまえ一人で残るのか」

ジェイソンが問い詰める。アーロンは口ごもる。

「――一人じゃ無理だよ」

「だったらどうしようというんだよ」

「だから、いま移動するなんて馬鹿げたことはやめて欲しいんだよ。これから氷が薄くなることで、救出の可能性がむしろ高まると考えるべきじゃないか」

「おまえの絵空事みたいな願望に、全員が命を託せと言うんだな」

ジェイソンが吐き捨てる。嚙んで含めるように郷田は言った。

「その可能性を放棄しようというわけじゃない。ただそのチャンスを待つ場所としてここは適当じゃない。適切なタイミングで原潜が北極に到着するかどうかわからないうえに、海軍がその作戦に原潜の使用をためらっているありさまだ。おれの提案がいちばん妥当な選択肢だと思うんだが」

「僕もそう思う。いま起きているのは過去に事例がない事態だ。いまのペースで氷の融解が進んだら、氷盤がもっと荒れて、ここから逃げることさえできなくなる。たぶんいまが残された唯一のチャンスだよ」

山浦も深刻な顔で訴えるが、アーロンはそれでもなお言い募る。

「ここにいれば氷厚も水温も随時チェックできるから、危険な状況はある程度予知できるよ。移動すべきかどうかはそのとき判断すればいい」

「あのでかい開氷面の広がり具合からしたら、その危険な状況があすにも訪れるかもしれない。そのとき嵐が去っている保証はないし、原潜はまだ北極海には来ていない。それに移動中でも、ドリルで氷に穴を開ければ、氷厚も水温もチェックできる。心配することはなにもない。これで決まりだ。急いで準備に入ろう」

不満顔のアーロンを尻目に、ジェイソンは立ち上がって一同を促した。

2

言い出しっぺの郷田がまずテントを出る。凄まじい風でほとんど雪が吹き飛ばされている氷盤にアイススクリューをねじ込んで、カラビナを介してロープの末端をそれに繋ぐ。そこはかつてアルピニストとして鳴らした峰谷の直伝だ。

まとめたロープの輪を肩にかけ、それを延ばしながら一〇メートルほど先にある倉庫棟に向かう。体ごと持っていかれそうな強風に、かつて熱を入れたラグビーのスクラムの要領で立ち向かうが、いくら重心を低くしても強風に体が持ち上げられる。

それ以上に厳しいのが正面から吹きつける風の冷たさで、ニットの目出し帽の編み目を貫いて肌に突き刺さる風は、体感温度としてはドライアイス並みだ。そのうえ正面や横からの強風は、ベルヌーイの定理という流体力学の法則によって、吸った空気の一部を吸い出してしまうから、酸欠状態のように呼吸が苦しい。

耳元を吹きすぎる風が鼓膜を圧する。視界は二メートル前後で、目指す倉庫棟へは勘で進むしかない。目に入るのはホワイトアウトの白い闇ばかりだ。平衡感覚もおかしくなって足元がふらつき、さすがに郷田も恐怖を覚える。

必死の思いで倉庫棟にたどり着き、入口近くの氷盤にアイススクリューをねじ込んで、延ばしてきたロープをそこに繋ぐ。そのロープを引いて合図を送る。続いて向こうの動きが伝わってくる。ロープ伝いに誰かがこちらに向かってくるのがわかる。

五分ほど待つと、ホワイトアウトの向こうから山浦が姿を現した。郷田のもとにたどり着くと、荒い息を吐きながら山浦は言う。

「普通じゃないですよ、こんなの。ロープがなかったら、どこかへ飛ばされて死んじゃってますよ」

小柄で線が細い山浦にそう言われると、あながち大げさにも思えなくなる。続いて峰谷がやってきた。さらにジェイソンが、チャーリーが、サミーがやってくる。しかしそれに続くロープの動きがない。アーロンの番だ。サミーに問いかけると、自分に続いてくると思って気にしていなかったという。

倉庫から必要な物資を運び出す作業には人手がいる。とくに雪上車はリッター当たり一キロ足らずという戦車並みの燃費だから、最長二〇〇キロ南下するとしたら、本体を満タンにしてもさらに一〇〇リッターほどの予備燃料をトレーラーで運ぶことになる。苦い口調でジェイソンが言う。

「この嵐に恐れをなしてサボるつもりなら、そのまま置いていきたいところだが、それで死なれたらおれたちが殺したことにされかねないからな。こっちの準備が出来たところで雪上車で拾いにいくしかないだろう。いま呼びに行っても、どうせごねられて時間の無駄だから」

峰谷たちが運び出す資材の整理をしているあいだに、郷田とジェイソンは互いにロープで結び合い、近くに駐めてある雪上車に向かった。

雪上車を立ち上げるには手間がかかる。車体に貼り付いた氷雪を叩き落とし、雪が詰まらないように使わないときは閉じてある排気口と吸気口を開けて、オイルやバッテリーをチェックする。クランキングをしてエンジンを始動し、さらにしばらく慣らし運転を行う。メーカーからは一〇〇メートルを三往復ほどするようにと推奨されている。

寒風に苛まれながら車外での作業を終え、郷田が運転席に座り、アクセルを踏み込んだところでジェイソンが切り出した。

「アーロンのやつ、どうも病気が出たようだな」

「病気？」

郷田は問い返した。

「ＰＴＳＤ（心的外傷後ストレス障害）だよ。子供のころ、大きなハリケーンで家が倒壊して両親が死んだ。アーロンは奇跡的に助かったんだが、そのときのショックでＰＴＳＤを発症してね。激しい風の音を聞くとパニックに陥る。その後の治療でいまはほとんど治癒しているというんだが」

「この嵐で、それがぶり返したと？」

「ああ。いまならここから退避するのがいちばん安全だくらい、あいつの頭ならわかりそうなものなのに」

「たしかに言っていることが、理路整然としているようでどこかずれてるな。しかしそんなトラウマがあるのに、どうして北極なんかに来たんだ」

「学位をとるための論文を執筆中で、その研究に必要だからという理由で志願したらしいんだが、要するに北極を甘く見たんだろう。ああいう連中は専門外のことには概して無知だから」

ジェイソンは舌打ちする。もしそうだとしたら、いまここでアーロンを説得するのは難しい。重いため息を吐いて郷田は言った。

「出発の準備が整ったら、食堂兼会議室用のテントに雪上車を横づけして乗り込ませればいい。いくらアーロンでも、それで同行を拒否するとは思えない」

3

無事に起動作業を終え、橇付きのトレーラーを連結し、雪上車を倉庫用テントの入口付近に停車する。郷田たちも作業に加わり、小一時間かけてすべての荷物を積み込んだ。冷え切ったテント内での作業でも、全員が額に汗をかいていた。そのあいだ、何度か地震のような揺れを感じ、周囲の氷盤の状態がさらに悪化していることを想起させた。

燃料や食料、生活必需品の大半をトレーラーに積み、さらに向こう数日分を雪上車に積み込んで、出発の準備は整った。雪上車には雑魚寝なら全員が横になれ、起きているあいだは生活に不自由しないだけの乗員スペースがある。二台のスノーモビルもトレーラーに積み込んだ。

食料と調理用の燃料は、細々繋げば二週間以上は十分もつと峰谷は請け合った。ジンとウォッカがあと五日分と宣告されている点にジェイソンとチャーリーは不安を感じているが、普通の人間だったら数週間はもつはずの量だから、そこは我慢してもらうしかないだろう。

ブリザードはいっこうに衰えない。周囲の白い闇がときおり稲妻で明滅するが、それに続く雷鳴は唸りを上げる風音にかき消されて聞こえない。

荷物を積み終え、全員が雪上車に乗り込んだことを確認して、郷田は会議室兼食堂用テントの方向に雪上車をバックさせた。二メートルほどの視界のなかにテントの入口が見えたところで、郷田は雪上車を停めた。助手席にいたジェイソンが外に出て、強風に煽られながらロープ伝いにテントに駆け込んだ。

ジェイソンは一分もせずにテントから飛び出して、入口の前に固定してあるロープの末端を確認し、そこからなにかを取り外して雪上車に戻ってきた。手にしているのはカラビナだった。ゲートが開いたままになっている。

「テントのなかにはアーロンはいない。これがロープにかかったままだった。安全環がロックされていない。テントを出る前にミネタニが使い方を説明したのに、アーロンはろくに聞いてもいなかったんだな」

ハーネス（安全帯）とカラビナが繋がっていなかったら、華奢な体型のアーロンは突風で吹き飛ばされた可能性がある。このホワイトアウトのなかでは、数メートル飛ばされただけで戻る方向がわからなくなる。近くにとどまっていてくれればいいが、あらぬ方向に移動されていたら、こちらは探しようがない。乗員スペースにいる隊員たちに緊張が走った。ジェイソンは困惑をあらわにする。

「すぐ近くにいるかもしれないし、遠くに飛ばされているかもしれない。この視界で雪上車で探し回ったらうっかり轢き殺してしまいかねないし、とてもスノーモビルで走れるような風じゃない」

郷田はトランシーバーでアーロンをコールした。彼がトランシーバーを持ってテントを出たかどうかはわからない。もし持っていれば、向こうから連絡があってもいいはずだが、いくらコールしても応答がないどころか、トランシーバーからはやかましいノイズが溢れ出るばかりだ。峰谷が躊躇なく提案する。

「とりあえずロープで体を確保して、風下方向を探してみるしかないわね。テントのなかにもう一本ロープが残っているはずよ」

「長さは?」

「四〇メートル。その範囲にとどまってくれていればいいんだけど」

「じゃあ、おれが行くよ。うちの社員だし、体重はおれがいちばん重いから」

ジェイソンはふたたびテントのなかに戻り、ロープの束を手にしてすぐに外に出てきた。強風に煽られながら、その末端をさきほど郷田がねじ込んだアイススクリューに結ぶ。峰谷がその傍らに降りて、自分のハーネスに取りつけたカラビナにロープを器用に巻き付ける。

自らもアイススクリューから自己確保をとり、ジェイソンにOKマークをつくって合図すると、ジェイソンは強風に押されるようにホワイトアウトの向こうに消えていく。峰谷はジェイソンの動きに合わせて手際よくロープを繰り出す。猛烈な寒風にも怯むところがない。学生時代のヒマラヤでの実績は伊達ではないようだ。

郷田は峰谷に吹きつける風を遮るように、その風上に雪上車を移動した。またぐらりと氷盤が揺れた。海水温はさらに上がっているだろう。早くこの場から遠ざからなければと気持ちは焦るが、もちろんアーロンを置き去りにするわけにはいかない。もしジェイソンがいうPTSDの症状がぶり返しているとしたら、いまアーロンはどんな心理状態に置かれているか。先ほどは郷田でさえ死の恐怖が頭をよぎったほどだ。その心中は想像に余りある。

峰谷が繰り出すロープがいっぱいまで延びた。峰谷はこちらに顔を向け、だめらしいというように首をかしげ、今度は延ばしたロープを巻きとり始める。ほどなくブリザードの暗幕の向こうからジェイソンが姿を現して、大きく首を横に振った。

ロープを解いて雪上車の車内に戻ると、二人とも顔じゅうに霧氷を張り付けて、唇は紫色に変わっている。車内はようやく暖房が効き始めて、ふたりとも生きた心地を味わっているようだが、そのこと自体が、いまアーロンが陥っている危機の深刻さを物語る。

「風で飛ばされたとしたらあの方向以外に考えられないが、そのあと方向感覚をなくしてあちこち動き回ったとしたら、探すのは不可能に近いぞ」

切ない調子でジェイソンが言う。腹を固めて郷田は言った。

「こうなったら、雪上車で探すしかないな。間違えて轢いてしまわないようにスピードは極力落として」

「だからって闇雲に走っても、この視界じゃ、見つかるかどうかは運任せだぞ」

ジェイソンは悲観的だ。峰谷がすかさず提案する。

「ここを起点に放射状に動けば確率は高まるかもしれないわ。一〇〇メートル進んで戻って、方向をずらして、それを繰り返せばいいのよ」

「時間はかかりそうだが、やってみるしかないな」

郷田は頷いて、ヘッドライトを点け、アクセルを踏み込んだ。いまは日中だが、ヘッドライトの光はホワイトアウトを貫いて何メートルか先まで届くだろう。アーロンがそれに気づいてくれるかもしれない。風上にいる可能性は低いから、捜索するのは風下方向に六〇度ほどの扇状の範囲と決める。

「こんな状況で面倒をかけやがって。最初から首に縄をつけて倉庫まで連れてきゃよかったんだよ」

ジェイソンは毒づくが、ＰＴＳＤの話を聞いてしまった以上、なんとか連れて帰らなければ、この先悔いが残る。フロントウィンドウに額を擦りつけるようにして、前方二メートルほどの視界に目を凝らす。その先にはブリザードの白い暗幕があるだけだ。行きは時速三キロに抑える。帰りはもっと速度を上げられたが、それでも往復四分はかかった。少しずつ角度を変えて十往復するのに優に三十分以上。けっきょくアーロンは見つからない。

「しようがない。諦めよう。ここで手こずって、おれたちが生き延びられなきゃ元も子もない」

ジェイソンは投げ出すように言う。郷田も決断を迫られる。アーロンを含め全員が生還することがもちろん理想だ。しかしそれを求めた結果、残りの全員が命を落としては元も子もない。彼もその点については同様のはずだ。しかしアーロンに関しては、ここで見捨てれば確実に死ぬ。このチームのリーダーとして、自分も含めた全員の心に傷を残すような決断は下せない。郷田は言った。

「もう一度やってみよう。こんどは捜索ラインの間隔をもっと狭めて」

4

二時間かけて、さらに緻密な捜索を行った。捜索するラインを増やすのはもちろん、風上方向にも範囲を広げた。しかしアーロンは見つからない。

こうなると最悪の事態を予想するしかない。先ほど全員が会議室用テントを出てからも、たびたび強い揺れがあった。基地から二〇〇メートルほどのところにもリードができていたから、それからさらに新しいリードが出現している可能性がある。アーロンは風に押されて基地とは逆の方角に向かい、そのリードに落ちたのではないか。水温はだいぶ上がっているからそれだけで凍死はしないだろうが、もし氷盤上に戻れたとしても、濡れた体でこの寒風にさらされたら命の保証はない。

「もういいよ、ゴウダ。おれたちは十分やった。あとはこっちが生きて帰ることを考えないと」

ジェイソンは切なげだ。自分の命が惜しくて言っているわけではないだろう。アーロンが生きている可能性は限りなく低い。そのないも同然の可能性のために、残りの隊員たちの命を犠牲にはできない。振り向くと、乗員スペースにいる隊員たちも一様に焦燥を滲ませている。郷田は決断した。

「わかった。移動を開始しよう」

いまは午前十時を少し過ぎた時刻。この状況なら、日中だろうが夜だろうが視界の悪さに関しては同等だ。問題は氷盤の状態が最悪になる前に、危険な領域から脱出できるかどうかだ。

気持ちは焦るが闇雲にスピードは上げられない。視界が二メートル前後のホワイトアウトのなかで、突然目の前にリードが出現したとき、対応できるのは最大でほぼ人が歩くスピードの時速五キロまでだろう。

キャタピラで走る雪上車にはブレーキがないが、エンジンを切ればその場でぴたりと止まるから、前方の注意さえ怠らなければ突っ込んでしまう惧れはない。しかしそのスピードで、ほぼ安全とみなせる一〇〇キロ圏外にたどり着くには約二十時間を要する。さらにそれは直線距離の場合の話で、越えられないほどのリードやプレッシャーリッジに遭遇したときは迂回を余儀なくされるから、時間はさらにかかると見ていいだろう。

偵察衛星のレーダー画像で見た開氷面の広がる速度を考えれば、それが十分な猶予だとは言い切れない。随時直近の衛星画像が入手できればいいのだが、偵察衛星はそう頻繁に上空を通過しないし、そもそもインマルサットが使えなければデータのダウンロードもできない。助手席のジェイソンが声をかける。

「疲れたら言ってくれ。運転はいつでも変わるから」

「だめだよ。まだアルコールが残っているだろう」

「さっきの騒ぎですっかり覚めちまったよ。やはり北極を舐めちゃいけない。ここはアーロンのようなやつが来るべきところじゃなかったんだよ」

そうは言っても、あのソーヴェスチの爆発さえなかったら、こんなことにはならなかった。そう考えればアーロンに罪はない。ロシア政府に対する憤りはむろん抑えがたいが、郷田がここでなにを言おうと、彼らの耳には届かない。

軽くアクセルを踏みながらハンドルレバーを操作して、雪上車を正確に南に向け、時速五キロに保って前進を開始する。ただでさえ視界が悪いところへ、ワイパーで掻きとる端からフロントウィンドウには氷雪が張りつく。

車体は全長が九メートル近くあるから、二、三メートルのリードなら難なく乗り越えられる。橇付きのトレーラーもほぼ同様のサイズだからその範囲なら問題ないが、ときにちょっとした沼や河川のようなリードが出現することもある。

一時間ほどかけてやっと五キロ進んだ。そのあいだ一、二メートルのリードには何度か遭遇したが、越えるのに苦労するようなものには出会っていない。二、三メートルの高さのプレッシャーリッジにも遭遇したが、なんとか突き崩して乗り越えられた。

問題のありそうな障害物が目の前に現れると、ジェイソンが外に出て通過可能かどうか確認してくれるが、いずれにしても神経を使う仕事だ。キャタピラで走っているといっても、氷原の状態によって針路は知らないあいだにぶれてくる。それを絶えずコンパスとGPSで補正する。

GPSも必ずしも正確だとは限らない。悪天の影響で誤差も出る。人の住む土地ではそれを携帯電話の基地局などの位置データで補正しているが、極地ではそれもない。いずれにしても大まかに南を目指せばいいわけで、そう厳密に考えなくてもいいのだが、周囲をホワイトアウトの壁に取り囲まれた世界は、水平線まで遮るもののない極地の景観に慣れ親しんだ郷田の神経を圧迫する。

「あ、そうだ。そろそろ朝食の準備をしないと」

陰鬱な空気を払拭しようというようにサミーが声を上げる。

「これから長旅になるから、しっかり栄養をつけないとね」

峰谷も元気よく呼応する。いまは自分たちが生き延びるために全力を傾けるべきときだ。しかし山浦もジェイソンもチャーリーも意気が揚がらない。郷田の心にも重いものがのしかかる。あれだけ探して見つからなかったのだ。アーロンがいまどこにいるにせよ、この状況で生きているとは考えられない。そう自分に言い聞かせても、理屈では割り切れない自責の念を振り払えない。

アーロンはジェイソンはもとより、郷田とも角突き合わせることがしばしばだった。そんな性格が生まれついてのものなのか、北極という環境に刺激されて、完全には癒えていなかったPTSDが心理面に影響を及ぼしたのか、その分野に素人の郷田にはわからない。

将来掘削リグを設置する際の海流の影響を調査するという名目で参加していたが、それ自体、今回の探査でとくに重要な任務ではなく、大半の時間は個人用テントにこもって論文の執筆に費やしていたようだった。

郷田たちも敬して遠ざけていたところはあった。もう少し気持ちの上で密接なコンタクトがとれていれば、今回のような事態は避けられたのではないかとつい思う。

5

午前十一時。水沼は羽田からワシントンDCに向かう直行便に搭乗したところだった。とくに繁忙期ではないため、直前でもチケットは押さえられた。

パシフィック・ペトロリアムの副社長アレックス・ノーマンとはワシントンDC近郊のアンドルーズ空軍基地で落ち合い、そこから空軍のジェット輸送機で直接アラートへ向かうことになっている。到着はあすの午前中で、そこからアラートまでは五時間ほどだ。同行するのは綿貫で、人口が六十人余りのアラートにはホテルがなく、宿泊は空港内にあるカナダ空軍の宿舎を提供してもらう。

ペンタゴンの担当官も同行するという。使用する輸送機は軍用といってもビジネスジェットを転用したＶＩＰ用の機体だとのことだから、相手はそれなりのランクの高官だろうと期待する。

いまは北極地域のインマルサットが不調で、衛星電話で連絡がとれず、当然電子メールも使えないから、いま郷田たちがどんな状況にあるのか、皆目見当がつかない。五時間ほど前に辛うじてできた通話では、氷盤がかなり荒れ始めているが、まだ基地ごと水没するような状況ではなく、心配なのは今後強まると思われる暴風雪だという。

アレックスからの情報だと、ペンタゴンはいまも積極的な対策を打ち出しておらず、とりあえず原潜を北極海に向かわせてはいるが、厚い多年氷を割って浮上する作戦に海軍はいまも同意していない。もし同意が得られたとしても、極点付近に到着するには三日はかかるとのことで、それまで氷盤がもってくれるかどうか予断を許さない。

ペンタゴンはソーヴェスチの爆発地点とみられる場所から周囲に急速に広がっている巨大な開氷面の衛星写真を世界に公表した。重要機密であるはずの偵察衛星の写真をこれほど速やかに公表したのは、むろんロシア批判の国際世論に火を点けるのが目的だ。地球温暖化防止の機運がこれだけ高まっている現在、身勝手な国益のために北極の海氷を融かすという行為はまさに人類全体に対する犯罪であるという論点でロシアを除く世界のメディアは軌を一(いっ)にしている。

北極の海氷が融けても海水面の上昇が起きないことはアルキメデスの原理を理解していればわかることだが、海氷が消えてなくなれば氷が反射していた太陽の熱が海洋に吸収され、それが水温や気温の上昇を招く可能性は否定できない。世界各国の政府も今後アメリカの主張に同調するはずで、国際社会でロシアが窮地に追い込まれるのは間違いない。しかし水沼にとっていまの関心事は北極で嵐に閉じ込められている隊員たちのことなのだ。

彼らの命が政治の道具にされかねないことを危惧せざるを得ない。ロシア批判などいつでもできる。しかし彼らは長くて二日か三日、下手をすればきょう一日のうちに最悪の事態を迎えかねない。

　基地の下の海水温は急速に上昇している。となると氷盤の状態も悪化しているはずで、彼らが持っている唯一の移動手段の雪上車も使えるかどうかわからない。そうなれば自力での脱出も困難になる。いま北極を襲っている低気圧は今世紀最大の規模だとのことで、それも四、五日は停滞するとの予想らしい。

　彼らがこの状況を突破して生還するためには、おそらくなんらかの奇跡が必要だ。それが起きてくれることを信じるしかないが、それがどういうものなのか、いまの水沼には想像するすべもない。

　ロシアや北欧諸国には北極点まで行ける砕氷船があるが、それでは一週間から十日かかるし、そもそもいまの悪天候では航行すること自体不可能だ。原潜による救出というプランにしても、海軍がゴーサインを出しても、現場に到着するのに三日かかる上に、氷がもっと薄くならなければ、それを割って浮上はできないという。逆に急速に氷が薄くなれば、原潜が到着する前に基地が海の底に沈むこともあり得る。

　郷田の妻の恭子にも峰谷と山浦の家族たちにも、ジオデータ側に入った情報はすべて伝えるようにしているが、マスコミが自宅に殺到するのを警戒して、総務部と広報部には三人の氏名も住所も明かさないように指示しておいた。いずれ嗅ぎつけられるのはわかっているが、当面は静かな環境で彼らが無事に帰還するのを待ちたいと、家族はいまは歓迎してくれている。

しかし郷田たちの救出があまりにも遅れ、国際社会での情報戦が激しくなれば、今後マスコミもその報道で盛り上がる。それに苛立ちを覚え、自ら取材に応じる家族も出てくるかもしれない。しかしやめろという権利は会社にはない。

自分がいまアラートに向かったとしても、できることはなにもない。だったら本社に残って推移を見守り、不測の事態が起きたときに危機管理の陣頭指揮に立つ――。それが賢明だと主張する取締役もいた。それはたしかに正論だ。しかし正論だけでは打開できない局面もある。

そこでならペンタゴンの担当官と面と向かって話ができるし、パシフィック・ペトロリアム経由ではどうしても隔靴掻痒の感のある情報のパイプを直結できる意味は大きい。それ以上に、もし連絡がとれたとき、物理的な距離の近さが郷田たちになにがしかの勇気を与えてくれると信じたい。

「郷田さんなら、必ずこの危機を切り抜けますよ。峰谷さんだって、かつてはヒマラヤのエキスパートでした。イヌイットの二名もいるし、今回の北極チームはこれまでで最強です」

信頼を滲ませて綿貫が言う。たしかに彼らなら、なんの行動も起こさずただ安穏と助けを待つようなことはしないだろう。彼らが自力でより安全な場所に退避してくれれば、米国やカナダなど、沿岸国からの救助も可能になる。水沼は頷いた。

「そこに期待をすべきだな。それぞれできることは限られていても、その力が合体すれば不可能が可能になると信じよう」

6

周囲二メートルほどの視界のなかで、突然目の前に出現するリードやプレッシャーリッジを見落とさず雪上車を止める――。神経を使う上に単調なそうした仕事は想像していた以上に疲れが溜まる。

ブリザードは収まる気配がない。エンジンの暖気で車内は二〇度前後に保たれているが、外の気温はマイナス五〇度を下回り、強風によって体感温度はさらに数十度低下する。それを思えば、ここはまさしく奇跡の空間だ。しかしなにかの理由でエンジンが止まれば、その奇跡の空間もまたたく間に消滅する。そのあとは頑丈な雪上車がそのまま鋼鉄の棺になりかねない。

一時間と少し走ったところで、ジェイソンと運転を代わった。交代した途端にジェイソンが雪上車を停めて声を上げる。

「リードだ。向こうが見えないから、けっこう幅がありそうだ」

「おれが見てくるよ」

ダウンジャケットを羽織って郷田は車外に飛び出した。ジャケットに含まれた暖気がしばらくは寒気から身を守ってくれるが、顔に直接吹きつける寒風に肌はビリビリと痺れるような刺激を覚え、さらに数秒後には無感覚になる。

横殴りの風に抗いながら、リードの縁に歩み寄る。ホワイトアウトの幕に遮られて対岸の氷盤の縁は見えず、どのくらいの幅なのか見当がつかない。視界ぎりぎりの二メートル前後なら十分渡れるが、一か八か試してみるというわけにはいかない。

郷田はしばらく待った。ジャケットに蓄えられていた暖気が吹きつける風に吸いとられる。寒気が体の芯まで浸透する。そのときふと風が弱まって、濃密なガスがわずかに透過度を増した。それを透かして対岸の氷盤がかすかに見えた。六、七メートルはある。これでは雪上車は渡れない。

海面から湯気が立っている。ミトンを外して手を入れてみる。人肌というほどではないが、ほんのり温かい。優に二〇度を超えている。海面から覗いた氷の高さは一〇センチほどで、氷の比重は〇・九強だ。海水の比重が真水より大きいことを考慮しても、水面下の氷は九〇センチほどだろう。全体では厚みはすでに一メートルに近づいている。

まだC130クラスの輸送機の離着陸は可能だが、丸一日も経たずに五〇センチあまり薄くなったと考えれば背筋が凍りつく。手間どっていれば、この雪上車の重みさえ支えきれなくなる。車内に戻って報告すると、ジェイソンは舌打ちする。

「迂回するしかないな。右か左かどっちへ行くかだ」

「左だな。追い風になるから、多少は燃料が節約できる」

　時速五キロの低速運転ではほとんど気休めでしかないが、ジェイソンも異存はないようで、二メートルほど後退してからハンドルレバーを引いて左のキャタピラを止める。右のキャタピラだけの推進力で雪上車は九〇度回転する。そこでレバーを戻して前進を開始する。郷田はサイドウィンドウから右手に見えるリードを観察する。寄りすぎては危ないし、渡れる幅になったらジェイソンに伝える必要がある。

　乗員スペースから美味そうな匂いが漂ってくる。サミーと峰谷がなにかつくってくれたようだ。山浦が手渡してくれたマグカップを受けとると、ペミカンをお湯で溶かして煮立てたスープで、基地でもしばしば出てきた定番メニューだ。脂肪の多い肉や野菜、豆類が豊富に含まれ、栄養のバランスがいい上に体が温まる。

　続いてイッカクの干し肉を盛り付けたボウルも手渡された。揺れの激しい走行中の雪上車のなかで、用意できるものといえばそのくらいだろう。ほぼ直進するだけだったら両手は自由で、ジェイソンもそれを受けとって舌鼓を打つ。ジンやウォッカが欲しいところだろうが、ジェイソンもチャーリーもこの状況では遠慮するだけの理性はあるようだ。

　低気圧の勢いに衰える気配はない。海水温はいまも上がり続けているだろう。氷盤も荒れているはずだが、その様子を確認するすべがない。

そうした面も含めていま最大の問題は、外界との連絡が絶たれていることだ。自分たちが置かれている状況を把握する手立てがないのは、ブリザードの幕に閉ざされている現状以上に深刻だ。いま進めている脱出作戦が果たして正しいのかどうか。そんな疑問さえ湧いてくる。

約二キロ進むとリードの幅が三メートルほどに狭まって、そこでなんとか渡ることができた。ふたたび南下を開始する。いまのところ雪上車の動きは快調だ。

やむを得ない決断だったとはいえ、アーロンのことを思うと気分が塞ぐ。乗員スペースにいる山浦たちも気持ちが沈んでいるようで、ほとんど言葉をかわさない。

郷田が固定ロープを設置するためにテントを出る直前に、ロープを伝う移動の手順を峰谷は全員に説明した。カラビナの安全環については、必ず締めるようにとくどいほど念を押していた。もちろんアーロンもそれを聞いていた。だからアーロンが締め忘れたとは思えない。締めようとしている最中に風で飛ばされた可能性が高い。しかし責任感の強い峰谷にすれば、それでも気持ちは穏やかではないだろう。

そうだとすれば捜索の断念を決めた郷田には、さらに大きな責任がのしかかる。そこまで考えていたらきりがない。それはわかっているのだが、まだ生きていたかもしれないアーロンを、自分は結果的に見捨てたことになる。

その決断に誰一人反対はしなかった。しかしこの車内にいる全員が、いまなんらかの呵責を感じているだろう。それは自分たちが生き延びるための決断だった。しかし可能性は低かったにせよ、アーロンが主張した考えが絶対に間違っていたとは言い切れない。基地が沈まず、原潜が浮上できる程度まで氷が薄くなり、そのタイミングで原潜が到着すれば、全員が助かったのは言うまでもない。

しかしいまも続いている海水温の上昇と、偵察衛星によるレーダー画像に写っていた開氷面の拡大スピードを考えれば、それは針の穴をとおすような可能性で、全員の命を懸けるのはどう考えても無謀な選択だった。

そのときジェイソンのトランシーバーの呼び出し音が鳴った。怪訝な表情で受信ボタンを押すと、猛烈なノイズが流れ出す。そのノイズのなかから、かすかに人の声が聞きとれる。

いまは万一のことを考えて、バッテリーの消耗を抑えるために、ジェイソン以外の全員が電源を切っている。使用しているトランシーバーは北米仕様の特注品で、最大通信距離は五八キロだ。現在位置は基地から六キロほどで、十分その範囲に入っている。

「こちらアーロン――。寒い。助けて――」

そこまでは辛うじて聞きとれたが、ノイズのレベルがさらに上がって、声はすぐにそのなかに埋もれた。送信ボタンを押してジェイソンが応答する。

「こちらジェイソン。いまどこにいる？　繰り返す。アーロン、いまどこにいる？」

「基地の近く――。プレッシャーリッジの――」

　車内にどよめきが起きる。消え入るようなその声が、アーロンの体調の悪さによるものか、電波状態の悪さによるものか、ここでは判断がつかない。

「アーロン。無事なのか。怪我はないのか」

　ジェイソンは懸命に問いかける。アーロンはなにか答えているが、言葉としては聞きとれない。

「こちら――、アーロン。応答してくれ――」

　アーロンも必死で呼びかけているが、その音声もすぐにノイズに埋もれる。こちらの声もほとんど聞こえていない様子だ。

「どうする？」

　複雑な表情でジェイソンが問いかける。アーロンが生きていたことはもちろん喜ぶべきだ。しかしこれから彼を救いに戻れば、ここまでに費やした時間も燃料も無駄になる。それはここにいる全員の命を対価にしかねない選択だ。

　乗員スペースの面々も一様に微妙な表情だが、いまは二重の意味で時間がない。この極寒のなかでアーロンが生きていたこと自体が奇跡だが、それもこの先については時間の問題だ。郷田たちにしても、ここで余分な時間を費やせば、氷の状態はさらに悪化する。

「急いで戻るしかないですよ。近くまで行けばもっと交信状態がよくなると思います」

逡巡する郷田の尻を叩くように峰谷が言う。いま使っているトランシーバーにはＧＰＳサーチ機能が搭載されていて、安定した受信が可能な距離なら通話相手の位置情報が把握できる。それを使えば、捜索にそれほど時間は要しないはずだ。異論を唱える者はいない。腹を固めて郷田は言った。

「よし、戻ろう。まだそれほど遠くへは来ていないから、脱出については致命的な遅れにはならない」

ジェイソンはなにも言わずに雪上車をターンさせて、もと来た方向に走り出す。郷田はインパネに取りつけてあるＧＰＳロガーをチェックする。ここまでのルートが一定時間ごとに表示されており、そこを繋いで戻っていけば危険なリードに遭遇することはない。そのあと新しいリードが出現している可能性はあるが、まださほど時間は経っておらず、雪上車が渡れないほど大きく開いてはいないだろう。

ジェイソンも同じ考えのようで、スピードは来たときの倍の時速一〇キロ。雪上車だけなら最高速度は二〇キロだが、大型のトレーラーを牽引しているから、実際に出せるスピードはそれが上限だ。それでも前方視界が二メートルあるかないかの状態では恐怖を覚える。フロントウィンドウの下をリードが走りすぎる。激しい衝撃が車体を揺らす。ジェイソンに代わって郷田がトランシーバーで呼びかける。

「アーロン。聞こえるか。返事をしてくれ。いまそちらへ向かっている。あと三十分ほどで着く」

ノイズに紛れてなにか言っている声は聞こえるが、相変わらず言葉としては聞き取れない。電波状態だけでなく、体調も相当悪いようだ。

郷田はトランシーバーのGPSサーチをオンにした。少し待つと、向こうの位置情報が距離や方向を示す矢印とともにディスプレイに表示された。郷田はその数値を車載のGPSロガーにインプットした。ディスプレイにアーロンの位置がプロットされる。基地から二〇〇メートルほど離れた場所だ。そこはまったくの吹きさらしで、身を隠すことはできない場所のはずだが、先ほどアーロンはプレッシャーリッジという言葉を口にしていた。

あの疑似好天のとき、基地から二〇〇メートルほどのところに新しいリードができていた。その後の嵐の来襲でそのリードが再結合し、そこにプレッシャーリッジができたのかもしれない。もしそうなら、盛り上がった氷の陰に隠れていれば強烈な風を避けられる。ここまでアーロンが生き延びていられた理由はそれ以外に考えられない。

また車体がぐらりと揺れた。しかしリードを飛び越えたわけではない。ジェイソンが郷田の顔を覗き込む。

「でかい揺れだったな」

「ああ。少しスピードを落としたほうがよさそうだ。また新しいリードができたのかもしれない」

慎重に応じると、ジェイソンはアクセルを緩めて往路と同じ時速五キロに戻す。氷盤の状態はときとともに悪化しているようだ。だとしたら、アーロンの救出に成功しても、そのあと全員が退避できない事態にも陥りかねない。

「おれたちもやばそうだな」

ジェイソンが唸る。郷田も焦燥を覚えるが、こうなれば運を天に任せるしかない。開き直るように郷田は言った。

「悪い材料は出尽くしたよ。いまさらじたばたしても始まらない。それにまだ絶望するほどの状況でもない」

夜の闇に慣れるように、人間は日中の白い闇にも慣れるようだ。雪上車のなかにいる限り、風で飛ばされることもないし凍えもしない。いまアーロンが置かれている状況を考えればここは天国だ。それ以上に、アーロンを救いに行くという選択肢が得られたこと自体が郷田には嬉しかった。

「まったく手間をかける野郎だよ。あいつを今回の探査に参加させたのは、うちの上層部の致命的なミスだな」

天敵のアーロンに毒づくのをやめる気配はないが、言葉とは裏腹にジェイソンもどこか安心した様子だ。

もう一度アーロンをコールして、すぐに受信に切り替えても、トランシーバーから流れるのはノイズばかりで、アーロンの声は返らない。

「なに、心配ないよ。寒さでバッテリーがへたったのかもしれないし、電波の状態がまた悪化したのかもしれない。この嵐にさらされて生きていたんだから、悪運が強いのは間違いない」

ジェイソンはあえて楽観的な言葉を口にする。この選択が正しかったかどうかは結果を見るまではわからない。いずれにしても、危険が迫るこの場所から退避するための貴重な時間と燃料が、それによって減る点については郷田も焦燥を感じざるを得ない。

7

最初は飛ばすことができたので、その後はスピードをセーブしたが、それでも二十分で基地に到着した。

途中新たなリードが二つできていた。渡れないようなものではなかったが、時刻、氷盤が荒れているのは間違いない。

基地のテント群を横に見て、先ほどのアーロンからの位置情報のところまで雪上車を走らせた。基地から風下方向に二〇〇メートルほど離れたそこは、やはりこの日の早朝、一時的に晴天が訪れたとき、新しいリードが発生していた場所だった。

トランシーバーで呼びかけても応答がない。この距離でトランシーバーが使えないことはありえない。アーロンの状態はかなり悪い可能性がある。GPSにも誤差があり、とくに悪天候の影響は大きい。うかつに雪上車を走らせて、アーロンの身に不測の事態が起きることを惧れ、雪上車を降りて、徒歩で捜索することにして、なにか異変が起きたときに備えてジェイソンと山浦は車内に残ることにした。

峰谷と郷田、チャーリー、サミーの四人が雪上車に繋いだロープで体を確保して、完全防寒装備で周囲に散った。背後からの風に追い立てられるように二〇メートルほど進むと、目の前に高さ二メートルほどのプレッシャーリッジが現れた。

破砕された氷が山脈のように連なり、不安定な氷塊が上から崩れ落ちそうだ。慎重に近づいて折り重なった氷塊がつくる窪みや隙間を覗いていく。アーロンが生存しているとしたら、そういう場所に身を隠しているとしか考えられない。そのときトランシーバーに着信があった。応答するとサミーの声が流れてきた。

「プレッシャーリッジの隙間にいたよ。意識は朦朧（もうろう）としているけど生きている」

「わかった。すぐそこに行く」

そう応じてトランシーバーのGPSサーチ機能をオンにする。十秒ほど待つと、相手までの距離と方向がディスプレイに表示される。いまいる場所から一〇メートルほど右に向かったところだ。

風に抗いながらそちらに進むと、峰谷とチャーリーがすでにやってきていた。アーロンは氷塊と氷塊の隙間にうずくまって眠っているように見える。

ミトンを外して頸動脈に指を触れると、かすかに拍動を感じた。鼻の前に手をかざすと、呼吸しているのも確認できた。こんな環境で生きていた——。そのことに驚き感動したとき、その理由がわかった。

アーロンがうずくまっている氷塊の下には海面が覗いており、そこから湯気が立ち昇っている。海水温はすでに二〇度前後に達しているだろう。マイナス五〇度を下回る気温のなかではそれは十分温水というべきで、そのせいか、風が吹き込まないその空間は外より一〇度前後気温が高い。

頰を軽く叩き、耳元で名前を呼ぶと、アーロンはかすかに呻き、うっすらと目を開けた。紫色に変わった唇がかすかに動くが言葉にはならない。胸に迫るものを覚えながら郷田は言った。

「わかった、アーロン。もう大丈夫だ。よく頑張った」

峰谷がトランシーバーで連絡すると、ジェイソンは現場まで雪上車を移動してきた。北極でのプロジェクトに参加する以上、低体温症の対処法は頭に入れてある。運び込んだ車内は二〇度前後だ。アーロンが低体温症なのは間違いないから、一気に体温を上げるとウォームショックによる急激な血圧低下を起こす。その点を考えればちょうどいい温度だろう。

峰谷が沸かし置きの湯をペットボトルに詰め、タオルで包んで鼠径部と腋下にあてがう。急激に体の表面を温めるとウォームショックのリスクが高まるが、すぐ近くに太い動脈がある鼠径部や腋下を直接温めることにより、血流によって体の中心部の体温を上げられる。とりあえずここでできる処置はそのくらいで、あとは安静を保って回復を待つしかない。

チャーリーが助手席に移動して、ジェイソンが雪上車をスタートさせる。二〇〇メートルほど進んだところで、また車体が大きく揺れた。一瞬ホワイトアウトが薄れて、視界が二〇メートルほどに広がった。チャーリーが声を上げた。

「見てくれよ。基地が大変なことになっている！」

慌てて窓の外に目をやると、基地全体を横断するように巨大なリードができていて、食堂兼会議室の大型テントの半分ほどが開氷面に浮いている。氷上に残った部分は強風に煽られて、張り布の一部が吹きちぎられている。怖気(おぞけ)を震うようにジェイソンが言う。

「ここで潜水艦を待つどころの話じゃなかったな。下手をすると、おれたちはいまごろ海の底に沈んでいたよ」

すべてが裏目に出つつあるようだ。リードが増えれば氷盤の流動性が増す。そうなると氷盤はいよいよ荒れて、リードはもちろん、プレッシャーリッジや広範囲な乱氷帯も形成される。雪上車での踏破もより困難が増してくる。郷田は嘆息した。

「それどころじゃない。こうなるとおれたち全員が、生きてここから脱出できるかどうかだよ」

第四章

1

「答えは出たな。一刻も早く南へ逃げるしかない。アーロンも自分がどれだけ馬鹿なことを言っていたか、意識が戻ったら身に沁みてわかるだろう」

ジェイソンは深刻な顔で言う。リードの幅は一五メートルほどあった。すでに雪上車は渡れないが、北極海では河川や湖のようなリードが出現することは珍しくない。問題なのはその長さで、渡れる場所が見つかるまでどれだけ移動すればいいのかわからない。それを捜しているあいだにさらに広がる惧れもある。チャーリーが身震いする。

「あのリードのでき方からいえば、五月から六月くらいの北極海、それも、もっと低緯度の場所に似ているよ。こんなことを経験したのは初めてだから、おれも心配になってきたよ」

「急ごう。考え込んでいる暇はない」

郷田はジェイソンを促した。ホワイトアウトが薄まって一時的に広がった視界も、またたくまにもとに戻り、いまはふたたび二メートルほどだ。ジェイソンは頷いて雪上車の向きを左に変える。右に向かうのがいいか左に向かうのがいいか、考えても答えは出ない。ここは運を天に任せるしかない。ジェイソンがアクセルを踏むと、助手席のチャーリーは右手のリードの状態に目を配る。

氷盤の縁を走れば雪上車の重みで氷が割れるリスクもあるが、わずか二メートル前後の視界では、縁から離れるとリードの状態がわからない。北極海の氷が大型航空機のような重量物を支えられるのは浮力によるものだから、一メートルの厚みがあれば雪上車の重みくらいはなんの問題もないはずだ。そのくらいの理屈は郷田もわかるが、それでも背筋がひやひやする。

アーロンはいまも意識が朦朧としているようで、ときおり恐怖に苛まれるように呻き声を上げる。ジェイソンが言うPTSDの話が本当なら、救出されるまでに彼が味わった恐怖は想像に余りある。というより、そもそもその恐怖だけで、人は十分PTSDに陥るだろう。悪寒に襲われたようにしきりに身震いしているから、まだ低体温症は軽度のようだ。身震いするのは自力で体温を上げようとする生体反応によるもので、進行すると寒さを感じなくなるから身震いは起こらない。峰谷が呼びかける。

「アーロン、しっかりして。ここは雪上車のなかだから、もう安心していいのよ。私の言っていることがわかる？　わかったら返事をして」

眠ってしまうと代謝や震えによる熱生産が低下するので、できるだけ覚醒を維持させるのがこの段階での処置として重要だ。そのあたりの基本を峰谷は心得ている。

「アーロン、よく頑張ったな。あとはおれたち全員が生きて還らないとな」

郷田も声をかけた。心もとない様子でアーロンは頷く。とりあえず最悪の事態は避けられた。ノイズに紛れたアーロンからの連絡を聞き逃していたら、あのまま見殺しにしていたはずだった。いまはその結果を良しとするしかない。

ジェイソンは時速一〇キロ前後で雪上車を飛ばすが、三十分余り走ってもリードの対岸は見えてこない。すでに五キロは移動している。右に向かっていたらもっと早くリードの端に達したのかもしれないが、確率は五分五分だ。いまさら戻ってそれが外れたら目も当てられない。

そのとき雪上車が急に停まった。

「どうしたんだ？」

不穏なものを覚えて問いかけると、ジェイソンが舌打ちする。

「リードが急に左に折れたんだよ。ほとんど直角に――」

運転席に身を乗り出して前方を覗くと、たしかに対岸の見えないリードが進路を塞いでいる。

「方向を変えるしかないな」

「それじゃ北に戻ってしまうぞ」

ジェイソンは忌々しげに言う。山浦が身を乗り出す。

「だったらいっそ、北に向かう手もあるんじゃないですか――」

これまでは沿岸国からの救出を待つことを念頭に、なるべく南下するのが有利だという考えだったが、それが期待できないなら、より寒く水温も低い極点方向のほうが氷盤は安定しているだろう――。山浦のそんな説明には一理あった。

「じゃあ、リードに沿ってこのまま進もう。あとは運を天に任すしかない。あの基地の状態を見れば、ここにいちゃ危ないのだけは間違いない」

腹を括るように言って、ジェイソンはリードが屈曲した方向に雪上車の向きを変える。コンパスとGPSで確認すると、針路は北北東だ。重要なのはなんとかリードを渡ることで、その方向が北であれ南であれ、いまは選択の余地はない。

2

「ペンタゴンからの返事はまだですか」

ワシントンDCのホテルの一室で、パシフィック・ペトロリアム副社長のアレックス・ノーマンは苛立ちを隠さず問いかけた。電話の相手はテキサスの本社にいるCOO（最高執行責任者）のジム・フランクスだ。

アレックスはパシフィック・ペトロリアムの探査部門を統括する立場で、それを含めた事業の執行全般をとり仕切っているのがフランクス。そのうえの経営全般に関わるトップがCEO（最高経営責任者）のロバート・ハチソンだ。

アメリカの企業で副社長、いわゆるヴァイスプレジデントといえば各部門の本部長といった役回りで、日本企業の副社長ほど権限のある役職ではない。

北極海石油探査プロジェクトの総責任者として立ち上げのときから関与してきた自分こそ、今回の事案のキーマンだとアレックスは自任している。東京のジオデータ社長の水沼敏夫とは、これまでいくつもの探査プロジェクトで付き合ってきた。いわば肝胆相照らす仲だ。隊員の一人であるジェイソン・マクガイアとは入社以来の付き合いで、衝突することもしょっちゅうだが、そのぶん気心もしれている。

ところがパシフィック・ペトロリアムの社内でペンタゴンにコネクションがあるのは、かつて米国内大手の軍需産業の役員を務めていたフランクスだけで、現場からの叩き上げであるアレックスは、政官界とはほとんど縁がない。

一方のフランクスは石油探査の業務に関しては素人で、とくに北極の自然環境に関してはまったくの門外漢だ。さらにＣＥＯのハチソンはウォール街出身の金融屋で、現政権とは馬が合うものの、石油探査の実務についてはフランクスに輪をかけて疎い。

「大統領を筆頭に政権上層部は、宿敵ロシアに痛打を浴びせる絶好の機会と見て、いまは国際社会を味方に引き入れるための外交戦にうつつを抜かしている様子でね――」

苦い口振りでフランクスは応じる。しょせん隊員は民間人で、七名のうちアメリカ人は二人だけ。残りは日本人三人とカナダ人二人で、現状でとくに危険な状況にあるとは思えない。嵐が去れば救出の手段はいくらでもあると、ホワイトハウスもペンタゴンも楽観視しているというのがフランクスの感触のようだ。

「じゃあ、原潜を救出に向かわせるという作戦は？」

「北極海に向かってはいるが、目的はソーヴェスチの爆発現場から離脱した原潜との交代で、氷上に残された隊員の救出ではないらしい」

「海軍が動きたがらない理由は？」

「おそらく軍事上の機密保持だよ。世界各国の海軍は、原潜に限らず他国の潜水艦の微かなスクリュー音や機関の駆動音を収集し、分析し、データベース化する。それが敵潜水艦の探索に威力を発揮するからね――」

フランクスは軍需産業出身らしい薀蓄を傾ける。いま鳴り物入りで原潜を救出に向かわせれば、ロシア海軍の潜水艦が群がってきて、あらゆるデータを取得され、虎の子の原潜が丸裸にされてしまう。海軍が惧れているのはたぶんそれだろう――。

「いま生きるか死ぬかの瀬戸際にいる隊員たちの命よりも、原潜一隻のほうが大事だということですね」

アレックスは不快感を滲ませた。渋い調子でフランクスは応じる。

「一隻じゃ済まない。原潜というのは同型艦が何隻もあるからね。艦隊一つが壊滅しかねない」

「要するに、ペンタゴンにもホワイトハウスにも、それを犠牲にしてまで彼らを救出しようという考えはないわけですね」

うんざりした気分でアレックスは言った。それが国益を考えた場合の冷徹な判断だということは一般論としては理解できる。しかし危急の事態に陥っている七人にとって、そんな一般論にはなんの意味もない。

いまジオデータの社長の水沼がこちらに向かっている。あすの午前中にはワシントンDCに到着し、そこからアレックスとともに空軍の輸送機でカナダ北端のアラートに向かう予定だ。ペンタゴンの高官も同行することになっている。

その点を見ればペンタゴンがまったく非協力的なわけではないのだが、現在の天候では空からの救出は不可能で、海からの救出にしても、アメリカには北極海の中心部まで行ける強力な砕氷船がない。ロシアや北欧の国にはあっても、この嵐のなかを航海するのはやはり無理だろうという。

つまり現状では潜水艦による救出以外にやれることはない。米海軍にその気がないのなら、嵐が収まるのを待つしかないが、すでに北極海の氷盤には、ソーヴェスチの爆発に起因する巨大な穴ができている。

最後に連絡がとれたときのジェイソンからの報告では、基地がある地点の氷の下の海水温はいまや二〇度に迫っており、氷も急速に薄くなっている。嵐が収まるころには基地は海の底に沈むかもしれない。

となれば頼みの綱は天候の回復だが、国立気象局は、現在の低気圧は一週間は北極海に居座ると予測している。そのあいだは航空機による救出は望めないし、今後、氷厚が一定以下になれば、航空機の着陸自体が困難になる。

いずれにしても、いまこちら側にできることはほとんどないというのが悲しい現実のようだ。唯一希望があるとしたら、基地の隊員たちが自力で安全な場所まで退避してくれることだ。

国立気象局やペンタゴンの見解では、ソーヴェスチの爆発現場から基地の方向に向かう幅二〇〇キロほどの海流があり、爆発によって温度が上がった海水がポールスター85の基地のある水域に流れ込む可能性が高い。

もしそこから南あるいは北に移動してくれれば、熱せられた海流の影響から逃れることができる。天候が回復したときの救出の便宜を考えれば、北米沿岸により近づく南への移動が望ましいが、現在の天候ではそれも容易なことではないだろう。

なにより通信手段が途絶えている点が最悪で、現在の天候で無線が通じないのはやむを得ないが、問題なのは頼りにしていたインマルサットの不調だ。当初は天候のせいだと思っていたが、どうも運用を開始して間もない北極専用衛星の不調が原因のようで、障害が回復する見通しは立っていないという。

「ペンタゴンには頭のいい連中が大勢いるじゃないですか。なにかいい知恵は出ないんですか」

アレックスは苦い思いで問いかけた。世界最強だと信じていた米軍が、たった七人の民間人の救出に手を拱いている。無力感は募るばかりだが、だからといって自分にもいい知恵があるわけではない。

「彼らの最大の関心事は国家の安全保障だ。さらにホワイトハウスのレベルとなると、外交戦略が最優先のマターでね」

フランクスは力なく言う。言っていることの意味はよくわかる。アメリカという巨大国家の国益を、わずか七人の民間人を救出するための対価にするわけにはいかないということだ。アレックスは腹案を切り出した。

「ロシアと話はできないんですか。そもそもこの事態を引き起こした責任は彼らの側にある。ロシア海軍にも原潜はあるわけで、本来は彼らが救出にあたるべきだ。しかし向こうもこちらの海軍と同じ発想で、情報をとられるのは嫌うでしょう。だったら紳士協約を結んだらどうですか」

「というと？」

怪訝な調子でフランクスが問いかける。アレックスは言った。

「ロシアが言うように、ソーヴェスチがあくまで平和目的のきれいな水爆で、人道的にもまったく問題がないのなら、その実験の結果、死者が出ることはイメージ戦略上大きなマイナスになる。その死者を出さないために、アメリカと協力することは彼等の利益になるでしょう」

「現在の外交的緊張関係のなかで、米ロの海軍が協力して行動するなんて考えられないだろう」

「そんなにややこしい話じゃないんです。米軍の原潜が救出に動く場合は、ロシアの原潜はその周辺に近づかない。逆にロシアの原潜が動いてくれるんなら、米軍もそれを保証すればいいんです。それならどちらの国益も損ねずに済むでしょう」

「そうだな。あの場所での探査活動は、米国政府の資源戦略に沿って行われたもので、いわばホワイトハウスの肝煎(きもい)りだった。外交戦でロシアを凹ませるのはあとでいくらでもできる。ロシアだってわざわざあの基地を狙ってやったわけじゃないだろう。もしそうだとしたら、まさしく核戦争の引き金を引いたことになるからな――」

興味深げにフランクスは応じた。あす彼もワシントンDCにやってくるという。場合によってはCEOのロバート・ハチソンにも動いてもらう。ハチソンは選挙資金集めで大統領にこれまでいろいろ協力してきており、パシフィック・ペトロリアム社内で大統領とじかに繋がっている唯一の人物だ。

「お願いします。あらゆるレベルのパイプを使って政府を動かす必要があります。私はあす、ジオデータの社長のトシオ・ミズヌマとアラートへ向かいます。ペンタゴンからは民事支援担当国防長官補佐官のボブ・マッケンジーが同行します」

「そうか。ボブなら私もよく知っている。以前は海軍省の調達部門にいて、私も前の会社にいたころ付き合いがあった。民間企業と接触する機会も多く、決してごりごりの官僚じゃない。こちらの内情も理解してくれるだろう」

期待を隠さずフランクスは言った。

3

リードに沿って二時間北上した。

ホワイトアウトはやや薄まって、視界は四、五メートルに広がったが、それは希望よりも、むしろ絶望を掻き立てるものだった。

その視界の範囲内にもリードの対岸が見えない。雪上車にしても引いているトレーラーにしても全長は約九メートルで、渡れる最大の幅はぎりぎりで三メートルだ。スノーモビルなら飛び越えられるかもしれないが、雪上車とトレーラーが渡れなければ、この先、食料も燃料も運べない。雪上車の車内の暖気がなければ、このブリザードと寒気のなかでは一日と生きていられない。

「どうする、ゴウダ？　このまま進むか、それとも戻るか」

リードに沿って雪上車を進めながら、ジェイソンが不安げに訊いてくる。戻ったからといって、渡れる場所が見つかるかどうかはわからない。

「このまま進もう。いまのところリードがあちこちにできているだけで、氷盤そのものが小さくなっているわけじゃない。これだけの強風が吹いていて、氷の下には海流がある。氷盤は絶えず流動しているから、いったん開いたリードも、どこかでまた閉じるかもしれない。これから戻るのは燃料の無駄遣いでしかない——」

郷田は言った。確信があるわけではない。しかし悩んでも答えは出ない。北極に来る前に仕入れた知識では、広い範囲でみれば氷には塑性(そせい)があり、ガラスより粘土に近い性質らしい。だからリードは海流や波や風の力で開いたり閉じたりを繰り返す。大きく開いたリードがふたたび閉じて、プレッシャーリッジを形成するのはそのせいだ。

だからまだ希望は絶たれていない。南下したほうがより陸地に近づけると思っていたが、ここは発想を逆転して、より氷盤が安定しているはずの北極点に向かうという山浦の考え方がある。

現在の状況では、陸地との距離にかかわらず、民間の航空機であれ米軍機であれ救出活動を行うことは不可能だ。しかし毎年四月には、ほぼ極点の北緯八九度でロシアの民間団体が研究と観光を目的とするアイスキャンプを運営する。そこにはホテルや大型のジェット輸送機が着陸できる滑走路も整備される。ソーヴェスチが爆発した地点からはかなり離れており、今年も開設されると聞いていたから、いまの時期なら準備のために人が入り、必要な設備が運び込まれているかもしれない。

こんな事態に陥らせた責任はすべてロシアにあり、彼等が主張するように、ソーヴェスチがあくまで平和利用を目的とし、人道上も問題がないというのなら、現在の米ロの関係が最悪だとしても、支援を断る理由はないだろう――。そんな考えを説明すると、ジェイソンは首を傾げる。

「その考えは悪くはないが、アイスキャンプが設置されるあたりまで、ここから五〇〇キロ近くはあるだろう。それじゃ燃料がもたないぞ」

車両の床に寝かせたアーロンの容態を見守っていた峰谷が、即座に立ち上がって声を上げる。

「私もそれがいいと思うわ。これから春に向かう時期だし、地球温暖化の影響もあるから、水温上昇のことを除いても、南へ行けば行くほど氷の状態は悪くなるはずよ。たった一〇〇キロの南下でも、そのためにかなり迂回を強いられそうだから、けっきょく燃料が足りるかどうか保証の限りじゃないわ」

助手席にいるチャーリーも、こちらを振り向いて大きく頷いた。

「おれもそんな気がするよ。三月に入ると、南のほうは普段の年でもリードはできやすい。そこへ持ってきてこの水温じゃ、いま出来ているくらいのリードがすでに至るところにあるかもしれない」

「氷は、極点に近いほど厚いと考えていいんだな」

ジェイソンが確認すると、サミーは頷いた。

「夏場でも、極点近くではアザラシを見かけたことがない。連中はリードがないと呼吸ができないから、そういうところには行けないんだよ。北へ行くほど氷が厚いのは間違いないね」

山浦もその考えに異存はないようだ。

「行けるところまで行きましょうよ。燃料が切れても氷が融けさえしなければ、雪上車のなかで堪えられます。調理用のガスボンベやホワイトガソリンは十分ありますから、狭い車内ならそれを細々燃やしていれば、凍死しないくらいの室温は保てるでしょう。食料もたっぷりあるし」

「だめだよ、ロシア人なんか信用しちゃ。我々が近くにいるのを知りながらソーヴェスチの実験をしたくらいだ。わざわざリスクを負って僕らを救出しようなんて考えるはずがない」

　すでに意識が回復し顔色もだいぶ良くなっていたアーロンが、床に横たわったまま話に割り込む。また一騒ぎ起こそうという魂胆かと言いたげに、鬱陶しそうにジェイソンが応じる。

「さっきまでは南下するのにあれほど反対していたくせに。おまえの言うとおりにしていたら、いまごろおれたちは海の底だった。連中がろくでなしなのはおれだって知ってるよ。だからっていまここでそんな理不尽なことをしたら、国際世論の非難の矢がわんさか飛んでくる。あいつらだってそれがわからないほど馬鹿じゃない」

「いったんはかたちだけ助けるさ。でもそのあと、生きてロシアから出られるかどうかわからない。残留放射能の検査だなんだと理屈をつけて国内に留められて、ほとぼりが冷めたころに抹殺されて、事故とか病死で処理される。それがあの国のやり口だよ」

　アーロンは極端なことを言い出した。昔のことはさておいて、いまのロシアがそこまでの専制国家ではないことくらい、彼ほどの高学歴者ならわかりそうなものだ。最高権力者が政敵を投獄したり暗殺したりという噂はよく聞くが、自分たちはロシア大統領の政敵ではない。外交面でタフな国ではあるが、だからこそ損得の計算はしっかりできる。そんなことをすれば、ジェイソンが言う国際社会からの非難の矢が、核弾頭並みの威力で飛んでくるくらいはわかるだろう。ジェイソンはうんざりしたように言う。

「おまえ、いつの時代を生きてるんだ。いくら理系だといっても、世界史の授業くらいは受けただろう。いまはスターリンの時代じゃないんだぞ」

「北朝鮮ではそんなこといくらでも起きている。議会制民主主義の仮面を被ってはいるけど、本質はあの国と一緒だよ」

アーロンはぶるぶると体を震わせる。低体温症のせいではなさそうで、なにか本能的な恐怖とも思える反応だ。ここにもなんらかのトラウマが存在しているような気がしてくるが、これまでの付き合いのなかで、アーロンがとくに極右的な思想傾向を示したことはなかった。

「悪いけど、おまえの寝言はもう聞いていられないんだよ。せっかく命を救ってやったんだ。頼むからこれ以上厄介ごとは起こさないでくれよ」

懇願するようにジェイソンは言う。自分たちをこんな状況に追い込んだロシアには堪えがたい怒りを感じるが、この嵐が収まるまでは、アメリカにしても対応する手段はないだろう。原潜を使う気があれば、艦橋だけなら浮上できるくらいのリードがすでに開いているが、海軍には原潜を動かそうという気はないらしい。

軍には軍なりの理由があるのだろうが、こちらが置かれている状況をどこまで把握しているかについては心もとない。まだ十分持ち堪えられると楽観視しているのかもしれないし、ロシアとの外交戦にかまけて、たかが七人の民間人の運命などに関心を払う暇もないのかもしれない。そう考えれば、こちらにとってはどっちもどっちだ。さらに言えば、もう一つの当事国である日本の動きも伝わってこない。

いまは情報を入手する手段が絶たれているから、そのあたりの事情は知りようもないが、いずれにしても日本には北極点に到達できる砕氷船はないし、原子力潜水艦も保有していない。できるのは米ロに善処を要望するくらいだろうが、水沼との最後の連絡の際にも、官邸側にそういう動きがあるような話は伝わってこなかった。

4

さらにしばらく走ると、ホワイトアウトが薄まって、リードの対岸が見えた。目測では七、八メートルほどの幅だ。ジェイソンは落胆を隠さない。

「これじゃとても無理だ。この先でうまく渡れる場所が出てくるかどうかだな」

そのとき雪上車の車体が激しく上下に揺れた。テーブルにのっていた食器類が床に滑り落ちた。郷田は危うくベンチから転げ落ちそうになった。

ここまでの大きな揺れは初めてだった。峰谷も山浦もサミーも慌ててテーブルにしがみつく。ジェイソンは即座に雪上車を停止した。不気味な上下動はまだ続いている。チャーリーが声を上げる。

「あれをみてくれよ」

指差しているのはリードから覗いている海面だ。白波が立ち、それが盛り上がって氷盤を洗っている。ジェイソンは慌てて雪上車を停め、向きを変えてバックしながら氷盤の縁を離れる。

縁から一〇メートルほどのところでジェイソンは雪上車を停めた。揺れはしだいに収まったが、リードから溢れ出した波はまだ氷盤の縁を洗っている。ここで氷盤が崩壊したら、鉄の塊の雪上車は瞬く間に数千メートルの海の底に沈んでしまう。

「もっと離れたほうがいいか？」

ジェイソンが問いかけると、チャーリーは首を横に振る。

「氷盤はまだそれほど薄くはなっていないよ。ただし、これまでなかったような大規模なリードができた可能性はあるね」

「そんな経験があるのか？」

不穏な思いで郷田は問いかけた。緊張を隠さずチャーリーは応じる。

「それがないんだよ。だから恐ろしい。イヌイットの長老たちからも、わずか数メートルのリードで起きた波が氷を洗ったなんて話は聞いたことがない――」

安定した氷盤に覆われた海面は、どんな強風でも大波が立つようなことはないという。ところがこれほどの波が起きたとなると、どう考えても広い範囲の氷盤が上下動するような大きな異変が起きたのではないかというのがチャーリーの考えのようだ。

これまでも新しいリードが発生するまえに、氷盤内部に断層ができたと思われる地震に似た揺れは感じたが、リードから海水が溢れだすほどの大きな波が立つのは見かけていない。

「だとしたら、いま起きているのはどういうことなんだ?」

郷田は山浦に問いかけた。チャーリーはそれ以上の答えを持ち合わせていないようだが、山浦は地震学の専門家だから、多少の知見は有しているかもしれないと期待を抱く。深刻な表情で山浦は答える。

「もしチャーリーが言うとおりなら、この付近一帯が周囲の氷盤から切り離されたのかもしれません。どこかで接続していれば、それが支持点になって、こんな激しい上下動は起きないと思うんです」

「要するに、いちばん惧れていたことが起きたということか」

郷田は確認した。山浦は頷く。

「いま我々がいる氷盤が周囲のリードによって切り抜かれて、大きな氷山になって海に浮いている状態なのかもしれません」

「リードはこれからさらに広がるのか」

「周囲に広い開氷面があるわけじゃないので、大きく広がる可能性はあまりないでしょう。むしろ風や海流によって再接続する可能性はあります。ただ心配なのは——」

山浦は表情を曇らせる。どの程度の範囲かはわからないが、いまいる氷盤をそっくり切り抜くほどの長大なリードが生まれているのなら、似たようなことがこれから頻発するはずだ。この先どこかでリードが再接続したとしても、その先で新たなリードが発生すれば、渡れる箇所を捜してひたすら迂回を繰り返すだけで、南にも北にも進めない事態に陥りかねない——。

「だからといって、ここで立ち止まってもいられない。とにかく進むしかないな」

腹を括って郷田が言うと、山浦はきっぱりと頷いた。

「極点に近づくほど、海氷が厚いのは間違いありません。リードの発生頻度も減るんじゃないですか。どちらかを選ぶとなれば、極点を目指す以外にないと思います」

「そんな話は当てにならないよ。ヤマウラは地震の専門家でも、氷については専門外じゃないか」

アーロンが騒ぎ出す。低体温症からはほぼ回復したようだが、やっかいな性分は少しも変わっていないようだ。

「だったらおまえは氷の専門家なのか」

皮肉な調子でジェイソンが問い返す。アーロンはむきになって突っかかる。

「氷のことはわからなくても、海流のことなら専門だ。外気温は北へ行くほど低くても、海水温は緯度とは関係ない」

「じゃあ、どうすればいいんだよ。おまえは最初、南下するのにも反対だったじゃないか。なんでも反対するだけじゃなく、少しは知恵を出したらどうだ」

「南のほうがまだましだと言ってるんだよ。少なくとも南にはロシア人はいない」

「ロシア人と氷の厚みと、どういう関係があるんだ」

「あんたたちに言ったってわからないよ。勝手にしたらいい。でも北に向かった結果、後悔することになったって遅いからな」

アーロンは不貞腐れたように言って、寝袋を被って床に横たわる。雪上車の車内にしらけた空気が漂う。

あのまま南下を続けていれば、いま起きているような事態には遭遇しなかったかもしれない。アーロン一人を救うために、チームは大きなリスクを負う決断をした。それに感謝して黙って従えとまでは言わないが、多少は協調する姿勢を見せてもいいはずだ——。そんな思いは誰もが拭い難いだろう。

「じゃあ勝手にさせてもらおう。これ以上おまえに付き合ってたら、命がいくつあっても足りないからな」

吐き捨てるように言って、ジェイソンはエンジンを始動した。ほかの隊員たちに異論はもちろんない。

十分も走らないうちに、ジェイソンは雪上車を停めた。

「リードがまた左に曲がっている。ヤマウラの言うことが当たっていそうだな」

リードの対岸が望めたが、ここでも幅は五メートル以上ある。海面には強風によるさざ波が立っているだけで、先ほどのように氷盤を洗うような大波は立っていない。郷田は温度計を手にして雪上車を降り、横殴りの風圧によろけながらリードの縁に徒歩で向かった。

海面からでている氷盤の高さは先ほどとさほど変わらない。水温を測ってみると二一度で、惧れていたほどは上がっていない。もちろん氷を融かすのに十分な高温ではあるが、これから数時間のうちに氷盤が崩壊するようなことはなさそうだ。

あのあと大きな揺れは来ていないから、とりあえず氷盤は落ち着いているとみていいだろう。しかし山浦の想像どおりのことが起きているとしたら、いま周囲はすべてリードに阻まれて、その幅によっては北上はおろか南下もできない。だからといって、とりあえず渡れる場所を捜す以外に選択肢はない。

ジェイソンはまた方向を変えて、リードに沿って雪上車を走らせる。風雪はふたたび強まって、視界は二、三メートルに狭まった。車内の沈鬱な空気を破るように、郷田は声を上げた。

「氷盤がリードで切り取られているとしたら、風や海流で絶えず流動しているわけだから、そのうちどこかでまた接続するだろう。インマルサットだって、天候が回復すれば通じるかもしれない。必ずしも悲観的な材料ばかりじゃない」

「そうですよ。世界中どこだって、永久に続く嵐はないですから。このブリザードだっていつかはやみますよ」

　峰谷も明るい声で言う。とにかく足元の氷盤が雪上車の重さに堪えてくれているあいだに、海水温の低い場所まで移動することだ。そこまでいけば、雪上車のなかで嵐が去るのを待てばいい。

　しかし海流の気分次第では、急速に水温が上昇する惧れもある。なにしろいま起きているのは、人類の歴史、いや地球の歴史のなかで初めて起きたことなのだ。この先のことはだれも予測できない。しかしここで立ち止まればすべてが終わる。生きて帰還するために、やれることはまだいくらでもある。

5

　ワシントンＤＣに向かう機内で、水沼は情報収集に専念していた。

情報といっても、入ってくるのは機内Ｗｉ－Ｆｉを使った電子メールと機内サービスのテレビ番組くらいだ。

衛星放送によるＣＮＮのニュースをチェックしたが、ソーヴェスチの爆発が確認されてまだ十二時間も経っていないから、情報量はごく乏しい。

北極海で不審な爆発があり、それがロシアが開発したソーヴェスチによるものである可能性が高い。その近くで日米合同の石油探査チームが活動しており、現在その安否が気遣われているというのが主な内容だ。

アメリカが早々と公表した北極海の海氷に開いた巨大な穴の衛星写真も流されたが、あとはソーヴェスチについて、すでに報道されていた内容を振り返っただけだった。

論調としてはむろんロシアに対して批判的だが、それに続く新たな情報は出てきていないようで、どこか決め手を欠いている。

ロシアもいまは沈黙を守っているらしい。アメリカ政府は国務長官が激しくロシアを批判したが、各国政府はロシアからまだ公式のアナウンスがないということで、表立った批判は控えているという。

アメリカとの水面下のやりとりで、ロシアが非公式にソーヴェスチの実験実施を認めたことを水沼はパシフィック・ペトロリアムからの情報で把握しているが、機密情報だということで、ジオデータとしてはまだオープンにできない。

アメリカ側もロシアとは水面下で交渉しつつ、今後の外交戦をどう展開するか策略を巡らせているところなのだろう。国務長官のロシア非難でもそのあたりは伏せており、あくまでアメリカ側が収集した事実に基づくものだということになっている。

米ロにしても米中にしても、しばしば起きる国家間の対立は、じつは国民や国際社会の目を意識したパフォーマンスだという見方もある。ホワイトハウスの主にとっては、今回の事態も選挙対策と不可分のマターなのだろうと勘ぐりたくもなる。

東京のジオデータ本社からの電子メールによる報告では、日本政府もどこか及び腰で、もしロシアが予告なしにソーヴェスチの実験を行ったのだとしたら遺憾であり、いま外交ルートを通じて真偽を確認している。日本人三名を含む探査チームの安否については米国側と緊密に連絡をとり、安全確保に全力を尽くすと、官房長官がお定まりの談話を出しただけのようだ。

そもそも今回の件で、官邸からはまだジオデータになんの問い合わせも来ていないらしい。米国政府との緊密な連携うんぬんにしても、そんな動きがあるならパシフィック・ペトロリアムからこちらの耳に入っているはずなのに、そんな話はまだ一度も聞こえてきていない。もちろん郷田たちの救出に関して、日本政府の出る幕はほとんどないだろうから、水沼もとくに期待はしていない。

以前、アフリカで探査業務に従事していた社員がゲリラに誘拐されて身代金を要求された際にも、日本の外務省はなんの役にも立たず、加入していた海外の保険会社の交渉人が窓口になってやっと救出に成功した。

日本国民の生命を守るために全力を尽くすのが国家の責務だという建前論は盛んに口にしていたが、けっきょく交渉の前面には一度も立たず、事件が解決したあとでしゃしゃり出てきて、自分たちの水面下での努力の成果だったとほのめかすような談話を出した。海外で起きた厄介ごとはすべて自己責任で解決するしかない――。以来、水沼はそれを肝に銘じてきた。

アレックスともついさきほど電子メールでやり取りしたが、アメリカ側も郷田たちの救出に関してはすこぶる動きが鈍い。一刻を争う事態だということは認識しているようだが、それよりも重要な政治的思惑が彼らにはあるようだった。そのとき隣席でインターネットをチェックしていた綿貫が声を上げた。

「ちょっとまずいですよ、これ――」

綿貫は手にしていたタブレットを手渡した。表示されているのはどこか海外のウェブサイトのようで、見慣れない言語の記述に英文も併記されている。慌てて走り読みすると、そこには驚くべきことが書かれていた。

北極海に浮かぶノルウェー領のスヴァールバル諸島で、異常な値のフォールアウトが確認された。発表したのはノルウェーの国立気象研究所で、ソーヴェスチによるものと想定される爆発が起きてから数時間後に観測され、場所は地域行政府のあるスピッツベルゲン島だという。

ただちに人体に影響を与えるレベルではないが、もしソーヴェスチの爆発によって生じたものだとしたら、現在北極海で猛威を振るっている巨大低気圧の強風に乗って流れてきたものと考えられ、ノルウェー政府としては今後の推移を注視しているというもので、必ずしも断定しているわけではないが、非常に憂慮しているニュアンスが文面に滲み出ている。サイトが更新されたのはノルウェー時間の午前四時で、日本時間で言えばつい一時間ほど前だ。よほど緊急性があると考えたのだろう。

綿貫は「ソーヴェスチ」のハッシュタグでツイッターをチェックしていて、ノルウェー政府が運営しているそのサイトに行き着いたという。すでにツイッターでは相当数のリツイートが行われ、情報は拡散しつつあるようだが、時刻の関係もあってか、まだ世界の主要なメディアには取り上げられていないようだ。

「ロシアは世界を騙していたのか」

水沼はため息を吐いた。きれいな水爆という触れ込みが嘘だったのか、あるいはなんらかの手違いで期待した性能が発揮できなかったのか。いずれにせよスピッツベルゲン島は、爆発地点から一〇〇〇キロ以上離れている。そこでフォールアウトが検出されたとなると、約四〇〇キロと距離の近い郷田たちの基地には、さらに濃度の高いフォールアウトが流れている可能性がある。水中爆発だから海流に乗ってくるものもあるだろう。

「米軍は爆発地点の上空で放射能の測定をするような話でしたが、そのときは検出されなかったんでしょうか」

綿貫が訊いてくる。水沼は穏やかならざるものを覚えた。

「水中爆発が検知された直後に、専用の機材を積んだ軍用機を向かわせたと聞いている。米本土からは距離があるので、まだ調査中なのか、それとも——」

「なにか理由があって、公表を控えているかですね」

綿貫は猜疑を滲ませる。あってはならないことだが、ロシアと並ぶ軍事超大国のアメリカが、なんらかの戦略的理由でその情報を秘匿している可能性も否定できない。

もちろんいたずらに緊張を高めないためには、採取した試料を精査する必要もあるだろう。しかしロシアがソーヴェスチを開発したと発表したとき、それにもっとも強く反発したのはアメリカだった。その爆発によってフォールアウトが発生したとしたら、アメリカにとっては鬼の首を取ったような話のはずなのに、それを隠し球のようにしまっているとしたら、その意図はなんなのか。

それはいま北極に取り残されている郷田たちを含む七人の隊員の命にも関わることだ。あるいは原潜による救出をペンタゴンが渋っているのは、それが理由なのではないかとさえ疑われる。さきほどやり取りしたメールで、アレックスはその点についてなにも触れていなかった。パシフィック・ペトロリアム内部では、海軍が救出作戦を渋っているのは、ロシアの原潜によるデータ収集を警戒しているためではないかと見ているようだった。

しかしこちらの猜疑が当たっているとしたら、アメリカ政府は自らの国益を優先し、郷田たちの命を歯牙にもかけていないことになる。ノルウェー政府の発表を信じるなら、彼らはすでに一定程度の放射能に被曝している可能性がある。それがどの程度のものなのか、早急にペンタゴンに確認する必要がある。水沼はさっそくアレックスにメールを送った。

6

「なんだか、ヤマウラの想像が的中のようだな」

ジェイソンが焦燥を滲ませる。リードに沿っていったんは北上したが、いま雪上車は出発地点からはほぼ逆方向の西に向かっている。リードが屈曲するたびに進路を変えた結果だが、その間、雪上車が渡れる程度にリードが狭まった箇所はなかった。このままではやがて南に向かい、もといた場所に戻ってしまいそうな気がしてきた。そうだとしたら、ひたすら無駄に燃料を消費しているだけということになる。

ブリザードは濃くなったり薄まったりを繰り返す。視界が一〇メートル近くになったときもあれば、二メートル以下まで低下したときもある。二メートル以下のときに渡れる場所があったのかもしれないが、見えない対岸に向かって雪上車は走らせられない。

基地のあったポイントを出発してすでに二時間半は経っている。平均すれば時速は七キロほどで、ほぼ一八キロは走った計算だ。その前にいったん基地を出て南下して、アーロンを救出するために戻った距離も計算に入れれば、それだけで一割以上の燃料を消費したことになる。

「この先のことを考えたら、これ以上燃料を無駄にするのはまずいんじゃないのか」

ジェイソンは不安げだ。たしかに山浦が想像したようなことが起きているとしたら、ただひたすら切り抜かれた氷盤の内周をぐるぐる回っているだけで、いたずらに燃料を消費し続けることになる。そしてその燃料が、いまや郷田たちにとっては命の水なのだ。

つい先ほど郷田は、ふたたびブリザードを突いて外に出て、氷の厚みと海水温を確認してきたが、海水温は二〇度前後で安定しており、氷厚はやや薄くなっている傾向はあるものの、それでも九〇センチ以上は保たれているから、そう急速に危険な水準に達するとは思われない。

北極に出発する前に、貨物の集積地となったエルズミーア島のアラートでテストしたところ、ほぼ満載の状態で四〇センチの氷に乗ることができた。水温が現状で安定してくれるなら、ここでしばらく停滞して、リードが閉じるのを待つ手もありそうだ。こうなれば体力の温存も重要になってくる。郷田は言った。

「全員がきのうから一睡もしていない。そろそろ体力も限界だ。焦ってじたばたしたところで、この状況が変わるわけじゃない。一休みしているあいだにリードが閉じるかもしれない」

猛り狂うブリザードの唸りは、鋼鉄の車体を貫いて雪上車の車内にも響き渡り、重い車体が左右に揺れる。こんな天候のなか、不安定な氷盤の上でただ時間を過ごすような状況からは一刻も早く脱したい。それは誰しも山々だろうが、気持ちを張り詰めていられる時間には限界がある。

この先、どういう事態が待っているか、いまはまったく予測がつかない。そうだとしたらいまできるのは、体力と気力を維持することくらいだ。北極で雪上車を運転するのに免許は要らないが、車の運転ほど簡単なものではない。隊員のなかでその訓練を受けているのはジェイソンと郷田だけで、いまのような厳しい状況では、ほかの隊員には任せられない。

そのジェイソンにも疲労の色が出てきている。助手席でリードの状況に目配りしているチャーリーも神経をすり減らしているだろう。周囲数メートルの視界のなかで、それがどれだけストレスのかかるものか、その両方をすでに担当している郷田にはよくわかる。

「私も賛成よ。もうここまで来たら腰を落ち着けて、最悪の事態に備えるべきよ。いまはまだ致命的というほどの状況じゃなさそうだし、無駄に動いても生き残るためのリソースを減らすだけだから」

峰谷が言う。ヒマラヤ経験者の言葉だから説得力がある。ジェイソンは頷いてエンジンを切って、チャーリーとともに後部の居住区に移動してくる。

「ソーヴェスチの熱エネルギーも、このあたりで尽きたのかもしれないな。これ以上水温が上がらなければ、あとはのんびり嵐が去るのを待てばいい」

ジェイソンは言いながら私物の入ったバックパックをまさぐり、ジンのボトルを取り出した。傍らにいた峰谷がすかさずそれを取り上げる。

「だめよ。いつなにが起きるかわからない状況なんだから、そこまで気を緩められちゃ困るわよ」

「そんなこと言うなよ。おれにとっては、疲労回復にはこれがいちばんなんだから」

「だったら、これから食事にしましょうよ。空きっ腹だと酔いが回るのが早いでしょ。ちょうどお昼どきだし、朝は雪上車を走らせながら軽い食事をとっただけだしね。それからジェイソンもサミーも、飲むのはグラス一杯だけにしてね」

いい提案だ。言われてみれば背中と腹がくっつきそうだ。調理担当のサミーはさっそく立ち上がり、床に置かれたダンボール箱を開けてなかの食材を物色する。峰谷は手の空いている山浦を促して、後部扉から外に出て、ブリザードが吹き寄せた大量の雪をバケツに詰めて運び込む。

郷田は調理用のガソリンストーブを準備する。プレヒートが一手間で、炎が安定するまで時間がかかるが、ボンベ式のガスストーブよりはるかに火力が強い。さっそく雪を大ぶりの鍋に入れ、それを融かして水をつくる。ストーブの熱で車内の温度が急速に上がる。

サミーは沸き上がった湯でパスタを茹でて、さらに別の鍋でイッカクの冷凍肉や冷凍野菜のミックスを使って温かいシチューをつくる。茹でたパスタは冷凍品を戻したミートソースで和える。とくに凝った料理ではないが、いま置かれている状況を考えれば最高のご馳走だ。

車内に美味そうな匂いが広がると、床に寝ていたアーロンがのそのそ起き上がる。峰谷はジェイソンとチャーリーにグラスを渡し、そこに一杯だけジンを注いで、ボトルは自分の傍らに抱え込む。不服そうなジェイソンを尻目に「頂きます」と声を上げ、さっそく食事に取りかかる。

食事は人を幸せにするものだ。張り詰めていたみんなの表情が明るくほころぶ。仲良くこうした温かい食事がとれるなら、まだ決して追い詰められてはいない。絶望するのはまだ早い。

7

水沼たちが日付変更線を越えるころになると、世界のメディアはノルウェーのみならず、北極海沿岸諸国でフォールアウト検出が相次いでいることを報じていた。

新たに公表したのはスウェーデン、アイスランド、デンマークの各国で、いますぐ人体に影響を与えるレベルではないものの、平常値を大きく超える放射性降下物が観測され、現在、監視体制を強化して、推移を見守っているところだという。

同じ北極海沿岸の国でも、ロシアとアメリカ、カナダはそうした発表を行っていない。CNNはそれがソーヴェスチの実験によるものだとしても、フォールアウトが北欧に集中しているのは大型低気圧の風向きのせいだろうとみている。ただしロシアに関しては、検出したとしても公表することはないだろうとの見方だった。

ノルウェーの発表を確認してすぐアレックスにメールで確認したが、その件についてはまだ米国政府からはなんのアナウンスメントもないという。そのあとアレックスはペンタゴンに問い合わせをしたが、いまペンタゴンが爆発現場上空で採取した試料の分析を進めており、事実が明らかになれば然るべく公表すると言うだけで、それ以上踏み込んだことは答えようとしないらしい。

あす一緒にアラートに行く予定のペンタゴンの高官に訊いても、なぜか情報ルートが遮断されているようで、彼の耳にもそれ以上の情報が入らないという。こうなるとアメリカとその同盟国のカナダでも、フォールアウトは観測されているが、なんらかの圧力で公表を控えているのではないかとも勘ぐることができる。デンマーク領のグリーンランドでそれが観測されているのに、すぐ隣り合うカナダで観測されていないという点も不可解だ。

今回のソーヴェスチの実験の背後には、あるいは米ロのなんらかの密約があったのではないかとさえ疑われる。かつての冷戦にしても、いま考えれば、相互確証破壊という危険極まりないゲームの論理に基づく米ソの出来レースだったとも解釈できる。

その意図がなんであるかは水沼にはわからない。しかしいま思えば、今年の一月にロシアがソーヴェスチの開発成功を公表したとき、アメリカは表向きは激しく非難し、国連安全保障理事会に持ち込んだ。しかしそれもロシアが決議に反対すれば否決されるのを見越してのことだったのではないか。

案の定、その後は独自に制裁を行うわけでもなく、いわば野放しにしてしまった。その結果が今回の実験の強行だとすれば、この事案に対するアメリカの及び腰な動きが妙に腑に落ちる。そう考えると郷田たちの運命に関しても、なにやら怖気立つものを禁じ得ない。アメリカにとってもロシアにとっても、あの七人は地上から消え去って欲しい存在なのではないか。そんな疑念が拭えない。

もちろんそれは憶測ですらなく、水沼が勝手に感じている気配に過ぎない。しかし石油探査の仕事に関わるようになって以来、水沼は国家が絡むビジネスの不可解な闇にしばしば翻弄されてきた。企業の論理、あるいは市民社会の論理では了解不能な理不尽な力によって、業務の遂行を断念せざるを得なかったこともある。いま感じているのも、そんなケースと共通する怪しげな気配なのだ。

ビジネスに関わることなら、そんな力に飲み込まれるのを嫌い、損を覚悟してでも撤退する。それが水沼のやり方だった。しかし今回のケースは逃げて済むような話ではない。国家の都合で社員を死なせるようなことに甘んじるなら、それは経営者としての死でもある。

当面の最大の心配ごとは、爆発現場により近い場所にいた郷田たちの被曝の可能性だ。現地はいま巨大低気圧による暴風雪に襲われているだろう。その風や雪のなかに大量の放射性物質が含まれているとしたら、それ自体が命の危険に繋がるものだ。

氷の下の水温も上がっている。それは爆発現場の熱水が海流に乗って流れ込んでいることを意味しているだろう。その海水にも大量の放射性物質が含まれているのは言うまでもない。そんな思いを聞かせると、憤りを露わに綿貫は言う。

「それを知っていて原潜が動かないのなら、アメリカは郷田さんたちを見捨てたことになりますね」

しかしその憤りをぶつけようにも、相手が米ロという二大軍事大国だとしたら、水沼にとってはあまりに強大だ。

第五章

1

外ではブリザードがますます猛り狂うが、食事を終え、コーヒーと冷凍保存してあったデザートで一息つくと、雪上車のなかには久しぶりに平穏な空気が戻った。状況は改善するどころかますます悪化しているが、生還を諦めたわけではない。ここで焦ってもやれることはとくにない。生きて還るためにベストを尽くすとしたら、いまは腹を据えて休養をとるのがむしろ賢明だ。

この嵐がいくらかでも緩んでくれれば、無線やインマルサットも通じるかもしれない。いま最大の問題は、通信が途絶していることなのだ。ソーヴェスチの爆発現場で発生した巨大な開氷面がいまどこまで広がっているか、この低気圧による暴風雪がいつまで続くのか、そうした肝心の情報が手に入らない。さらに米国政府を始めとする関係諸国による救出作戦の進捗状況を知ることもできない。それがわかればそちらと連携した退避作戦も考えられるが、いまはあくまで自力脱出という考えに沿って行動するしかない。

ブリザードは濃くなったり薄くなったりを繰り返す。薄くなったときに透かして見ると、目の前に開いているリードはいま六メートルほどで、全長九メートルの雪上車で渡るのはまだ無理だ。水温は高いから幅だけで言えば泳いで渡れるが、気温が氷点下数十度で、さらにこの強風のなか、一度体を濡らしてしまえば、水から出た途端に凍結死体になりかねない。

「悲観することはないよ。リードが増えたと言っても氷盤そのものはまだ安定している。いますぐに危険な状況がやってくるわけじゃない」

努めて楽観的に郷田は言った。車内の面々も異論は挟まない。磊落な調子でジェイソンが応じる。

「ゴウダの言うとおりだな。おれたちが生きるか死ぬかの瀬戸際にいるのは間違いないが、それがきょうあすというわけでもないだろう」

グラス一杯のジンの効果も多少はあるかもしれないが、いまいちばん危険なのは希望の種を失うことだ。そこをジェイソンはわかっているようだ。

「これだけ強風が吹き荒れると、リードは広がったり狭まったりと変化が大きい。夏場ならどんどん広がることがあるけど、いまの時期なら、このくらいのリードが一晩でくっついてプレッシャーリッジができるのは珍しくないよ」

サミーも楽観的だ。郷田にしても座して死を待つ気分ではない。恐怖というストレスにただ苛まれるより、今後直面することになるかもしれないリスクに対処する精神面でのエネルギーを温存するには、ここは能天気なくらいでちょうどいい。

「海水温の上昇は思ったほどではありません。それに対して外気温はマイナス四〇度を下回っています。氷盤自体もそれによって冷やされているわけですから、この低温が続いている限り、どこかに均衡点があるんじゃないですか」

山浦が訳知り顔で言う。その方面の専門家ではないはずだが、その理屈にはどこか説得力がある。郷田はアーロンに問いかけた。

「君はどう思う?」

海流が専門なら氷についてもまったく門外漢ではないだろうし、そもそも専門外のことでも、とりあえずは一家言を持つ男だ。気のなさそうな顔でアーロンは応じる。

「水温の上昇がここで止まってくれれば、ヤマウラの考えもあながち間違ってはいないよ」

「その見通しは?」

「爆発時刻からもう十六時間は経っているから、爆発地点の熱水は十分希釈されているはずだよ。だからこの先、それほど海水温の上昇があるとは考えにくい」

「これから爆発地点の海水が、海流に乗って流れてくるんじゃないのか」

「ここまでの距離が四〇〇キロ以上あるからね。このあたりの海流の速度は三ノット（時速約五・六キロ）程度だから、爆発地点から流れてくるには七十時間以上かかる」

「じゃあ、現在の海水温の上昇は？」

「たぶん熱伝導によるものだよ。水の熱伝導率は空気の二十倍だから、数百万度の火球の熱があっという間に伝わってきたんだろうね。爆発現場の海水が流れてきたとしても、ここまで到達するころには周囲の海水によって十分冷却されるから、それほど心配は要らないよ」

どんな横槍を入れてくるかと思っていたら、それを裏切る前向きな観測だ。皮肉な口調でジェイソンが言う。

「わかっていたんならもっと早く言えよ。だったらこれほど肝を冷やすこともなかった」

「あくまで仮説だよ。僕は海洋学者で核兵器の専門家じゃない。北極海で核爆発が起きることを想像していた学者なんて、たぶん世界に一人もいない。だから確信を持っては言えなかった」

アーロンは妙に謙虚だ。ジェイソンは落胆を隠さない。

「要するに当てにするなと言いたいわけだ。どっちにしたって、いまできることはなにもないんだから、今回それを体験した世界初の学者先生の見立てにすがるしかないな」

そのとき車載の無線機をいじっていた山浦が声を上げた。

「みんな、ちょっとこれを聴いて」

山浦がボリュームを上げると、やかましいノイズの塊が耳に飛び込んだ。よく聴くと、それに紛れてかすかに人の声が聞こえる。アナウンサーのような明瞭な口調だが、ノイズがかぶさって聞き取るのは困難だ。

しかし辛うじて聞き取れる単語のなかに、「フォールアウト」、「ソーヴェスチ」、「大型低気圧」、さらに「スウェーデン」、「アイスランド」、「デンマーク」などの国名も聞きとれた。

それらの単語を繋ぎ合わせ、断片的に理解できた文脈からわかったのは驚くべき事実だった。北極海沿岸諸国にフォールアウトが発生しているらしい。この低気圧の風に乗って、すでにそれらの諸国にソーヴェスチ由来とみられる放射性物質が降下しているという。

だとしたら爆発地点により近いこの場所にはさらに多量のフォールアウトが発生していると考えざるを得ない。さらに水中での爆発だったことを考えれば、これから海流に乗って大量の放射性物質が流れてくるだろう。それらの国々ではいまのところ健康被害が発生するレベルではないらしいが、いまいる地点に関しては果たしてどうなのか――。

「この周波数はＢＢＣの国際ラジオ放送です。フェイクニュースじゃないと思います」

世界の国際ラジオ放送の多くは短波を使う。短波なら電離層に反射して数千キロ離れた場所でも届くからだが、米本土との無線連絡もできないこの悪条件下では、普通は難しいと思われる。それでも聴けたというのは、よほど電離層の状態が良かったためだろうと山浦は解説する。

少年時代、アマチュア無線を趣味にしていたと本人から聞いたことがある。ラジオという手があるなら、それを通じてなんとか外界の情報が手に入る。その点は大いに歓迎すべきだが、そこから最初に飛び込んできた情報は思いもかけない凶報だった。

まもなくニュースが終わり、無線機からは賑やかな音楽が流れてくる。娯楽番組に変わったようだ。ジェイソンが呻いた。

「やはりロシアに騙されたんだよ。おれたちが近くにいるのを知っていて、薄汚い核兵器の実験をやったんだ。早い話が実験材料に使われたようなもんだ」

「僕の言ったとおりじゃないか。ロシア人の言うことなんて絶対に信じちゃいけないんだよ。もしここから救出されたとしても、そのあと全員が癌で死ぬんだ。もう終わりだよ。僕らはすでにロシア人に殺されかけているんだよ」

アーロンは悲痛な声を上げる。郷田は冷静に言った。

「フォールアウトといっても、爆発が起きて以降、おれたちはほとんどの時間、テントや雪上車のなかにいた。どちらもほぼ密閉された空間だから、それほど心配することはないだろう」

「そう思います。爆発したのは水中ですから、大気中に拡散した量はたぶんわずかです。泡に含まれて海上に出たものが強風で吹き上げられて北極海の沿岸に運ばれたんじゃないですか。放射性物質の大半は海水に溶け込んでいるはずで、海流の速度からすればまだここまでは到達していないわけですから」

山浦も冷静に応じる。しかし郷田も山浦もその分野の専門家ではないから、確信をもって言えるわけではない。

正常性バイアスという言葉がある。自分に限って大丈夫だという過信のことで、危機管理の分野ではそれを戒めることが極めて重要だと言われる。しかし極論を言えば、人が事故に遭うことを恐れず道路を歩き車や列車や飛行機を利用できるのも、正常性バイアスが働いているからだ。

ＢＢＣが報道した放射能がどのレベルで、それが人体にどれほどの影響を及ぼすかは専門外の郷田には判断できない。しかしとりあえずいまこの窮地を脱するために必要なのは、できる限り正常性バイアスを働かせることかもしれない。

「要するに、普段とは違う量の放射性物質が検出されたということだな。健康面ではまだ許容限度内にあるというふうにも聞こえた。むしろニュースの力点は、ロシアのやり方に対する不快感の表明にあったような気もするな」

フォールアウトそのもののリスクについてはジェイソンも楽観的だが、峰谷は不安を覗かせる。

「心配なのは調理用の水よ。さっきは氷盤に吹き溜まった雪を融かしたんだけど、そこにフォールアウトが混じっている可能性もあるわ。次からは面倒でも、その下の氷を砕いて使うべきかもしれないわね」

「そんなことを言われたって、もうパスタもシチューも食べ終わったよ。あとは癌が発症するのを待つだけだ。答えは出たんだ。僕らはもう終わりだよ」

　アーロンは予言者のように断定する。チャーリーとサミーの顔も不安げに翳る。強い口調で郷田は言った。

「まだ答えは出ていない。いまのところだれも体調に異常はないし、きょうあしたに症状が出るような話でもない。まずは生きてここから脱出することを考えるべきだろう」

「心配は要らないよ。スリーマイル島でもフクシマでも周辺住民に急性放射線障害による死者は出ていない。世間が大袈裟に騒いだのは、無責任な環境派の連中が煽ったからだよ。そんなときには反原発で気勢を上げ、いまは反化石燃料でおれたちの商売を潰しにかかってやがる」

　ジェイソンはあらぬ方向に怒りを向けるが、言っていることは間違っていない。原発と化石燃料は同じエネルギービジネスでもライバルの関係にあるから、郷田もその分野の文献にはときおり目をとおす。

「でも、どれだけの濃度のフォールアウトが風で運ばれたかわからない。ここはスウェーデンやデンマークよりも爆発現場に近いわけだから」

アーロンはなおも恐怖を煽り立てる。苦い思いで郷田は言った。

「だからって、いますぐ命に関わるような話じゃない。君だって科学者の端くれだ。専門外でもそのくらいはわかるだろう」

「でも、いま起きていることは過去に事例がない。ソーヴェスチが純粋水爆だなんて嘘っぱちだったということは証明されたけど、いままで存在しなかったタイプの核兵器だとしたら、従来のデータが通用するとは限らないよ」

「おれたちは生き延びるために全力を尽くす。君の力はもう当てにしないから、寝袋にもぐって一人で絶望していてくれ」

郷田は吐き捨てた。アーロンの不安もわからなくはないが、いまただちに死ぬ心配がないのなら、絶望するのはまだ先の話だ。峰谷が言う。

「もともときれいな水爆を標榜していたんだから、ロシア側になにか手違いがあったとしても、普通の原爆や水爆ほどのフォールアウトは出ていないはずよ。それに山浦君が言うように、爆発したのは水中なんだから、大気中に漏れ出したのはごく微量だと思うわ。だから私は気にしないことにする。そもそもいま心配したってどうしようもないことだし、そんなことを気に病んで、ここから脱出するためのパワーを浪費するのは馬鹿げたことだから」

不安げな様子で話の成り行きを見守っていたチャーリーとサミーも、その言葉に納得したように大きく頷いた。

2

水沼がワシントンDCの玄関口、ダレス国際空港に降り立ったのは現地時間で三月二十三日の午前十一時十分だった。空港ではアレックス・ノーマンが待っていて、パシフィック・ペトロリアムが用意した社用のリムジンでアンドルーズ空軍基地に向かった。

アンドルーズ空軍基地はワシントンDCに隣接するメリーランド州にあり、大統領専用機エアフォースワンの基地でもある。ダレス空港から基地までは車で四十分余りで、そのあいだアレックスから米国側の対応状況について説明を受けた。機内でもメールのやりとりはしていたが、郷田たちとはいまも連絡がとれないとのことで、低気圧の威力も衰えるどころか、さらに発達中らしい。

インマルサットの不具合はいまも続いており、復旧の目処は立っていない。気になっていたフォールアウトの問題については米軍も認識しており、爆発地点上空および周辺地域のフォールアウトに関して情報を収集したという。一万二〇〇〇メートル上空の大気中から収集された放射性物質はごく微量だったらしいが、高度一万メートルにも達する低気圧の雲の上からの観測だから、地表付近の拡散量はわからない。

ただし常識的には核爆発が起きた以外の理由では説明できないレベルの濃度で、もしそれがソーヴェスチ由来なら、ロシアはただの水爆を純粋水爆だと偽って水中核実験を行ったことになるというのがペンタゴンの見解らしい。水沼は半信半疑で問いかけた。

「そんな見え透いた嘘が通じるとロシアは考えたのか？」

「深海での爆発なら、大気中にフォールアウトは放出されないと考えたんだろうね。水中に放出されたものは海水によって希釈されて、しばらくすれば検出不可能になる」

「ところがそれが大気中に出てしまったわけだ――」

爆発の威力が想定していたより大きく、水圧で押し潰されるはずの大量の水蒸気が泡となって海面に達し、そこに含まれていた核物質が低気圧の風に乗って北極海沿岸にまで達してしまった――。それが現時点でのペンタゴンの推論のようだった。

「問題はポールスター85の基地がある場所でのフォールアウトがどの程度かだよ。それを推測する方法はないのかね？」

水沼は問いかけた。覚束ない調子でアレックスは応じる。

「言えるのは、いますぐ命に関わるようなものじゃないというくらいだな。これまでも世界中で大気圏内の核実験が行われてきたが、フォールアウトによる実験場外での死者は出ていない」

「ビキニ環礁で行われたアメリカの水爆実験では、日本の漁船員が被曝して、多くの死者が出ている」

「米国側の調査では、あのときの急性の放射線障害は白血球や血小板の減少や小腸からの出血、脱毛などで、いずれもまもなく回復している。死亡者のほとんどは肝臓癌や肝硬変によるが、そのほとんどはウィルス性のB型肝炎に由来するものだった。当時は日本でもアメリカでも輸血用血液のほとんどが売血で賄われ、そのうえ注射針の使い回しも普通に行われていた。B型肝炎による死者は、当時は世界中にいくらでもいたんだよ」

「そういう話は知っている。ただしあくまでもアメリカ側の主張で、日本の被害者団体の見解はそうじゃなかった」

「双方見解が分かれているのは承知しているし、いまここでそれを争うことに意味はない。いずれにしても北極海沿岸の国で検出された放射性物質は、自然界に存在する量よりやや多いという程度で、健康被害が出るレベルからは程遠い」

　アレックスは迷いのない口調だ。だからといって郷田たちはいまも吹き荒れる暴風雪のなかで救出を待っている。その暴風雪のなかにどのくらいの濃度のフォールアウトが含まれているかは確認しようがない。風向きによってはより濃密な放射性物質に曝露されるかもしれないし、健康面への影響にしても、ロシアと並ぶ核大国のアメリカが言う話を、世界唯一の被爆国の国民として、はいそうですかと納得はできない。そんな気配を察知してか、アレックスはスマホを取り出して、話題を切り替えようとするようにある画像を表示してみせた。

「爆発現場から広がっていた例の開氷面だよ。一時間ほどまえの偵察衛星によるレーダー画像で、これが現時点での最新データだ」

画面を覗くと機内の衛星放送で観たときとほぼ同様の画像が表示されている。画面の隅に表示された数字を指差してアレックスが言う。

「長径が七二キロで短径が二一キロ。前回撮影したときとほとんど変わっていない。拡大は止まったようだ」

「だとしたら、基地ごと海に沈む心配はないな」

「その点は安心していい。もちろん海水温は上昇しているはずだから、氷盤はこれからさらに不安定になるだろうがね」

「それがわかっているのに、ペンタゴンもホワイトハウスも動こうという気はなさそうだ。彼らを救出すると、なにか都合の悪いことでもあるんじゃないのか」

皮肉な調子で水沼は言った。アレックスは慌てたように首を横に振る。

「そんなことはない。彼らだって知恵を絞っている。COOのジム・フランクスが、きょうワシントンDCに出向いてペンタゴンの上層部と接触する。CEOのロバート・ハチソンも、アポイントメントがとれしだいこちらに飛んできて大統領に会うそうだ。彼は選挙資金の関係で大統領に貸しがある。多少の影響力はあると期待していいだろう」

「ロシアとは水面下でなにか話をしているのかね。爆発が起きた直後には勢いよくロシアを非難していたのに、そのあとはずいぶん大人しくなっているようだが、なにか外交面での取引材料にでも使おうと画策してるんじゃないのか」

水沼は猜疑心を滲ませた。アレックス個人に不信感をもっているわけではない。逆にいまアメリカ側の人間で気脈が通じる唯一の人物がアレックスだ。だからこそ忌憚のない意見も口にできる。

機内では衛星放送のニュースをずっとチェックしていたが、日本政府が公式にアメリカ政府と接触しているという報道はない。東京の本社には、いまも外務省や官邸から問い合わせもないらしい。日本国内のメディアは米ロのパワーゲームとしての側面ばかりを強調し、怪しげな評論家やコメンテーターが湧いて出て、世界秩序の崩壊だの第三次世界大戦勃発だのと、無闇に危機を煽り立てるばかりで、爆心地に近い北極海にいる郷田たちのことは、せいぜいヒマラヤで登山隊が遭難したくらいの扱いでしかないという。

そこにもってきて昨今の地球温暖化問題がある。CO_2排出の元凶である石油の探査のために北極に出かけていたという点については、世界的にみても風当たりは強く、一部の活動家からは自己責任論まで噴き出しているようだ。水沼の言葉を言下に否定するかと思っていたら、なにやら不穏な表情でアレックスは応じた。

「ロシアは公式には、北極海での開氷面の発生は、ロモノソフ海嶺での海底火山の爆発による可能性が高いとしらばくれている。アメリカは北極海沿岸諸国や爆発点上空で検出されたフォールアウトを証拠にロシア批判を続けているが、じつはロシアも水面下ではソーヴェスチの実験が行われた事実を認めている。私も米ロが出来レースをやっているような気がしてね」

「あんたもそんな印象を持っているのか?」

「表面で派手な舌戦をしているわりには及び腰な印象が否めない。米ロは中東でも呼吸を合わせてやってきた。シリアでのIS(イスラム国)掃討作戦では、アメリカが一抜けたをした途端にロシアが速攻で空爆を行った。裏でどういう取引があったのか知らないが、アメリカとロシアはいがみ合っているようで予定調和的な行動をする。冷戦時代には、米ソ二大軍事大国によって世界はバランスを保ってきた。しかしソ連という一方のパートナーが崩壊して、さすがのアメリカも一国で世界の警察の役割を果たすのは無理だった――」

アレックスは溜息を吐いて続けた。米国にとって最大の敵がいなくなった世界は、やがてテロや内戦の坩堝(るつぼ)と化した。アメリカが世界の警察の役割を果たそうとすればするほど、それを憎悪するアルカーイダやISのような勢力が台頭して、九・一一を始めとする同時多発テロも起きた。

　アフガニスタンではタリバーンの制圧に手を焼き多くの米兵が犠牲になったが、けっきょく撤退したし、シリアのＩＳの拠点を壊滅させた立役者はロシアだった。そのうえ、アメリカとロシアには共通する利害がある。アメリカは世界一位、ロシアは世界三位の産油国で、中東の産油国の影響力を削いで世界の石油市場をコントロール下におきたいという願望がある――。

「北極海の氷原にできたあの巨大な開氷面を見れば、ロシアがあそこで実験をした意図はおのずと見えてくる。北極海の氷盤に運河を掘削することだよ。あるいはすべて融かして、普通の海にするつもりなのかもしれない――」

　ロシアやデンマークが一部を領海にしようとしているが、そうなったとしても無害通航権は認められる。その北極海には、石油のみならず、石炭や天然ガス、希少金属まで、膨大な手つかずの資源が埋蔵されている。そのうえ北極海が太平洋と大西洋を結ぶ最短航路になる。それは米ロのみならず、世界の経済活動に画期的な利益をもたらすもので、とりあえずロシアが悪役を引き受けてくれれば、世界各国は本音ではそれを歓迎するだろうとアレックスは疑念を滲ませる。その先を読むように水沼は言った。

「ソーヴェスチがロシアの言うとおりの純粋水爆なら、米ロの出来レースでそのうち既成事実化できるかもしれない。まさしくダイナマイトを凌駕するノーベル賞クラスの発明ということにもなりかねない。ところが意に反してフォールアウトの生成が発覚してしまった」

「あくまで憶測に過ぎないが、そう考えれば、いま起きている怪しい動きを説明できるんだよ」

「怪しい動きとは？」

「じつはＣＥＯのハチソンが、この件で動きが悪い」

「大統領と会う予定なんだろう」

「それが渋りに渋った挙げ句のことで、いまもアポイントメントがとれないとぐずぐずしている。普段は電話一本ですぐに会えるし、大統領がフロリダの別荘に来たときには必ずゴルフに誘われる仲なんだが」

「それだけ大統領に近いとしたら、今回の事態に関しても、なにか表に出せない情報を握ってるんじゃないのか」

「その可能性が否定できないんだよ。これからペンタゴンの役人とアラートに向かうわけだが、そこで連中の腹のうちを探り出すつもりだ」

深刻な表情でアレックスは言った。

午前零時を過ぎた。非常事態に備えて交互に睡眠をとり、二時間前には十分な食事もとった。

3

調理用や飲用の水は、フォールアウトが混じっている惧れのある雪は使わず、雪上車の周囲から氷を切り出して、それを融かしてつくった。

硬い氷を切り出すのは大仕事だったが、氷原にイグルー（氷雪のかたまりで造ったドーム状の家）をつくる伝統のあるチャーリーとサミーは雪上車に備え付けてあったツルハシやスコップを使って数日は保ちそうな量の氷塊を確保して、暖房の入らないトレーラーの空きスペースに保管した。

ほとんど総出で行ったその作業で一定量のフォールアウトを吸い込んだ可能性はむろんあるが、重要なのはいまを生き延びることだ。それを全員がわかっている。なにごとにつけて天の邪鬼のアーロンも、今回は雪上車の外での作業に加わった。

ＢＢＣのラジオ放送はあれからもときおり聴けたが、その後、フォールアウトに関する新しい情報は入ってこない。爆発現場に近い北極海の氷盤上で、日本とアメリカの合同による石油探査チームが嵐に閉じ込められ孤立しているという報道もあった。

しかしそれを隊員の命に関わる状況とは認識していない様子で、食料や燃料の備蓄も十分で、嵐が去ればすぐに航空機で救出が可能だとして、心配している様子はほとんどない。ソーヴェスチの件と直接結びつく事案ともみなしていないようだった。

こちらの窮状はパシフィック・ペトロリアムを通じてペンタゴンに届いているはずで、ホワイトハウスはそれをロシア叩きの材料に使うかと思っていたのに、どうもその気はないらしい。それよりなにより日本政府からは、ほとんどこの件について対外的なアナウンスがないようだ。日米両政府とも、連絡がとれないのをいいことに、事態を矮小化し、時間が解決する問題だと高を括っているとしか思えない。

白夜が近づいているいまでも、この時間になると窓の外は宵闇に包まれている。ときおりブリザードの幕が稲妻に明滅するが、それで視界が広がるわけではなく、その点では日中も夜間も変わりない。不気味な揺れもしばしば襲ってくる。それが氷盤に亀裂が入って新しいリードができたためか、逆にリードが閉じてプレッシャーリッジができたためなのかはわからない。けっきょく落ち着いて寝ていられる心境ではないらしく、こんな時刻でも全員が起き出してしまった。

各自の疲労はだいぶとれていたので、つくり置きしておいた水を沸かしてコーヒーを淹れた。アーロンがさっそくぼやき始める。

「僕らは見捨てられたんだよ。この暴風雪に閉ざされて、放射能に晒されて、なんとか助かったとしてもそのうち癌で死ぬ。その前に氷盤が崩壊して海の底に沈むかもしれない。つまりロシア人に殺されるんだよ」

「また始まった。うちの会社にも、スリーマイル島の原発がメルトダウンしたとき、連邦政府の要請を受けて現場作業に携わった技術者がいるが、それから四十年あまり経っても、放射線障害で死んだ人間はいない。癌で死んだ者は何人かいるが、一般的な罹患率とほぼ変わらず、被曝との関連性は立証されていない。それにもし氷盤が崩壊していま以上におれたちが危険な状況に置かれるようなら、おまえが言う極悪非道なロシア人にしたって、危険を冒してわざわざおれたちを殺しに来るほど物好きじゃないだろう」

ジェイソンがうんざりしたように応じる。悲観的な言葉は口にしない――。それは自分たちが置かれているリスクを甘く見るという意味ではない。むしろ状況があまりにも悲観的だからこそ、その状況に立ち向かう魂のエネルギーを失わないために全員が暗黙で了解していることのはずだが、アーロンだけは例外のようだ。

そのとき、これまでとは違う大きな揺れが襲ってきた。雪上車の車体がぐらりと傾き、テーブルに載っていたマグカップやコーヒーポットが床に落下した。雪上車は傾いたまま元に戻らない。さらに不気味なのは、ゆっくりした上下動がいまも続いていることだ。

「いったいなにが起きたの？　こんなことは初めてよ」

普段は肝が据わっている峰谷が悲鳴のような声をあげる。

「まずいぞ。氷盤そのものが傾いているらしい」

ジェイソンが叫ぶ。郷田はダウンスーツを着込んで外に出た。ジェイソンとチャーリーもそれに続く。ブリザードは衰える気配がない。横殴りの風が露出した肌に突き刺さり、皮膚の表面の水分が一瞬で凍りつくのがわかる。雪上車の車体のフックからアンカーをとり、そこから延ばしたロープをハーネスにセットして安全を確保する。

吹きつける風に抗いながらリードの縁に近づいた。雪上車のヘッドライトがリードの対岸を照らし出す。運転席に不安げな山浦の顔が見える。気を利かせてライトを点けてくれたようだ。ブリザードの幕は薄まっている。ビームに照らし出された対岸までの距離が、いまは一〇メートル弱はありそうだ。ここで停滞し始めたときよりもさらに開いているが、問題はそれとは別にあった。

対岸と比較して、こちらの氷盤は明らかに十数度傾いている。慌てて水温を確認したが、二〇度をわずかに上回っている程度で、停滞開始前とさほど変わりない。しかし海面に出ている氷の高さが八センチほどになっている。鋭い恐怖を覚えてジェイソンの顔を覗くと、そちらも強い緊張を滲ませている。なにか喋っているが、風音で聞こえない。目顔で合図して雪上車のなかに戻り、郷田は状況を説明した。山浦が運転席から身を乗り出す。

「我々のいる氷盤が小さなブロックに分割されてしまったんですよ。そのうえ雪上車とトレーラーの重みで、それが傾いているんです」

その説明には同感だ。ジェイソンが不安げに問いかける。

「つまりおれたちは、雪上車の重みで傾くほど小さなブロックの端にいるということなのか」

「そうだと思います」

「だったら急いで雪上車を移動しないと。ブロックに不安定な負荷が加わって、さらに小さなブロックに分割しかねない」

ジェイソンは鋭く反応し、山浦と入れ替わって運転席に座る。停止状態の雪上車を起動するには、クランキングから予熱のためのアイドリングまで五分近くかかる。薄気味悪い上下動はいまも続いている。

「そんなことしている場合じゃないよ。早く雪上車を動かさないと、このまま海の底に沈んじゃうよ」

アーロンが金切り声をあげる。苛立ちを露わにジェイソンが応じる。

「不十分なウォーミングアップで走らせたら、エンジンが壊れてしまうんだよ。そうなったら生き延びる手段をすべて失うだろう。気に入らないんなら、おまえ一人でリードを泳いで渡ればいい」

アーロンは黙った。雪上車がようやく起動すると、ジェイソンは車体の方向を転じ、氷盤の傾きから推測してブロックの中央と見られる方向にゆっくり雪上車を進ませた。三〇メートルほど進んだところで車体の傾きはほぼ水平に戻ったが、上下の揺れはまだ収まらない。郷田は山浦に問いかけた。

「このブロックのサイズはどのくらいあると思う？」

「ここがほぼ中央だとするなら、縦横それぞれ六、七〇メートルといったところじゃないですか」

山浦はあっさり答えを捻り出す。郷田も概ねそのくらいだろうと見込んではいた。アーロンがまた騒ぎ出す。

「そんなに小さいブロックなら、いまみたいな揺れが続くうちにさらに崩壊するかもしれない。なにかいい手を考えてくれよ」

「騒ぐんじゃない。それなら君も少しくらい知恵を出せ」

さすがに郷田も堪忍袋の緒が切れた。車内の空気が張り詰める。

「そのくらいのブロックなら周囲を一周してみたらどうですか。対岸に渡れる箇所があるかもしれませんから」

峰谷が言う。ジェイソンは不安げだ。

「いませっかく中央に移動してブロックを安定させたのに、それじゃまた崩壊のリスクを高めるだけじゃないのか」

「そこは賭けですよ。このままここにいたって、安全だという保証はないでしょう」

峰谷はなお主張する。ジェイソンは大きく頷いた。

「そのとおりだな。びくびくしていたってなにも解決しない。とにかくこのブロックから移動しないと」

「移動すると言っても、北側の氷盤じゃないと意味がないですよ。南側の氷盤はすでにぐるりと切り取られて、たぶんここと同じように不安定になっていますから」

山浦が言う。その心配は当たっていそうだ。北の氷盤が安定している保証は必ずしもないが、可能性の高い北に向かうという基本戦略はいまも変わらない。

「だったらいまいる氷盤の北側の縁を見て回って、とりあえず渡れる箇所を捜すことにしよう。行くぞ」

ジェイソンはエンジンを始動して、雪上車の方向を変える。氷盤の縁に向かうにつれて、車内にふたたび傾斜が生まれる。ジェイソンは臆することなく直進する。

移動するにつれてシーソーに乗っているような不気味な上下動も強まった。操縦するジェイソンの表情も強ばる。ブロック状の氷盤に雪上車とトレーラーの重量に相当する不自然な負荷がかかっているのは間違いない。氷盤がそれに堪えてくれることを、いまは祈るしかない。

氷盤の縁に達すると、雪上車は前方にのめるように傾いた。ブリザードはやや薄れていて、ヘッドライトで照らせば一〇メートルほど先まで見通せるが、前方のリードの幅は六メートルほどあり、渡ることはやはり不可能だ。ジェイソンは雪上車の向きを変え、リードに沿って慎重に前進する。

三〇メートルほど進むとリードは二股に分かれた。前方にそのまま延びているのがもとの氷盤を周囲から切り離しているリードで、枝分かれしているのが新しくできたリードだろう。どちらも七メートルほどの幅がある。

ジェイソンはこんどは逆方向に雪上車を走らせる。さきほどスタートした地点を過ぎ、さらに三〇メートルほど走ると、そこには対岸の見えない池のようなリードが広がっている。あの大きな揺れに襲われるまで停滞していたのはこのリードのわずか一〇メートルほど手前で、これがあのときできたものなら、一つ間違えれば寝ているあいだに海の底に沈んでいたかもしれない。

氷盤の厚みはなんとか保たれているが、一方で水温の上昇は氷盤の強度に影響を及ぼしているようだ。このままでは最悪の結果になりかねない。

「打つ手なしだな」

ジェイソンはお手上げという表情で、車内の面々も発する言葉がない。郷田も心が折れそうだ。あとは神頼みしかないのか。そのとき、あるアイデアが閃いた。うまくいくかどうかわからない。しかしやってみて無駄ではないはずだ。

スタート地点に戻って、郷田はその考えを披露した。いま目の前にあるリードの幅はほぼ六メートル。先ほど確認した範囲で、それ以上狭い箇所はなかった。だったら泳いで渡るという手がある。

4

雪上車には重量物を移動するためのウィンチがある。アイススクリューとウィンチのワイヤーを携えてリードを泳ぎ渡り、対岸の氷盤に達したらアイススクリューを氷盤にねじ込んで、それにワイヤーを結んでから泳いで戻る。雪上車をストッパーでしっかりと氷盤に固定したのち、ウィンチでワイヤーを巻き上げて、いまいるブロックを対岸に向けて牽引する。

縦横六〇メートルほどあり、厚みも一メートル弱あるブロックの重量は四〇〇〇トン近くになるはずだが、水の摩擦係数はほぼゼロだから、一度動き始めればあとは惰性で移動する。わずか数十トンのタグボートが数万トン、あるいは数十万トンの巨大タンカーを動かせることを考えれば、決して不可能な話だとは思わない——。

そこまで説明すると、準石油メジャーのパシフィック・ペトロリアムで石油の探査から原油積み出しの港湾建設まで経験しているジェイソンは頷いた。

「十分可能だな。この雪上車は五〇〇馬力はあり、ウィンチはエンジン直結で駆動するから、ちょっとしたタグボート並みのパワーがある」

峰谷が不安を露わに問いかける。

「郷田さんがそれをやろうというの?」

「ああ。言い出しっぺのおれがやるのが当然だ。心配はない。いまの水温は外気温と比べれば温水プールのようなものだ。水中にいるあいだは凍死する惧れはない」

臆することなく郷田は言った。ジェイソンは別の問題を指摘する。

「海流に乗って、放射性物質がここまで流れてきているんじゃないのか」

「アーロンの話だと、海流の速度から考えて、まだここまでは届いていないはずだ」

そこはアーロンを信じるしかない。ジェイソンが確認する。

「間違いないんだな、アーロン。ここはおまえを信じるしかないぞ」

「もちろんだよ。僕はその分野が専門だからね。だからといって、風に乗って運ばれてくるフォールアウトに関しては専門外だ。濡れた体で風に当たったって、そのあとどうなるかは保証の限りじゃないよ」

不貞腐れたようにアーロンは言うが、自分がやるわけではないから、郷田のアイデアについてはとくに反対しない。

「ワイヤーやアイススクリューを抱えて泳ぐのは難しいから、おれも一緒に行くよ。向こうの氷盤で作業するにも、手分けしたほうが手っ取り早い」

チャーリーが言う。サミーも手を挙げる。

「だったらおれも付き合うよ。おれたちはリフローズンリード（再凍結したリード）を踏み抜いて海に落ちることがよくあるけど、急いで体を温めれば死ぬことはない。そもそもいまは海水が異常に温かいわけだし」

北極を生活圏にしている彼らの言葉は心強い。郷田は喜んで応じた。

「それは助かる。強度を考えれば、アイススクリューの本数は多いほどいいし、それと同数の補助ワイヤーも必要だから、運ぶ荷物はけっこう多い」

「おれも付き合いたいところだけど、雪上車を運転する人間が必要だからな。そうと決まればぐずぐずはしていられない。さっそく準備を進めよう」

ジェイソンが立ち上がる。雪上車のなかにあるのはアイススクリューとカラビナがそれぞれ五個ほど。さらに追加のアイススクリューとカラビナと予備のワイヤーが必要だが、それらはトレーラーのなかにある。峰谷は郷田の説明を聞いて必要になる資材を頭に入れて、山浦を伴ってトレーラーに向かった。

郷田とチャーリーとサミーは速乾性の高いポリエステルの肌着に着替えた。テント生活では意外に汗をかくから、普段は吸水性と保温性の高いウールの肌着を愛用するが、濡れた直後に寒風に晒されるこのミッションでは、速乾性のあるポリエステルが最適だと判断した。そこにライフベストを装着する。

峰谷と山浦が戻ってくると、ジェイソンは雪上車に備え付けのワイヤーカッターで予備のワイヤーを適当な長さに切断し、両端をリング状に加工してカラビナをセットする。対岸に着いたら氷盤にアイススクリューを十本ほどねじ込み、そこにジェイソンが加工した補助ワイヤーをセットして、それをさらにウィンチから延びるメインのワイヤーに接続する。

ジェイソンは、油圧で作動するストッパーを氷に食い込ませ、雪上車を氷盤上にしっかりと固定した。

「じゃあ、行ってくるよ。うまくいくといいんだが」

郷田は声をかけた。必ずしも成功を確信しているわけではない。しかし偶然に期待してリードが閉じるのを待つのは座して死を待つに等しい。いまいるブロックがさらに割れ、最悪、崩壊することになれば、生還の希望は潰え去る。リスクを負ってアーロンの救出に向かった全員の決断が無駄になる。力強い口調で峰谷が応じる。

「気をつけてね。雪上車の車内はこれからガンガン暖めておくから。熱い飲み物も用意しておくわ」

「絶対うまくいくはずですよ。僕が保証しますから」

山浦が言う。どういう根拠で保証してくれるのかわからないが、それは自分に言い聞かせる言葉でもあるだろう。ここにいる隊員の命は一つでも失いたくない。全員が生きて還らなければ自分の敗北だ――。そんな思いを嚙み締めて、チャーリーとサミーを促して外に出た。

氷点下数十度の寒風が横殴りに吹きつける。ポリエステルの肌着一枚の全身に鋭い冷気が突き刺さる。体に震えが来る以前に、心臓が止まりそうなショックに襲われる。

風圧によろけながら氷盤の縁に向かい、迷うことなくリードに飛び込んだ。その瞬間、肌を切り苛むような寒気が消え去って、ぬるめの湯船に飛び込んだような安堵感に包まれた。

二〇度ほどの水温は一般的な温水プールよりだいぶ低いが、それでも外気温との差は六〇度前後ある。チャーリーもサミーもほっとしたように、立ち泳ぎしながらこちらに顔を向けてくる。アイススクリューやワイヤーを入れた布バッグを抱えて、目顔で促して対岸に向かって泳ぎだす。

雪上車のライトがホワイトアウトの幕を押しのけて、対岸の氷盤を照らし出す。海面から出ている部分は一〇センチほどだから、氷厚はまだ一メートル前後あると見ていい。

三人がほぼ同時に対岸に着き、ライフベストの浮力で海面に浮かびながら、氷盤の側面にアイススクリューをねじ込んだ。そこにカラビナを介して補助ワイヤーを接続し、末端はいったん海中に下ろしておく。手分けしてそんなアンカーを十箇所ほどセットする。

そのあといったんもとの氷盤に戻り、雪上車のウィンチから延びたメインのワイヤーを引いてまた対岸に戻る。水中に垂らしてあった十本の補助ワイヤーを引き上げて、すべてをメインのワイヤーに接続する。

そこまでの仕事を終えてもとの氷盤に泳ぎ戻ると、その縁でジェイソンと峰谷と山浦が待機していた。氷盤の上に這い上がったとたんに、全身を凍結させるような寒気で気が遠くなる。速乾性の高いポリエステルの肌着でも、濡れている以上、風による体感温度の低下は激烈だ。

海中から上がった郷田たちを、峰谷たちは手にしていたダウンジャケットで包み込んでくれる。朦朧とした意識のままに車内に戻る。峰谷が言ったように、車内は蒸し暑いほど暖められている。なんとか人心地がついたところで、ジェイソンが操縦席に戻る。郷田も助手席に移動する。

「じゃあ、行くぞ」

ジェイソンがイグニッションキーを回すと、エンジンが始動して、その動力がウィンチに伝わる。ウィンチが唸りを上げ、対岸から延びているワイヤーが張り詰める。雪上車の車体がぶるぶる振動するが、ブロックは動かない。しかしジェイソンは不安げな表情を見せない。

「心配ないよ。少しずつ動かしていればそのうち惰性が生まれる。一度動き始めれば、あとはすいすいだ」

固唾(かたず)を呑んで見守る峰谷たちの息遣いが聞こえる。十本のアイススクリューのうちの一本が抜けて、補助ワイヤーごと海中に沈んだ。背後でため息が聞こえる。しかし残りの九本の補助ワイヤーはしっかりと張り詰めている。やや大きな上下動が起きて、それに続いてわずかに氷盤が前進するのが感じられた。

「動いたわ」

峰谷が声を弾ませる。感覚としては一センチほどだが、それは希望に向かう一センチだ。ジェイソンはさらにアクセルを踏み込んだ。エンジンの音が高まり、ウィンチが唸りを上げる。ブロックは五センチ、さらに一〇センチとゆっくり動き出す。

ジェイソンはアクセルを緩めた。それでも惰性のついたブロックは徐々にスピードを増しながら、対岸との距離を狭めていく。

一メートル、さらに二メートル。ブロックは加速する。ジェイソンはクラッチを操作してウィンチをフリーにする。これ以上加速すると対岸に衝突し、衝撃でこちらのブロックが崩壊しかねない。ブロックは惰性によってさらに移動して、ワイヤーは弛んでゆっくりと海中に沈む。

移動速度は次第に落ちて、対岸の氷盤の手前一メートルほどのところで停止した。これなら雪上車で十分渡れる。

車内に歓声が湧き起こった。これで生きられる。郷田は深い安堵のため息を吐いた。

5

米空軍が運用するC37Bは、三月二十三日の午後一時にアンドルーズ空軍基地を飛び立った。

民間用のビジネスジェット機、ガルフストリームG550を転用したC37Bは、乗客定員が最大十八人と、大統領専用機のエアフォースワンと比べれば遥かに小型だが、座席は革張りのソファーで、ほかの装備も贅を極めている。今回は乗客が少ないためゆったりした八人用のシートセッティングになっており、空軍の女性兵士のフライトアテンダントによる一般旅客機並みのサービスも受けられる。

当初はカナダ国内で北極点に最も近いアラートの空港に乗り入れる予定だったが、いまは悪天候で着陸ができず、約一〇〇〇キロ南西のレゾリュートに変更されたという。

天候が回復し次第、空軍のC130でアラートに向かえばいいし、直接レゾリュートから郷田たちがいる場所まで飛ぶこともできるのでなんの問題もないと、同行するペンタゴンの民事支援担当国防長官補佐官、ボブ・マッケンジーは言う。

「カナダ政府の協力を得て、現地での救難準備は着々と進んでいるよ。アラスカ州兵の一個連隊がすでにアラートに進出している。天候さえ回復してくれれば即応で救出に入れるから、そう心配することはないだろう」

フライトアテンダントがファーストクラス並みのランチを用意してくれたところで、ボブが切り出した。

「それだけの話なら、ミズヌマはわざわざこちらに飛んでは来ない。問題はソーヴェスチの件だ。水温が上昇し、氷の状態が不安定になっている。現地でのフォールアウトの状況も明らかにされていない。心配なのは、七人の隊員の命を救うことを、ペンタゴンやホワイトハウスがどこまで真剣に考えてくれているかだよ」

単刀直入にアレックスが言う。生真面目な顔でボブは反論する。

「隊員の二人は米国人だし、残りの五人も同盟国の日本とカナダの国民だ。そのうえパシフィック・ペトロリアムが北極の資源開発に積極的に投資して、合衆国の国益にも貢献していることは十分承知している」

水沼は強い調子で訴えた。

「いま私がこの機上にいること自体に、合衆国政府の強いサポートを感じています。いまは簡単に救出に動けない状況なのもわかっている。しかし彼らにはなんの落ち度もない。すべてはロシアによって引き起こされた。そのロシアがなんの手も打とうとしない以上、いま頼れるのは合衆国以外にないんです」

「わかっていますよ。例えば原潜による救出が有力な手段として考えられています。その可能性について我々も議論をしているんですが、いまは北極海に原潜がいないし、海軍にもいろいろ事情があって、戦略兵器の運用変更は一筋縄では行かないんですよ」

苦渋を滲ませるボブに、強い口調でアレックスは迫る。

「ペンタゴンもホワイトハウスも、ソーヴェスチの件についてはなんだか及び腰な気がするんだが、ロシアとのあいだにおかしな密約でもあるんじゃないのか」

ボブは慌ててかぶりを振った。

「とんでもない言いがかりだよ。いまは冷戦時代とは違うが、ロシアが戦略レベルの敵なのはいまも変わらない。大統領や国務長官も、公式にロシア非難の声明を出している」

しかしアレックスは退（ひ）こうとしない。

「そのなかで、いま取り残されている七名についてのアナウンスがほとんど聞こえてこない。海水温の上昇や氷盤の不安定化についてはペンタゴンに報告している。加えてフォールアウトの問題もある。ところが世界中のほとんどのメディアはCO_2排出反対の立場をとっているから、北極で石油探査をしていた彼らに対し同情する声はほとんど出ていない。アメリカの立場なら、もっと強いメッセージを発することができるんじゃないのか」

「それをしたところで、いますぐ彼らを救出する手段は誰も持たない。わかって欲しい。我々だって辛いんだよ。しかし基地には食料や燃料の備蓄も十分あると聞いている。低気圧が去れば救出の可能性は一気に高まる」

「その前に海水温の上昇で氷盤が荒れたら、基地そのものが海に沈む惧れもある。偵察衛星のレーダー写真は大きな開氷面の部分しか公表されていないが、基地がある一帯の写真だって撮影しているんだろう。氷盤の状態をペンタゴンは把握してるんじゃないのか」

アレックスに鋭く問い詰められて、ボブはわずかに狼狽した。

「多少リードが増えてはいるが、いますぐ氷盤が崩壊するような状況じゃない」

「クローズアップすれば数十センチの物体を識別できるんだろう。基地の状態だって把握できるはずだ」

「偵察衛星にもデータ容量の制限があるから、そういう写真を撮影するのはロシアや中国、北朝鮮の軍事施設に限られる。そういうふうにプログラミングされていて、変更するには何ヵ月もかかるんだよ」

「本当なのか？」

アレックスは猜疑を滲ませる。水沼も心のなかで眉に唾をつけた。

「本当だよ。それより、気になることが一つあるんだ。プライベートな話なんだがね――」

そちらの件に踏み込まれるのを嫌うように、ボブは声を落として話題を切り替えた。

「隊員の一人のアーロン・モースのことだよ」

「うちの研究部門に在籍する海洋学者だよ。海底油田の探査ということで、海流の調査をするために参加させたんだが、彼を知ってるのか？」

「私の妻の甥なんだが、なにか問題を起こしていないかと心配でね」

「あんたとそんな縁があるという話は、初めて聞いたな」

「ああ。私も今度の事件が起きるまで、彼がパシフィック・ペトロリアムに就職していたのを知らなかった。隊員のリストを受けとって初めて知ったんだよ」

「それで、心配ってなにが？」

アレックスは身を乗り出した。ボブは続ける。

「高校生のとき、ボストンのロシア領事館に銃を持って侵入して、住居侵入罪で逮捕されたことがある」

「どうしてそんなことを？」

「ロシア人に対して、彼は強い憎悪を持っている。トラウマといっていいくらいのものらしい」

不安げな表情でボブが言う。アレックスは首を傾げた。

「ロシア人にトラウマ？　子供のころ、ハリケーンで家が倒壊して両親が死んだ。そのときのショックでひどいＰＴＳＤにかかったという話は聞いている。いまはほとんど治癒しているそうだが」

「それも事実だが、彼はもう一つ厄介なトラウマを抱えているんだよ。カティンの森事件というのを知っているかね？」

「聞いたことがある。第二次大戦中にソ連が大勢のポーランド人捕虜を虐殺した事件じゃないか」

アレックスが身を乗り出すと、ボブは深刻な調子で語りだす。

独ソ開戦後、ドイツの占領地帯のカティンにある森でポーランド軍将校を中心とする一万数千の遺体が発掘された。ドイツはそれをソ連の仕業と断定したが、ソ連側は逆にナチスドイツの犯行だと反論した。しかし米英を始めとする連合国側もソ連の主張は認めなかった。それを当時のスターリン政権による犯行だとソ連が認めたのは、ゴルバチョフによるペレストロイカが進められた一九九〇年に至ってからだった――。

「それとアーロンにどういう関係が？」

怪訝な表情でアレックスが問い返す。ボブは頷いた。

「彼の祖母はポーランド系の移民だった。彼は幼いころ祖母から聞かされたらしいんだよ。祖父がその虐殺事件の犠牲者だったことを――」

第六章

1

北側の氷盤に無事移動して、郷田たちはふたたび北上を開始した。とりあえずのピンチからは逃れられたが、渡った先の氷盤も荒れており、幅の広いリードは頻繁に現れ、その都度迂回を強いられる。風はますます強まって、一〇トン余りある雪上車が煽られて大きく左右に揺れる。一方でその風によって氷盤上の雪が吹き飛ばされたせいか、ブリザードの暗幕は薄れてきて、視界は二〇メートルほどまで広がった。

ジェイソンに代わって、いまは郷田が運転している。前方視界が広がったため、トレーラー牽引中の最大速度の時速一〇キロ程度までスピードを上げられる。

インマルサットはいまも通じないが、ＢＢＣに加えてＶＯＡ（ボイス・オブ・アメリカ）もときおり聴取できる。ＶＯＡは厳しいトーンでロシア批判を繰り返しているが、Ｂ

BCはやや抑制的だ。しかしどちらのニュースでも、ロシアはいまもソーヴェスチの実験を表向きは否定しているという。

米英を始め先進各国はロシア批判の姿勢で一致しており、日本も足並みを揃えてはいるが、ロシアの神経を刺激しないようにという外交上の忖度(そんたく)でも働いているのか、いま一つ迫力を欠いているというのが海外メディアの論評のようだ。いずれにしても、郷田たちの救出に関するニュースは聞こえてこない。

それ以上に気になるのが、毎年春先にロシアの民間団体が北極点近くに開設するアイスキャンプに関する報道がまったくないことだ。例年どおり開設されるなら、その準備作業がすでに進んでいるはずで、そのためにかなりの人員が滞在していると思われるが、それについてはBBCもVOAもまったく触れていない。もしソーヴェスチの実験がそちらの関係者には事前に知らされていたとしたら、その前に退避していた可能性がある。

爆発が起きたときはすでに極点を含む北極海の大半が嵐に飲み込まれていた。爆発が起きたあとで退避するのは難しかったはずだから、ロシアは自国の民間団体には内密に情報を提供していたとしか思えない。例年開設される場所は爆発地点からはかなり離れており、北に向かえばそこからの救助を求められると期待していた。ロシア嫌いのアーロンにとってはむしろ歓迎すべきことかもしれないが、それは望めない気配が濃厚だ。

とはいえ、いまはより氷盤が安定していると考えられる北に向かうしかない。アーロンの見解によれば、現在の海水温の上昇は核爆発で発生した超高温が熱伝導したもので、これから熱せられた海水そのものが海流に乗ってここまで届く。それによっていまより海水温が上昇したとしたら、すでにリードでずたずたになっているこのあたりの氷盤に、救難のための航空機が着陸できるとは考えられない。

「ロシア人がいないんなら、このまま一気に北を目指すべきだよ。海流の外側に出れば、これ以上氷が融けることはないから、あとは嵐が去るのをゆっくり待っていられる」

掌を返したようにアーロンは言う。いまは午前二時で、爆発が起きてから二十四時間余り。海流の速度は三ノットで、爆発現場からこのあたりまで七十時間以上かかるというアーロンの計算どおりなら、時間的にはまだ四十六時間の余裕がある。

とはいえ、あれからも氷盤を揺るがすような不気味な衝撃がサスペンションを伝わって車内でも感じられ、新たなリードが発生したり、それが衝突して再接続したりという状況がいまも続いているのは明らかだ。

「おまえが厄介ごとを起こしてくれたおかげで燃料もだいぶ余計に使っちまったから、安全圏まで行けるかどうかは微妙だぞ。もしロシア人がいてくれれば、アイスキャンプの設営場所はここよりずっと北だから、最悪の場合の命綱にはなる」

ジェイソンはそれでもわずかな期待を覗かせる。郷田もできるならそう願いたい。なにしろいま起きていること、そしてこれから起きることは、過去の経験知では予測不能なことなのだ。ラジオのニュースによれば、巨大低気圧はいまや北極海全体を覆う勢いで、スウェーデンやノルウェー、カナダ、グリーンランドの北極海沿岸部も暴風雪に襲われているという。

「ロシア人に助けを求めるくらいなら死んだほうがましだよ」

悲愴な面持ちで言うアーロンに、堪忍袋の緒が切れたように峰谷が声を上げる。

「だったらあなたが隊からはぐれたとき、その願いを叶えてあげればよかったわね。あなたを救うために、私たちも大きなリスクを負ったのよ。あなたの個人的な考えで、私たちを危険に晒すのはやめてよ」

峰谷の言葉に車内の空気が張り詰めた。普段から遠慮のない物言いはするが、そこになにがしかのユーモアを交え、相手を傷つけないような配慮は欠かさない。しかし峰谷のいまの言葉には容赦ない怒りが感じられる。周囲からもアーロンを庇(かば)うような声は聞こえない。固まった空気を緩めるように郷田は言った。

「とにかく視界があるうちにフルスピードで北へ向かおう。この先も、そう素直に進ませてはくれないかもしれないが」

ヘッドランプが照らす一〇メートルほど向こうの氷盤にリードの黒い帯が現れた。目測で幅は三メートルほどだと判断し、スピードを緩めず前進する。リードの上に車体が乗り出し、先端が対岸の氷盤に達して、ガタンというショックが車体に伝わって、リードの黒い帯が背後に流れ去る。続いてトレーラーがリードを渡ったショックが伝わってくる。助手席に陣どったジェイソンが言う。

「いい調子じゃないか。このまま順調に進めば緯度で二度くらいは北上できる。そこまでいけば氷の厚みも増すだろう。海流の影響も少なくなるから安全度は高まる。とりあえずできるのはそのくらいで、あとは腹を固めて救出を待つしかないな」

「嵐が去りさえすれば、アラートで待機している大型輸送機が飛んでくる。問題はそのとき氷の状態がどうなっているかだが、なんとか着陸できるだけの強度を保っていて欲しいよ」

祈るような気分で郷田は言った。そのとき山浦が声を上げた。

「ちょっと聴いてください」

無線機の音量が上がる。ノイズに混じって人の声が聞こえるが、意味は聞きとれない。英語ではなさそうだ。ジェイソンが聞き耳を立てて頷いた。

「たぶんロシア語だな。中東で仕事をしていたとき、ロシア人の技術者としばらく付き合ったことがある。そのときは英語で話したんだが、連中が仲間内で喋っていたのはこんな言葉だった」

郷田たちには意味不明の言葉のなかに「バルネオ」という単語が混じった。どこかと無線交信している様子で、双方のやりとりのなかにそれが何度も現れる。ロシア人が運営するアイスキャンプの名称が「バルネオ・アイスキャンプ」だった。ジェイソンもそれに気づいたようだった。

「アイスキャンプには人がいるんだな」

「ああ。だとしたら、彼らも母国の政府に騙されたのかもしれない。こちらから交信を試みてくれないか」

　郷田が声をかけると、先方の交信に割り込むように山浦が呼びかける。

「バルネオ・アイスキャンプ、バルネオ・アイスキャンプ。こちら現在北極にいる日米の石油探査チーム、ポールスター85。応答願います。バルネオ・アイスキャンプ、バルネオ・アイスキャンプ――」

　山浦は何度もコールを繰り返すが、応答はない。山浦は力なく首を横に振る。

「こちらの出力が弱くて、向こうには届いていないようです」

　ロシア語と思われる早口のやり取りは続いている。彼らも切迫している様子だ。居残ってくれていたのはいいが、北緯八九度というほぼ北極点といえる場所にいる彼らになにか異変が起きているとしたら、いま進めている北上作戦にも暗雲が漂う。そんな不安を覗かせると、ジェイソンも嘆く。

「ロシア語がわかれば状況がわかるんだが、おれもちんぷんかんぷんだからな」

　アーロンが割って入る。

「氷が薄くなって、リードが広がっていると言ってるよ。海水温も上がっているらしい。ノイズが多くて詳細な数字までは聞きとれないけど」

「おまえ、ロシア語がわかるのか？」

ジェイソンが驚いたように問いかける。アーロンは頷く。

「大学時代に勉強したことがある」

「ロシア嫌いのおまえが、どうしてロシア語を？」

「敵と戦うには、まず敵のことを知らなきゃね」

アーロンは素っ気なく答える。不安に駆られて郷田は確認した。

「本当にそう聞きとれたんだな」

「間違いないよ」

「だったら、おまえが見立てていたのと、ずいぶん話が違うじゃないか」

ジェイソンは難詰（なんきつ）する。アーロンは首をひねる。

「僕も理由がわからない。なにしろこんな場所で核爆発が起きるなんて想像もしなかったから。海中で数百万度の高熱が発生したらなにが起きるかわからない。海流が変化して、極点方向に高温かつ高速の流れが発生したのかもしれないし、熱伝導による海水温の上昇が極点付近まで達していたのかもしれないし」

「そうだとしたら、北へ行くほど氷盤が安定するという想定は間違いだったのか」

郷田は困惑を隠さず問いかけた。アーロンは渋々頷く。

「そういうことになるかもしれない。彼らのやりとりから想像するとね」

「どこと通信していたんだ」

「わからない。たぶん本国のどこかだと思うよ。ロシアにはノヴァヤゼムリャ島みたいに北極海に浮かぶ領土があるから」

アーロンは覚束ない答えを返す。ジェイソンは猜疑を滲ませる。

「ロシア人に救難を要請するのが嫌で、嘘をついているんじゃないだろうな」

「そんなことはしないよ。でも連中が言っている話が本当なら、いまは北極のどこにも安全な場所はない。僕たちはもうお終いだよ」

ロシア人に助けを求めるくらいなら死んだほうがましだと言っていた勢いはどこへやら、悲痛な表情でアーロンは嘆いた。

2

「ソナーが不審な音を検知しています」

ロシア海軍の攻撃型原子力潜水艦チェリャビンスクの艦長室で、アレクセイ・カレリンは、司令室で現場指揮を執っている副艦長のイリヤ・オルロフからの連絡を受けた。

「米軍の原潜か？」

カレリンは問い返した。厚い氷盤に覆われた北極海で、さらに現在吹き荒れている大型低気圧の強風のなか、どんな強力な砕氷船でも航行は不可能だ。

現在位置は北緯八五度一二分、東経一三二度二〇分。アメリカと日本の石油探査チームがほぼその付近にいるという情報が入っている。しかし米海軍の原潜が彼らの救難に動いているという情報はまだ得ていない。

「潜水艦ではありません。もちろん海上艦艇でもありません」

「だとすると、なんなんだ？」

「氷盤の上を走行する車両、つまり雪上車のようなものじゃないかとソナー担当士官は言っています」

オルロフは困惑した口ぶりだ。だとしたら日米混成の石油探査チームのものだとしか考えられない。しかし本国からは彼らの救難に動けという指令は受けていない。現在、その基地がある付近の海域で潜航しているのは、米軍の原潜が彼らの救出に向かった場合、そのスクリュー音や機関の駆動音を収集するためだ。

平時において米軍の原潜と遭遇することはめったにない。どこにいるのかわからないというのが潜水艦にとって最大の防御力だ。だからロシアもアメリカも、同盟国の艦船とは演習や補給のための入港などで接触することはあるが、準仮想敵国である米ロの艦艇が接触する機会は少なく、原潜同士となれば、それはまずあり得ない。

本国北方艦隊の司令部は、今後米海軍の原潜が救助に向かう可能性があるとみて、その際、現場海域に潜航していれば、米原潜のデータが余さず収集できると判断し、ロシア独自の軍事通信衛星を使って、極点付近にいたチェリャビンスクに、急遽こちらに移動せよとの指令を発した。

インマルサットやイリジウムのような民間の通信衛星は、軍事機密を含む情報のやりとりには使えない。そのため軍用通信にはロシア宇宙軍が運用するメリディアンという衛星通信システムが使われる。国土の多くが高緯度地域に存在するため、極点を含む北半球での通信効率が高い特殊な衛星軌道が使われており、現在のような悪天候下でも支障なく利用できる。

もちろん海中では電波が届かず、海上にアンテナを出す必要がある。そのため交信が必要な場合は、上に向かってアクティブソナーを打つ。反射波が戻らない場所を特定すればそこにリードが発生していることがわかるから、そのリードにブイを装着したアンテナケーブルを伸ばすことで衛星通信による交信が可能になる。

リードは開いたり閉じたりを繰り返しているから、定時交信のたびにアクティブソナーを打つ。その結果、現在の場所を含む一帯には数多くのリードが発生しており、氷盤が脆弱になっていることが観測できた。

ソナーでわかるのは開氷面の位置と広さだけで、氷の厚みまではわからない。しかし現在の氷盤の荒れがソーヴェスチの実験によるものなのはまず間違いない。そしていま彼らが雪上車で移動しているとしたら、それは基地のあった場所が安全ではなくなり、どこかへ退避するためだと考えられる。いまのところ米軍の原潜が周辺で活動している気配はない。司令部からの情報でも、現時点で彼らが救難に向かっているかどうかは確認できないという。

しかしこの暴風雪のなか、北極海の氷盤上で孤立したチームを救出する方法としてもっとも現実的なのが原潜による作戦だろう。極点付近の分厚い氷を割って浮上することは困難だが、ある程度の幅のリードがあれば、艦橋だけ浮上させてチームを救出することは可能だ。それに軍艦であれ商船であれ、洋上で遭難者を発見したら救助するのが海に生きる人間の不文律だ。そもそもいま彼らが厳しい状況に陥っているとしたら、その原因をつくったのは世界を欺いて行われたソーヴェスチの実験なのだ。

それが行われることは事前に知らされていた。ただしそれは軍事上の最重要機密で、絶対に外部には漏らせない。爆発が起きたとき、チェリャビンスクは現場から一〇〇キロほど南の地点にいた。ほかにも数隻の原潜が周辺海域に配置され、爆発時のデータを収集していた。

設計のミスによるものか、爆発の規模は当初予測されていたものより遥かに大きく、その衝撃で電子系統に不具合が生じ、核爆発に関するデータ収集が困難になったため、チェリャビンスクは任務から離脱した。幸いソナーシステムや操艦システムは無事だったため、この地点での米原潜のデータ収集という新任務を与えられた。

一つ間違えれば外殻が破損し、深海の底に沈んでいた可能性もあった。そんな状況を報告し、なにか問題があったのかと司令部に確認したが、現在データの収集中であり、実験の結果は国家機密のため、軍内部でも公開されることはないだろうと司令官は明言した。

旧ソ連時代であろうと現代であろうと、あるいはロシアであろうとアメリカであろうと、軍という組織においては上官の命令は絶対だ。その原則が維持されてこそ軍は軍として機能する。それはいかなる政治体制の国家でも変わりない。カレリンはオルロフに問いかけた。

「その雪上車とおぼしい移動物体はどちらに向かっている？」

「北へ向かっています」

「もし米軍が原潜での救出を考えているとしたら、移動する理由はないだろう」

「そう思います。基地のある場所から移動されたら、潜水艦はその位置を把握するのが困難になります」

「もしあえて基地から移動せざるを得ないとしたら、彼らは極めて危険な状況に置かれている可能性があるな。ほぼ極点にあるバルネオ・アイスキャンプの周辺でも、氷厚が薄くなって、リードがいくつもできているという話だった」

先ほど司令部と交信した際にそんな情報を耳にしたが、現状ではキャンプが崩壊するほど危険な状況ではないと本国は認識しているようだった。声を落としてオルロフが言う。

「ソーヴェスチは、本当に純粋水爆だったんでしょうかね。ＢＢＣの報道では、北極海沿岸にかなりの量のフォールアウトが降っているとのことですが」

本国との連絡で衛星通信のアンテナを海上に出しているあいだ、ついでに国際ラジオ放送が聞ける無線アンテナも出している。北極海ではロシア本国を含め、世界各国のラジオ放送が聞けるが、主にチェックするのはＢＢＣだ。ＶＯＡはアメリカのプロパガンダ色が強すぎる。ロシアの放送は政府系と反政府系が入り乱れてフェイクニュースを流し合うため、信憑性のある情報が少ない。

フォールアウトについての情報はすでにカレリンの耳にも入っており、その噂は艦内のクルーのあいだにも広まっているようだ。一方、ロシアによる海外向け放送のＶＯＲ（ボイス・オブ・ロシア）はそれをフェイクだと一蹴し、北極海の氷盤にできた巨大な開氷面は、大規模な海底火山の噴火が引き起こしたもので、ソーヴェスチの実験によるものではないと一貫して主張している。

現在のロシアには旧ソ連時代のようなあからさまな言論弾圧はなく、現政権に対して批判的な立場をとるメディアもあるが、放送出力の関係でか、いまはここまで届く民間のラジオ放送はない。聞けるのはロシア語の国営放送とＶＯＲだけで、メリディアンはインターネットに接続できない仕様になっているため、それを通じてネット上の情報を収集することもできない。

「なんらかの手違いがあったのか、あるいはソーヴェスチが純粋水爆だという話が嘘だったのか、いずれにしても今回のことでロシアが世界を敵に回してしまったのは間違いない。いずれは発覚することなのに、どうしてここまでしらを切るのか」

不快感をあらわにカレリンは応じた。旧ソ連時代には、軍の艦船には必ず共産党から派遣された副官が乗船しており、艦長を含め全乗組員の行動を監視していた。国家に対して批判的な言動をすれば、たとえ艦長であろうともその場で解任されることもあった。現在はそうしたシステムは廃止され、艦内のコミュニケーションに関しては風通しが良くなっている。

「この艦だって、一つ間違えればどうなっていたかわかりません。水中核爆発を間近で経験したことはありませんが、現場から一〇〇キロ離れた水域にいたというのに、爆発直後、海水温が一気に五〇度を超えました。艦体が受けた衝撃は一〇〇メートル前後の距離で水雷が爆発したくらいのレベルでした。ソーヴェスチの威力を計算違いしたならともかく、わかっていてそれをやったとしたら、我々は実験台にされたとしか考えられない」

苦々しい口調でオルロフは言う。カレリンは問いかけた。

「通信用のアンテナはまだ海上に出ているのか?」

「出ています」

「だったら司令部に伝えてくれ。これから氷盤上の移動体をソナーで追跡し続けると。米軍の原潜とのランデブーポイントに向かっているのかもしれないから」

それ以上は言葉にしなかったが、カレリンはその可能性は低いと見ていた。BBCやVOAは探査チームの救出についてほとんど言及していない。米軍が彼等が置かれている状況をなにかの理由で楽観視しているのか、あるいはあえて救難に乗り出さない別の理由があるのか。

もし探査チームが危険な状況に陥っているとしたら、救出できる位置にいるのはチェリャビンスクだけだ。彼らの生存が危ういほどに事態が切迫していると認識したとき、軍人である以前に、海に生きる人間として救出に動くのは当然のことだ。そのために少なくとも彼らの位置は捕捉し続けなければならないし、それはいま受けているミッションとも矛盾しない。

3

北へ向かって四時間走ったが、緯度にしてやっと六分。直線距離なら一〇キロ程度だ。

渡れない幅のリードがいくつも出現し、ときに数キロの迂回を強いられる。氷盤そのものが切り抜かれるような手のつけられないリードはあれからまだ現れていないが、海水温は相変わらず二〇度前後で、氷厚もさほど変わっていない。

外気温と海水温のあいだで均衡がとれれば、これ以上氷厚は低下しないという山浦の仮説はいまのところ大きく外れてはいないようだが、今後、爆発現場の海流がここまで届き、海水温がさらに上昇すれば、その均衡点が崩れる惧れがある。

あれからVORの英語版のニュースもときおり受信できたが、そこではソーヴェスチの「ソ」の字も話題になっていない。バルネオ・アイスキャンプと本国との交信はあれから入ってこない。電波状況の悪化によるのか、こちらが想像したほど危険な状態ではなかったのか。まさか氷盤の崩壊で基地が壊滅したわけではないだろうが、その件についても、もちろんVORは触れていない。

「なにやら薄気味悪いな。おれたちを助けようなんて考えている人間は、この世界に一人もいないような気配だな」

ジェイソンが言う。ブリザードはふたたび強まって、視界は二、三メートルにまで狭まった。濃密なガスと吹雪の穴蔵に閉じ込められたような感覚で、閉所恐怖症の傾向がとくにない郷田でさえ、そんな状態が長く続けば、言葉にし難い抑鬱感を覚えるようになる。

一時は時速一〇キロで飛ばせたが、いまの状態では五キロがせいぜいだ。このままブリザードとリードの魔界に閉じ込められて、生きて脱出できないかもしれない――。そんな不安が否応なく募る。自分が希望を失ったらどうするのだという、隊長としての責任感だけで辛うじて気持ちを奮い立たせる。

ジェイソンが言うような、世界が自分たちを見離そうとしているのではないかという猜疑を払拭する根拠が見いだせない。もちろん外の世界でなんの動きもないとは考えたくない。社長の水沼もすでにワシントンＤＣに到着し、パシフィック・ペトロリアム副社長のアレックス・ノーマンと話をしているはずだ、そのあとペンタゴン関係者とともにエルズミーア島のアラートに飛び、救難活動の準備に入ると聞いている。

しかしインマルサットが不通のため、そちらとは直接コンタクトが取れない。外の世界からの唯一まともな情報源であるＢＢＣの報道からは、アメリカやカナダが救難に乗り出しているという情報はなに一つ得られない。

もちろん世界のメディアがどう報道しようと、それでなにが変わるわけでもない。彼らとしては、嵐が去ればいつでも航空機なり砕氷船によって救出が可能なのだから、ただちに命に関わるような状況ではないというとりあえずの認識なのだろう。しかしあくまでそれは氷盤がそのときまで持ち堪えてくれる場合であって、これから爆発現場の海水が海流に乗って流れてきたとき、海水温がどの程度上昇するかは予断を許さない。

ロシアの動きも不安を感じさせる。たまたま傍受したバルネオ・アイスキャンプの無線交信の内容は、かなり切迫した状況にあることを感じさせた。そのうえ彼らがいまそこにいるということは、ソーヴェスチの実験を予告され、退避勧告を受けていたわけではないことになる。その意味では騙し討ちに遭ったとも言えるだろう。極論を言えばある種の実験台に使われたとさえ考えられる。

希望の種を失わないことが生還するための絶対条件なのだと自分にも言い聞かせ、隊員のみんなにも語ってきた。しかしいまや自分のなかで、その希望の種さえも尽きようとしている。もちろん想定しているのは最悪の結果で、そこまでは状況が悪化しない可能性も十分ある。しかしそのために自力で出来ることがほとんどないことが絶望感を募らせる。

そんな思いを押し隠し、努めて楽観的に郷田は言った。

「ジオデータのミズヌマ社長がいまアラートに向かっている。パシフィック・ペトロリアムのアレックス・ノーマン副社長と、誰だかわからないがペンタゴンの高官と一緒だ。米海軍の動きが悪ければ、彼らが発破をかけてくれるはずだ」

「アレックスはいいやつだよ。しょっちゅう喧嘩はしているが、いざというときには本気で動いてくれる。問題はCEOのロバート・ハチソンでね」

ジェイソンは苦い口ぶりだ。郷田は問いかけた。

「問題って、どういう？」

「大統領と非常に近い。以前はウォールストリートの金融屋で、大統領の選挙資金集めでは重要な役割を果たしてきた」

「だったら大統領を動かす力だってあるんじゃないのか」

「いや、逆だよ。本人はホワイトハウス入りを熱望していてね。それをステップに政界に進出し、ゆくゆくは大統領を目指すという身の丈に合わない野心を抱いている。だから大統領にはいつも尻尾を振っている。影響力があるどころか、なんでも言いなりになる忠犬だよ」

「今回の米海軍の動きの悪さには、大統領の意向も働いていると見ているのか」

「ああ。原潜による救出作戦が表に出ないのは、ロシア海軍の動きを警戒しての秘密作戦として実行しているためだと善意に解釈することもできるが、VOAの報道の姿勢を見るとなにやら胡散臭い。あれは国営放送で、政府の意思を代弁するメディアだ。そこがおれたちのことにほとんど触れていない。なにかを隠そうとしているような気がしてならない。BBCにしても、おれたちがここにいることに関しては、奥歯にものの挟まったような報道しかしていないからな」

ジェイソンは疑念を隠さない。郷田も頷いた。

「普通はこういうとき、どんなに仲の悪い国が相手でも、水面下での情報交換はするものだろう。爆発時の地震データやフォールアウトの分析から、それが水中核爆発によるものだという証拠をアメリカは握っているはずだ。本気でロシアの行為を非難する気なら、そういう具体的な証拠を突きつければいいものを、まるで裏で示し合わせて、相手の痛いところを突くのを避けているようにさえ感じるな――」

そんな感想を語ると、走行音に紛れて声は届かないと思っていた後部の居住スペースから峰谷が声を上げる。

「私たちは米ロの出来レースの狭間で、見殺しにされようとしているということ？」

新たな不安の種を蒔いてしまったことを後悔しながら、郷田は応じた。

「あくまでおれの憶測に過ぎないけどな。大国同士のパワーゲームの世界では、そういうトンデモ話が現実化してしまうことがなきにしもあらずだから」

「そんなことあるはずないよ、アメリカがロシアと結託するなんて。だったら僕はアメリカの国籍を捨てるよ」

アーロンが喚き出す。後部スペースを振り向いてジェイソンが応じる。

「おれだって、そんなことになるならアメリカ人をやめたいよ。そうは言っても、いまどきの国家というのはなんでもかんでも目先の国益で動く。その国益とは国民の安全や幸福より経済だ。いまは世界中がそうで、その点はロシアだって似たようなもんだろう」

「ロシアは別だよ。あいつらはいまもアメリカに代わって世界を支配しようとしている。これからソーヴェスチを立て続けに使って、北極海を氷のないただの海にするつもりだよ。そのうえで海上覇権を掌握すれば、北アメリカも北ヨーロッパもすべてロシアの庭先になる。太平洋や大西洋と比べれば、北極海なんて大きな湖みたいなもんだからね。でもアメリカがそんなことを許すはずがない」

アーロンは思いがけないことを指摘する。たしかにここまでのロシアの動きを考えれば、なかなか穿った見方だと言えそうだ。それに触発されたようにジェイソンがさらに恐ろしいことを口にする。

「連中がそれを狙ったからって、すべてがロシアの領海になるわけじゃない。北極海が氷のないただの海になれば、アメリカもヨーロッパ諸国も、アジアもその恩恵に浴せる。下手をしたら、世界がグルになって裏からロシアを支援してるんじゃないのか」

「地球温暖化問題がこれだけ喧（かまびす）しいときに、そんなふざけた話が許されるはずがないよ。世界の環境活動家が立ち上がって猛抗議するに決まっているよ」

「そんなのあとの祭りだよ。融けちまった氷はもとに戻せない。それに北極の氷盤がすべて融けたって海面上昇が起こらないくらい、海洋学者のおまえなら百も承知だろう。どの国の指導者も、達成する気もないCO_2削減目標を掲げてやっているふりをしているだけだ。何十年か先の削減目標ならとりあえずいい加減な数字を振りかざしても、そのときは自分は引退しているから関係ないくらいに考えている」

ジェイソンは吐き捨てるように言う。普段なら荒唐無稽だと笑い飛ばすようなそんな極端な見解にも、こんな状況におかれているいまなら同意せざるを得ない。

「たしかにな。損得の問題だけを考えれば、北極海がただの海になることは、世界経済にとって大きな利益だ。ロシアに悪役を引き受けさせて、それを適当に追認すれば、世界の多くの国々はその利益に与れる。それが既成事実となってしまえば、今度はそれを利用しないことが国益を損ねることになる。しかし核の力で地球を改変するようなことが、人間のモラルとして許されるとは到底思えない」

郷田がそんな感想を漏らすと、山浦が不安げに言う。

「もしそんなことが画策されているとしたら、彼らにとって僕らはこの世界から消えて欲しい存在ということになるんじゃないですか」

「いやいや、あくまでおれの想像に過ぎないよ。ホワイトハウスやペンタゴンがどういう考えでいるのかこちらにはわからないし、逆にこちらが置かれている状況を彼らも把握できていない。単に楽観視しているだけかもしれないし」

自らの過剰な猜疑を戒めるように郷田は言った。これ以上思考がマイナス方向に傾けば、それで削がれるのは生還のために必要な魂のエネルギーだ。

4

ワシントンＤＣ近郊のアンドルーズ空軍基地から四時間の飛行で、水沼たちはレゾリュートの空港に到着した。当初の目的地だったアラートはいま暴風雪で空港が機能しておらず、アラスカ州兵の空軍部隊が先乗りしているが、現状では天候待ちするしかない状況だという。

レゾリュートはカナダ北極圏のヌナブト準州にある人口が三百人弱の小さな村で、海に面した氷雪の平原に地元のイヌイットの住居や役場、学校のほか、スーパーマーケット、レストランなどの小店舗が点在する。夏にはフィヨルド見物のクルーズ船の乗客で賑わうが、いまはひたすら閑散とした寒村だ。三月下旬の現在も気温はマイナス二〇度前後で、周囲の海はすべて氷に覆われている。ホテルは一軒しかないが、空港には米軍の駐在事務所があり、そこの連絡将校が部屋を確保してくれていた。

機内ではペンタゴンの民事支援担当国防長官補佐官、ボブ・マッケンジーとじっくり話し込んだが、けっきょく天候が回復し次第、州兵空軍のC130を飛ばせて遅滞なく救出に向かうという確約が得られただけで、原潜による救出に関してはまだ優先度が低く、そこまで危機的な状況ではないの一点張りだった。

水沼は落胆した。郷田たちがいる現場の状況が正確に把握できない現状では、こちらも反論するだけの論拠がない。しかし通信が途絶える前に郷田たちから聞いた情報では、海水温の異常な上昇による氷厚の減少が進行しており、彼らが身の危険を感じていたのは事実だった。

そのことはパシフィック・ペトロリアムを通じてペンタゴンにも伝わっているはずなのだ。インマルサットも復旧の見通しがつかないという。これではなんのためにここまでやってきたのかわからない。けっきょく自分の気休めでしかなく、郷田たちに関しては、運を天に任せることしかできないのかもしれない。

ボブ・マッケンジーが持ち出した隊員のアーロン・モースのトラウマの件も、別な不安を掻き立てた。幼い頃、ハリケーンによる自宅の倒壊で両親を失ったアーロンを、引きとって育てたのは祖母だったという。祖母はポーランドからの移民だった。第二次大戦後に幼い一人娘を連れて渡米し、ピアノ教師として生計を立てながら娘を育て上げた。その娘が結婚し、孫のアーロンが生まれた。娘夫婦がハリケーンで死亡したのはアーロンが十歳のときだった。

ハリケーンによるＰＴＳＤに苛まれ、しばしば強い発作に襲われるアーロンを、残されたたった一人の血縁者として祖母は慈しんで育て上げた。一時は学校に通うこともままならなかったアーロンの障害もしだいに改善した。両親のいないアーロンにとってもまた、祖母は愛してやまないかけがえのない存在だった。

祖父は戦争で死んだと聞いていたが、祖母は祖父についてそれ以上のことを語ることがなかった。高校に入ってアーロンは、世界史の授業でカティンの森事件のことを知った。祖父はポーランドの軍人だったと聞いていた。あるいはと思って、アーロンは祖母に訊いてみた。祖父はその事件の犠牲者だったのではないか？

教科書を見せながら軽い気持ちで問いかけたが、そこに載っていた現場の写真を見た途端に祖母は泣き崩れた。そして真実を語ったという。

第二次大戦時、ポーランドはナチス・ドイツとソ連に占領され、分割統治された。そのときソ連側に投降した兵士や軍属、民間人二十数万人がソ連国内に連行された。

その後の独ソ戦でソ連領のスモレンスクを占領したドイツ軍は、その地にあるカティンの森に埋められていたポーランドの軍服を着た一万数千の遺体を発見した。全員が頭部を銃で撃ち抜かれていた。母国のポーランド政府から祖母に連絡があったのは、カティンの森の虐殺がソ連によって行われたものであることをソ連政府が国際的に認めた一九九〇年代に入ってのことだった。

ソ連側が提出した資料に載っていた被害者のリストは、カティンの森で射殺されたと彼らが認めた二万数千名の捕虜のうちの一部だけだった。しかしそのリストのなかに、祖父の名前も含まれていた。戦争が終わって四十年余り経って突然聞かされた二度目の訃報は、祖母にとってあまりにも残酷なものだった。

戦死だと聞いていたから運命だと諦めることもできた。しかしその残酷な死は祖母の心を破壊し尽くしそうだった。遺体のなかには、単に銃殺されただけではなく、拷問を受けた形跡のあるものも少なからず認められたという。そして残りの二十数万人の行方不明者は歴史の闇にいまも埋もれたままだ。

夫はどんな悲しい思いで、どんなに絶望に打ちひしがれて、あるいは拷問の苦痛に苛まれて死んでいったのか、想像するしかないことがかえって辛かったと祖母は嘆いたという。そのことをアーロンに語らずにきたのは、そんな悲しみと憎悪を孫の代まで引き継がせたくないと思ったからだった。

祖母はアーロンに言い聞かせた。憎しみは人の心を破壊するだけで、人生にプラスの価値はなにももたらさない。現在のロシアは、スターリンが支配したかつてのソ連ではない。夫のことは自分がすべて受け止めて、墓のなかまで持っていくから、あなたはそんな負の遺産を決して継いではならないと。

しかしアーロンはカティンの森事件の研究に没頭した。それについての知識を蓄えれば蓄えるほど、怒りの炎は燃え上がった。ボストンのロシア領事館に銃を持って侵入し、逮捕されたのはそれが頂点に達したときだった――。

それが警察関係者とアーロン本人からボブが聞いたことの顚末だった。侵入した途端に警備員に取り押さえられ、実害はなにも与えなかったことと未成年だったこともあり、保護観察つきで釈放された。そのとき身元引受人になったのが父方の叔父にあたるボブだったという。もうそういうことはやらないとアーロンはボブに誓ったが、それからも反ロシアのデモには積極的に参加していたらしい。

「彼の祖母は十年ほど前に亡くなったんだが、最後までそのことを心配していたよ。だから私も気がかりでね。いま探査チームは厳しい状態に置かれている。その原因をつくったのがロシアだということになれば、アーロンがある種のパニックに陥る惧れもあるから」

ボブは不安を滲ませる。だからといって、現在の状況でアーロンが一人でロシアと諍いを起こせるわけではないし、郷田はこれまでも困難な状況で強いリーダーシップを発揮してきた。水沼は直接付き合ったことはないが、オブザーバーとして参加しているジェイソン・マクガイアもアレックスとは親しい仲で、度胸の据わった男だと聞いている。ヒマラヤでの活動経験がある峰谷も、そういう状況下では冷静な判断が出来るはずだ。場合によっては厄介な荷物になるかもしれないが、ここは彼らの人間力に期待するしかない。

ホテルに移動し、ロビーに集まって連絡将校のジャック・スタイナー少尉から状況の説明を受けた。アラートの基地では天候が回復し次第救難機を飛ばす準備が整っているが、低気圧は衰える兆しがいまも見えないと言う。頼みの綱の原潜はまだ北極海に到着しておらず、現在どこにいるかは軍事機密のため明らかにできないが、少なくともあと二日ないし三日はかかるだろうとスタイナーは言う。

爆発現場近くにいた原潜は、艦体の破損や付着した放射性物質の検査のために本国へ帰投したらしい。核爆発を間近で受けたとしたら、乗員の生命の危険を考えてそれ自体は妥当な対応だといえるだろうが、そのときペンタゴンには郷田たちが置かれている状況が伝わっていたはずだった。

その後、帰投した原潜がとくに大きな損傷を受けていたという情報は得ていないらしい。郷田たちの救出と自らの安全確保とどちらの優先度が高かったか、潜水艦乗りならその判断は迷わずついたはずだと考えてしまうのは素人の身勝手というものか。

「探査チームがいる場所がどうなっているか、調べる方法はあるだろう。偵察衛星はプログラムの変更が必要で、それにはえらく時間がかかるという話だが、E8とかグローバルホークとか、雲の上からレーダーで観測できる偵察機が米軍にはあるじゃないか」

アレックスが問いかける。E8ジョイントスターズは、精密レーダーで戦車や地上兵力の動きを上空から掌握し味方の地上部隊を管制する、いわば地上版のAWACS（早期警戒管制機）だ。グローバルホークも高度な情報収集能力を備えた無人偵察機で、いずれも数十センチの地上目標を捉える解像能力をもつとされる。どちらも低気圧の雲より高い一万メートル以上の上空からの撮影が可能で、十分偵察衛星以上の能力を発揮するはずだ――。

アレックスはレゾリュートに到着してすぐ、COOのジム・フランクスと連絡をとっていた。フランクスはかつて米国内大手の軍需産業の役員を務めていたから、米軍の兵器体系には詳しいはずだ。そこでの又聞きだろうが、その指摘にボブとスタイナーは困惑したように顔を見合わせた。

「それも検討課題に入ってはいるんだが、どれも中東やアジアの係争地域に配備されていて、北極方面に移動するには戦術面での大きなシフトが必要だ。それに探査チームの居場所はわかっているので、いま偵察機を派遣することに意味はないというのがペンタゴンの判断なんだ」

ボブは苦しげに言い訳をする。水沼は堪らず身を乗り出した。

「私が知りたいのは彼らの居場所じゃないんだよ。そこがいまどんな状態なのかということだ。氷の下は数千メートルの深海で、氷盤は厚いといってもせいぜい一・五から二メートル。最後に連絡をとったとき、すでに氷は融け始めていて、あちこちにリードが発生していた。それからずいぶん時間が経っている。状況はさらに悪化しているはずだと思うが」

「海軍の水路局の情報だと、爆発現場から探査チームがいる場所までは、海流の速度から言って、まだ高温化した海水は届いていないはずなんです」

スタイナーが慌てて応じる。水沼はさらに問いかけた。

「だったらどうして海水温が上がっているんだね」

「現場からの熱伝導によるものだと見られます。いったん上がるとあとは冷えるだけなので、それ以上、氷の状況が悪化しているとは考えられません」

「爆発現場の熱水が流れてきたら、どうなるかわからないんじゃないか?」

「何百キロもの距離を流れてくるあいだに十分冷えるはずです」

杓子定規にスタイナーが答える。皮肉な口ぶりでアレックスが応じる。

「そういう楽観的な見通しで大丈夫なのか。北極の深海で核実験が行われたのは歴史始まって以来だ。このさき予想もできない事態が進行して、救えるはずの人命が失われるようなことがあれば、あんたたちは不作為の罪を犯すことになるぞ」

「私の立場では、それ以上のことが言えませんので——」

スタイナーは口ごもる。アレックスはさらに押していく。

「では、軍人としての立場を離れて、君の考えを聞かせてくれないか。もし君の親族や親友がいまそういう場所にいるとしたら、本当にそんな話を信じられるか」

「不安ではあると思います」

スタイナーは曖昧に頷く。ボブが慌てて割って入る。

「私は官僚で、彼は軍人だ。アメリカは民主主義国家だから、個人の立場としてはなんでも言える。しかし我々には国家の上層部を動かす力はない。もちろん現状を把握して、それを的確に報告し判断を促すことはできる。しかし悲しいかな、最終決定者は大統領だ。我々の声を彼の耳に届かせることは不可能に近い。大統領がそれを聞きたいと思った場合以外はね」

「要するに、米国人二名を含むたった七人の人間の命は、米軍の貴重な軍事資産を使うに値しないというわけだ」

アレックスはうんざりだというように両手を広げる。そのときボブの携帯電話が鳴った。ボブはディスプレイを覗き、慌てて耳に当てた。相手の話に聞き入るうちに、その表情が深刻になる。通話を終えてボブは顔を上げた。

「NRO（国家偵察局）からの情報だが、探査基地がある場所の近くで、ロシアの原潜と思われる艦艇による通信が検知された」

「ロシアの原潜？　どうしてそんな場所に？」

「わからない。NROが運用する偵察衛星がキャッチしたんだが――」

交信はロシアの通信衛星メリディアンとのあいだで行われたもので、発信場所は特定できたが、強力なスクランブルがかかっているため通信内容はわからないという。

ボブの説明によれば、NROは国防総省の外局に位置づけられる情報機関で、通信傍受のためのスパイ衛星を運用し、NSA（国家安全保障局）が中心となって運用しているエシュロンと呼ばれる世界規模の通信傍受システムの宇宙分野を担っているという。

北極海での探知活動は、主にロシアの原潜の稼働状況を把握するために行っているもので、原潜は何ヵ月でも海中に潜んでいられるが、司令部との交信のためときおりリードのある場所でアンテナを海上に出す必要がある。その位置を特定し、海図上にプロットすれば、ロシアの原潜の活動状況が把握できる。

たまたま探知した場所がポールスター85の基地とごく近く、いま起きている事案となにか関係があるかもしれないと、ボブと親しいＮＲＯの担当者が内密に連絡をくれたらしい。同じ国防総省に所属するといっても、そうした情報は門外不出の重要機密のはずだ。こちらの追及に対してボブは情けない答えしか返してくれないが、省内での人脈や実力は侮りがたいものがあるようだ。

北極海にはほかにも何隻かロシアの原潜がいるが、いまはすべて爆発現場の周辺におり、ソーヴェスチの実験データを収集しているものと見られるという。ＮＲＯも、それが単なる偶然かあるいは何らかの意図があっての行動か判断しかねているが、その原潜だけが別行動をとっていることに、なんの意味もないとはやはり考えにくいとボブは言う。

「ロシアの原潜が救助に向かってくれたとは考えられないかね」

水沼は期待を覗かせた。アレックスは逆に不安を煽る。

「それはあり得ない。ロシアはいまだにソーヴェスチの実験が行われたことを公式には認めていない。そんなことをすれば、実験を行ったのが事実だと自白するようなものだ。彼らはあそこで海底油田の地震探査をやっていた。そのデータに核爆発の動かぬ証拠が記録されているかもしれない。少なくともロシア側がそう考える可能性はある」

「だとしたら、彼らを拉致しようとして接近していると？」

水沼は慄きを覚えて問いかけた。アレックスはさらに恐ろしいことを言う。

「それどころじゃないかもしれない。インマルサットが不通のうえに、巨大低気圧で上空からは地上の様子が見られない。つまりいま彼等がいる場所は事実上の密室だからね」

5

チェリャビンスクの司令室で、カレリンはムルマンスクの北方艦隊司令部からの連絡を待っていた。

氷盤上を移動する雪上車らしい車両の走行音をソナーで検出したことは先ほど報告しておいた。現在、周辺には数多くのリードが発生しており、氷盤が荒れている可能性が高い。必要なら浮上して救出する用意があるという考えも伝えておいた。司令部は即答せず、追って指示をするから、ソナーによる追跡を続けながらしばらくそこで待てと言う。

ソナーが捉える走行音は右に左に方向を変え、蛇行しながらも概ね北に向かっている。不安定になった現在の場所から、より安定しているであろう北の氷盤を目指して移動しているのは間違いない。

ときおり走行音とは別の衝撃音をソナーが捉えるが、ソナー担当士官は、氷盤に亀裂が入ったり、それが再接続した際のものだろうと分析している。リードのある場所で潜望鏡深度まで浮上して氷盤上の様子を確認する手もあるが、リードが突然再接続したとき艦橋を損傷する惧れがあるし、その危険を冒して海面上に潜望鏡を出しても、ブリザードでほとんど視界はないだろう。

いまのところ米原潜のものと見られるソナー音は検出されない。現在の暴風雪や厚い氷盤といった条件を考えれば、救出には原潜を使うのがもっとも合理的だ。そういう判断があったからこそ、司令部は彼らの探査基地近くで潜航待機し、救難に来た米原潜の航走音を収集せよという命令を出したわけだった。

しかし米原潜が救出のために行動しているという情報は得られない。もちろん原潜の活動状況はどこの海軍でも最重要機密だ。そんな情報が表に出れば、ロシアの原潜が情報収集に動き出す。それは原潜運用の専門家なら自明といっていい話だろう。だから動きを秘匿していると考えれば納得がいくが、いまは戦争状態ではない。

一方でいま起きている事態は切迫している。もしアメリカが救出に動いていないのなら、それが出来るのはチェリャビンスクだけだ。そもそも彼らを窮地に陥れたのはロシアであって、本来なら真っ先に救出に乗り出すのが軍人としての、いや人間としての責務であることは疑いない。

軍人は戦争マニアではない。いや戦争をもっとも忌み嫌うのが、そのために命を投げ出すことになる軍人だと言っていい。臆病だからではない。戦争は最後の手段で、自分たちはそれを起こさないための盾なのだというのがカレリンの信念だった。祖国ロシアは世界を欺いて純粋水爆と称する怪しげな核兵器を使用した。戦争目的ではなかったにせよ、それが北極海の氷盤上に取り残された民間人の命を奪う結果に終われば、ロシア海軍の、いやロシアという国家の恥になる。

「やけに連絡が遅いな」

苛立ちを隠さずカレリンは言った。渋い表情でオルロフが応じる。

「政府組織の動きの悪さは旧ソ連時代からの伝統ですから。軍も例外じゃありません」

「果たしてそれだけなのかどうか」

「どういう意味ですか？」

オルロフは怪訝そうに問いかける。カレリンは言った。

「ロシアは当然のこととして、アメリカも彼らの救出にどうも積極的じゃないようだ。欧米のメディアもほとんど報道をしていない。そんな動きの裏に、なにか暗黙の了解があるような気がしてならない」

「たしかにね。その探査チームだけじゃないですよ。いま北極にはバルネオ・アイスキャンプの準備で十数名のロシア人チームがおり、そちらも事実上孤立していますが、それについても国際的にほとんど報道されていない。場所が爆発地点よりだいぶ離れているとはいえ、爆発現場にできた巨大な開氷面のことを考えると、彼らだって安全かどうかわかりません」

オルロフが言うことは杞憂ではない。ソーヴェスチが爆発したとき、チェリャビンスクがいた現場から一〇〇キロの海域の水温はほぼ瞬間的に五〇度に達した。核爆発による数百万度の火球からの熱伝導によるものと考えられ、極点付近にあるアイスキャンプにも影響があったのは間違いない。

原潜というのは海軍のあらゆる艦艇のなかで、もっとも情報過疎の状態に置かれがちな存在だ。潜航中は外界との通信がすべて遮断されるうえに、とくに北極の氷の下を潜航中の場合、アンテナを出せる場所も限られる。そのうえ任務自体が機密性を帯びているから、外界との通信は不要不急の場合に限られる。入手できる世界の情報は、本国との交信の際についでに傍受するBBCなどの国際放送くらいで、それも頻繁ではないから、経時的に情勢を分析することは難しい。しかしそんな乏しい情報から判断しても、いま世界で起きていることには強い違和感を禁じ得ない。

そのとき通信士官がやってきて、手にしていたUSBメモリーを差し出した。

「司令部からの指令文書です」

「音声通話じゃなかったのか？」

怪訝な思いで問いかけた。通常の定時連絡なら司令部の担当官と衛星通信を介した音声通話で行う。メリディアンを介した軍事通信には強力なスクランブルがかかっており、その解読はNSAでも不可能だと、運用を担当するロシア宇宙軍は豪語している。

一方電子メールを使った文書の場合は、極めて機密性の高い内容であることを意味し、それはすべて暗号化されていて、解読キーを持つのは艦長のカレリンだけだ。つまりその機密性は、外部に対してではなく艦内の人員に対するもので、最初に見ることができるのは艦長のカレリンに限られる。オルロフは興味深げにカレリンに目を向ける。カレリンはオルロフに軽く頷いて、USBメモリーを受けとって艦長室に戻った。

専用のパソコンにUSBメモリーを差し込み、現れたファイルをクリックする。解読キーの入力を求めるダイアローグが現れる。キーを入力すると、ロシア北方艦隊第十八潜水艦師団の師団長ピョートル・アシモフ少将名の指令文書が表示された。内容は、通信可能な状態を保った上で、魚雷発射管に注水し、氷盤上の移動物体をソナーで捕捉し続けよ、次の指令は一時間後に送信するというものだった。

その文言にカレリンは慄いた。師団長自らの指令文書というのは、通常の司令部からの指令とは重みが異なる。

魚雷発射管に注水——。つまりいつでも魚雷が発射できる準備をせよという意味だ。さすがに師団長も直接的な表現を避けたかったのだろう。カレリンは目を疑って何度も読み返した。わずか数行のあまりにも簡潔なその文章を読み違えることはなかった。

カレリンは慄然とした。敵でもない、軍人でもない、崩壊の進む氷盤上で、生存をかけて行動している民間人を抹殺せよという。その意図に不快極まりない恐怖を覚えた。

第七章

1

カレリンは戦闘指揮所に向かい、指令を発した。

「アンテナケーブルを回収。現在の深度で潜航を続け、雪上車と見られる氷盤上の移動物体を追尾する」

オルロフが驚いたように問い返す。

「それじゃ艦隊司令部と連絡がとれなくなりますよ」

すでに司令部には命令を了解した旨の暗号メールを作成し、それを通信担当士官を通じて発信するように指示しておいた。

「向こうも了解している。このまま移動物体がソナーの探知範囲の外に出てしまえば追尾が不可能になる。それが緊急退避している探査チームだとしたら、米原潜のデータ収集ができなくなるし、状況によっては救出に乗り出さざるを得ない状況にもなるわけだから」

もちろん嘘だ。魚雷発射の準備をして移動物体を捕捉し続けよという理不尽な命令に従うことは、カレリンにとって軍人としての、いや人としての尊厳をかなぐり捨てるのと同義だ。

「たしかに、このままアンテナケーブルを出し続けていれば、移動物体がソナーの探知範囲の外に出てしまう。その判断は妥当でしょうね」

オルロフは納得する。もちろんその判断が正常であって、司令部からの暗号による命令の内容こそが狂気と言えるものなのだが、その命令に背こうとしている自らの行動も軍規違反の誹り(そし)を免れない。しかし一時間後に寄越すという次の命令が受けとれなければ、それに従う必要はない。

オルロフは通信担当士官にアンテナケーブルの収納を指示した。それが終わると、ソナー担当士官に移動物体の進行方向と移動速度を確認し、現在の深度を維持したまま追尾するように指示を出す。

操舵手はクラッチを前進に切り替え、スロットルを微速にセットする。原潜だから機関の駆動音はほとんどしないが、かすかに後方へのG（重力加速度）を感じる。操舵手はコンソールのステアリングを回し、移動物体の進行方向に艦首を向ける。オルロフを含め指揮所にいる乗員の誰一人、カレリンの操艦指揮に疑念を抱いている様子はない。あの暗号による指令の内容を知らなければ、彼らが罪に問われることはない。

「深度四〇メートル、方位二度三〇分、速力五ノットで対象を追尾しています」

操舵手が報告する。このあたりの氷厚は最大二メートル。それを割って浮上するだけの艦体強度はチェリャビンスクにはない。しかし潜航して追尾してさえいれば、氷盤が割れて彼らが危険な状況になった場合には、その割れ目を狙って浮上することは可能だ。いますぐ救出に乗り出すことはないにせよ、最悪の事態には対処できる。

移動物体は概ね北に向かっている。現在の海水温は二〇度前後で安定している。今後急速に氷が融けるとは思えないし、北に行くほど氷盤は厚いはずだ。そこまで行けば彼らは嵐が去るのを待てばいい。さすがにその段階では米軍も救出に乗り出さざるを得ないだろう。なによりカレリンが避けたいのは、自らの魚雷で彼らを殺害することだった。そんな命令を司令部が発出するとはできれば信じたくないが、受けてしまえば拒否はできない。

作戦行動中の潜水艦が外部との連絡を絶つことは珍しくない。長期間浮上する必要のない原子力潜水艦の場合はなおさらで、そのうえ北極海の厚い氷盤の下にいる限り浮上すること自体が困難だ。その意味で潜水艦の艦長には作戦行動上一定の裁量権が与えられており、それがあってこそ潜水艦の最大の武器である隠密性は担保される。

魚雷発射準備の命令を発したピョートル・アシモフ少将は、かつては有能な潜水艦乗りとして名を馳せた人物で、カレリンは海軍本部勤務時にその謦咳に接したことがある。高い志と人としての高潔さを備えた軍人で、カレリンはその人柄に魅せられ、憧れを抱いてきた。

そのアシモフがあんな命令を発したことが、カレリンはいまも信じられない。しかしその意味は明瞭だった。彼にとっては抗いようのない苦渋の選択だったのか。あるいはカレリンが思い描いていたアシモフは虚像にすぎず、国家の命令とあらば人としての矜持も捨てる軍事官僚に成り下がっていたのか。

いずれにしてもその命令に従うのなら、就役以来五年間、手塩にかけて育ててきたチェリャビンスクとその乗組員を人道上の罪に加担させることになる。それを防げるのは自分しかいない。軍が訴追するというのなら、その責は自分一人で負えばいい。

2

北へ向かってさらに二時間走った。現在位置は北緯八五度三〇分。孤立した氷盤から脱して六時間。なんとか三〇キロは走破した。このあたりまで来るとリードの数も減り、幅もだいぶ狭まってきて、迂回を強いられる頻度も減ってきた。時刻は午前七時三十分。すでに陽は昇っているが、ブリザードはいまも止むことなく、視界はほぼ数メートル、ときに二〇メートルほどまで広がるだけだ。

いまは郷田が運転しているが、ときおりひどい睡魔に襲われる上に、鈍い頭痛が絶え間ない。リードに遭遇する頻度は少なくなったとはいえ、それでもうとうとしていて、突然目の前に現れたリードに慌てて雪上車を停止する。ほとんど周囲に見えるものがない環境は思っていた以上に精神と肉体にダメージを与える。

後部の車室にいる峰谷や山浦もめっきり無口になっている。とりあえずここまではいくつかの困難を乗り切ってきたが、そもそもいまここにいること自体が危機なのだ。しかしそんな危機意識も慢性化すれば状況への対応力が鈍くなる。

いまできるのは、北に向かって燃料が尽きるまで雪上車を走らせることだけだ。自力でやれることを最後までやりきって、それでもまだ助かるという保証は得られない。しかし永遠に続く嵐はないし、北上すればそれだけ氷盤が崩壊する危険から遠ざかる――。問題はそれを信じ続ける魂の力をどう保つかだ。

「外界との通信が絶たれているのが、これほど堪えるとは思わなかったな」

助手席で周囲に目を配りながらジェイソンが言う。郷田は頷いた。

「たとえ北極にいても、衛星電話もあればインターネットもある。だからこういう事態に陥るまではなんの不安も感じていなかった。できるのが当たり前だったそんな便利なものが消えてなくなった。生きて還れたらいい経験をしたと思うかもしれないな」

「電話も来ないしメールも来ない。ＳＮＳも覗けない。こんな厄介な状況じゃなかったら、悲しいが」

案外健康的な生活かもしれないけどな。ミネタニにアルコールを取り上げられているのが

雪上車を運転できるのは郷田とジェイソンだけだ。彼自身も現在の状況で気を緩められないのはわかっているから、食事のときに許可されるグラス一杯のジンで我慢している。アルコールに目がない点では負けないチャーリーも、いまは殊勝にジェイソンに付き合っている。ジェイソンの愚痴が耳に入ったようで、峰谷がさっそく言い返す。

「私が管理しないと、あなたとチャーリーで救出される前にストックをすべて飲み終えちゃうでしょ。それで酔い潰れて、肝心なときになにもできないようじゃ、私たちの命にもかかわることになるでしょう」

「せめて二杯にしてくれれば、むしろパワーアップして、いま以上にいい働きができると思うんだがな」

「十分働いてもらってるわよ。いざというときあなたにしゃきっとしていてもらわないと困るのよ。みんな頼りにしてるんだから」

「もちろんそうだが、ジンやウォッカはそのための気付け薬でもあるんだよ」

ジェイソンは哀切な声で訴える。そのときがくんというショックとともに雪上車が停まった。またエンストのようだ。先ほどから何度か起きていた。燃料フィルターが詰まったか、燃料噴射ポンプに不具合があるのか、極寒のなかを、トレーラーを牽引して低速で走

り続けていることが原因かもしれないとジェイソンは言う。

燃費がいいこととトルクが大きいメリットを活かして、雪上車はほとんどがディーゼルエンジンを搭載している。しかし北極のような極端な寒冷地では燃料の軽油の粘度が高まり、それがエンジントラブルの原因になりやすい。もちろん極寒地仕様の雪上車だから、その対策は施されているし、燃料の軽油も寒さに強いタイプを使っているが、それでも現在の猛烈な寒さには対応しきれないようだ。ジェイソンは諦め顔で言う。

「騙し騙し行くしかないよ。修理している時間はないし、原因はいまの寒さのせいだから、応急修理をしたってすぐもとに戻る」

再始動のためにクランキングをするが、エンジンの機嫌は悪く、なかなか言うことを聞いてくれない。やっとアイドリング状態に入ったところで、山浦が声を上げた。

「みんな、ちょっとこれを聞いて」

郷田が振り向くと、山浦は無線機の音量を上げた。またノイズに紛れてロシア語らしい音声が聴こえてくる。電波の状態がいくらかいいのか、先ほどよりもだいぶ明瞭だ。床に寝転んでいたアーロンが起き上がる。郷田もエンジンをアイドリングさせたまま、無線機の音声に耳を傾けた。

今度も「バルネオ」という単語が何度も聴き取れる。アーロンもじっと聞き入っている。交信は五分ほどで終わった。ジェイソンがアーロンに問いかける。

「連中、なにを喋ってるんだ？」

「海水温の上昇が収まって、リードの状態も落ち着いてきたと言ってるよ。ロシア政府に対してはかなり怒っているようだ。民間人を見殺しにするつもりだったのかってね」

「だったら連中も騙された口なのか。交信している相手は？」

「アイスキャンプを運営している組織の人間のようだね。インマルサットが不通で困っているという愚痴も聴こえてくる」

「彼らはロシア版の衛星通信システムを使ってるんじゃないのか」

ジェイソンが首を傾げると、山浦が口を挟む。

「アイスキャンプは国外も含めて不特定の客が集まる場所で、ロシアのシステムに適合する端末を持っていない人が多いからでしょう。インマルサットやイリジウムなら国際的に普及してますから、そっちのほうが利便性が高いはずです。それにロシアのシステムじゃ、怖がって使わない人も多いでしょうし」

「そりゃそうだよ。あのキャンプには観光客だけじゃなく世界各国の極地関係の科学者も集まる。通信内容がスパイされる惧れがあれば、だれもそんなところに参加しなくなるよ」

アーロンはここぞと勢いづく。郷田は山浦に促した。

「いまなら繋がるかもしれない。もう一度呼び出してみてくれないか」

「そうですね。あのときより電波状態はだいぶいいですから」

山浦は頷くと、マイクロフォンに向かって英語でコールする。

「バルネオ・アイスキャンプ。バルネオ・アイスキャンプ。こちら北極にいる日米共同の石油探査チーム、ポールスター85。応答願います。どうぞ」

無線機を受信に切り替えてしばらく待つと、意外にクリアな音声が返ってきた。

「こちらバルネオ・アイスキャンプ。ポールスター85、無事でしたか。現在位置は？ 氷の状態は？ どうぞ」

ロシア語ではなく流暢な英語だ。山浦が送信に切り替えて応答する。

「現在位置は北緯八五度三〇分、東経一三二度二二分。氷の状態は悪く、リードの発達が著しい。現在雪上車で北に向かって退避中で、このまま氷の融解が進めばきわめて危険な状況です。そちらはどうですか」

「一時、融解が進みましたが、いまは水温も低下しつつあり、氷盤は安定しています。いずれにせよ、まだ航空機が飛べる状況ではないので、嵐が去るのを待つしかない。北へ向かっているというのはいい考えです。我々がいる地点は、いまも三メートル以上の氷厚を保っています。それでもリードができたのは、海水温の上昇による膨張率の差によってのようです」

「つまり、北へ向かえば氷盤はより安定すると考えられるわけですね」

「あなたたちは正しい選択をしている。問題はそこからどれだけ北上できるかです。我々のキャンプまでは五〇〇キロ以上あるでしょう」

「現在の燃料の残量だと、進めるのは二〇〇キロ弱。それもリードに阻まれて迂回しながらの前進ですから、直線距離で言えば一〇〇キロ程度かもしれません」

「我々はキャンプ開設の準備のためにこちらにやってきていて、燃料もその作業に必要なだけしか運び込んでいない。そこまでだとぎりぎり往復できるかどうかというところです。より状況が悪化するようなら救出に向かうことも不可能ではありませんが、我々にとっても現在の嵐の状況は生命のリスクを伴うもので、いますぐ救出に向かうのは難しい。ただ最悪の事態を迎えた場合は命綱になれるかもしれない。今後も電波状態が良好な場合は、随時、そちらの状況を知らせてください」

　わずかだが希望の光が灯った。運転席を離れて車室に戻っていた郷田が、山浦に変わってマイクに向かった。

「私はポールスター85の隊長のヒロト・ゴウダ。心強い言葉をありがとうございます。我々はできる限り自力で北に進みます。ただ困っているのは、インマルサットが不通なうえに、本国と無線連絡もとれないことです。もしそちらがロシア本土と無線が通じるなら、そこを中継して、電話なり電子メールなりで私の会社のトップにこちらの現状を伝えていただきたい」

「私はバルネオ・ファウンデーションの現地リーダーのアレクセイ・ペトロフです。承知しました。相手先のメールアドレスを教えて下さい」

「ありがとうございます。現在、彼はカナダ北極圏のアラートにいます。メールアドレスは――」

　水沼の連絡先を伝えると、ペトロフはいま録音機をセットするという。郷田との会話を録音し、その内容をムルマンスクの本部オフィスに無線で送る。本部でそれを音声ファイルとして保存してもらい、電子メールに添付して水沼に送付してくれるという。

　いま置かれている状況について郷田は詳細に語った。そのやりとりのなかで、ペトロフはいま北極海で起きていることはすべてソーヴェスチに起因するものだと認め、自分たちにも実験の事前通報はなかった。一つ間違えれば自分たちも生命の危機に直面していただろうし、現在もフォールアウトのリスクに曝されている。それは世界の研究者やツーリストの平和な交流の場としてのバルネオ・アイスキャンプの意義を踏みにじるものでもあると憤りを覗かせた。交信を終えると、案の定、アーロンが騒ぎ出す。

「どうしてこちらの情報をロシア人に教えるの。それが本部に送られたら、軍や政府に情報が流れて、ムルマンスクの軍港にいる原潜が僕らを殺しにくるよ」

　苦々しい思いで郷田は言った。

「いまは彼らを信じるしかないだろう。海軍もペンタゴンもおれたちの現在位置さえ把握していない。なにが起きても知らなかったで済ませられる。やっと繫がった一本の糸だ。それを活かさなきゃ生きて還ることすら難しい。どんなにか細くてもリスキーでも、目の前にチャンスが現れたら、いまはそれに賭けるしかない」

希望を滲ませてジェイソンも応じる。

「おれも彼らを信じるよ。連中もソーヴェスチの被害者のようだし、おれたちと同じ民間人だ。言いたくはないが、ペンタゴンもホワイトハウスも、我々のためになんの行動も起こそうとしていない、ここでいま起きていることを彼らを通じて知らせてやらなきゃ、おれたちはこのまま見殺しにされる」

「それならいっそ見殺しにされたほうがいいよ。ロシア人に殺されるよりずっとましだよ」

アーロンはわけのわからないことを言い出した。本気で言っているとしたら常軌を逸している。容赦ない口調で峰谷が応じる。

「私はあなたの馬鹿馬鹿しい信念と心中する気はないわよ。そんなに死にたいなら、私たちと別れて一人で行動すればいいのよ」

「みんなに生きてほしいから忠告してるんじゃないか。ロシア人を信じるなんて、いくらなんでも人が好すぎる。彼らは人を殺すことに喜びを感じるような、人間とは別の生き物なんだよ」

アーロンはそれでもなお言い募る。憤りを腹に押し込んで、穏やかな口調で郷田は言った。

「そんなことはない。ロシア人だってただの人間だ。どうしてそこまで忌み嫌うんだ」

アーロンは唐突に声を上げ、肩を震わせた。

「僕の祖父は、第二次世界大戦中にロシア人に虐殺された。ただの戦争捕虜だったのに、銃で頭を撃ち抜かれカティンの森に埋められた。二万数千人のポーランド人の仲間とともに。それを発見して告発したのはナチス・ドイツだった。あいつらはナチスに劣らない大量殺戮者なんだよ――」

3

レゾリュート空港内のホテルのロビーで、水沼は窓の外を眺めていた。到着したときは高曇りで、風は比較的穏やかだった。しかし北極海で荒れ狂う暴風雪の勢いは、衰えるどころかむしろ勢力を広げているようで、午後八時を過ぎた空は暗灰色の雪雲が地を這いそうな低さで流れ、強風で舞い上げられた雪片が窓ガラスを激しく叩く。低気圧の中心はいまも北極点近くで停滞しており、そこから移動する気配もないという。

レゾリュートから北極点までは一六〇〇キロ余り。半径がそれだけあるとしたら大型の上に超が三つ付くほどの怪物低気圧で、二〇世紀以降これほどのものは記録にないらしい。世界の気象学者はこれも地球温暖化に起因する異常気象だと色めき立っているが、発生しているのが北極海というほとんど人の居住しない場所で、大規模な人的・物的被害が発生する惧れはないため、世界レベルではほとんどニュースにもなっていない。

しかし水沼にとっては、北極海の氷盤上にとり残されている郷田たちの安否こそが重大事だ。インマルサットはいまも復旧せず、無線も通じない。米軍はE8やグローバルホークの運用に消極的だ。もちろんそれらを使って雲の上から彼らが置かれている状況を把握できたとしても、暴風雪が収まるまでは救難の航空機は飛ばせない。

しかし最後に繋がった通話では、すでに基地周辺では氷が融け始めていて、いくつもリードが出現しているらしい。その情報はペンタゴンを通じて米海軍にも伝わっている。他の海域にいた原潜が北極海に向かっているとは聞いているが、それが救出作戦のためかどうかを海軍は明言しないうえに、北極海に到着するまで最短であと二日はかかる見込みだという。ソーヴェスチによる海水温の上昇次第では、氷盤の状態の悪化が急速に進む惧れがある。現地の情報が得られればペンタゴンや海軍の尻を叩けるが、その見通しがいまも立っていない。

さらにもう一つの不安もある。チームの基地のすぐ近くにロシアの原潜がいるというNROからの情報だ。もしその情報を得た米海軍が、データを取られるのを嫌って救出作戦の実施にさらに及び腰になれば、結果的に郷田たちが見殺しにされる事態にもなりかねない。いずれにせよペンタゴンもホワイトハウスも、さらには日本政府も、現在の嵐さえ去れば、いつでも救出は可能だと高を括っているのは明らかだ。

水沼もアレックスも、ボブ・マッケンジーと合流すればペンタゴンとのあいだに太いパイプができるものと期待していたが、民事支援担当国防長官補佐官という立場はあくまで軍と民間のあいだの調整を主務とするもので、軍そのものとの繋がりは必ずしも強いわけではないようだ。

「ボブがあそこまで頼りにならないとは思わなかったよ。というより、世界最強の軍事力を誇る合衆国が、ここまで情けないとは思っても見なかった」

傍らでアレックスがぼやく。ボブは空港内の米軍の駐在事務所に出かけて情報収集に努めているらしいが、とくに連絡がないところをみると、目立った進展はないということだろう。

そのとき水沼の携帯にメールが着信した。差出人名はミハイル・クリコフ。メールアドレスは「barneofoundation.ac.ru」。国名コードの「ru」はロシアを表す。メールには音声データと思われるファイルが添付されている。

バルネオ・ファウンデーション――。思い当たるのはロシアの民間団体が毎年春先に北極点近くに建設するバルネオ・アイスキャンプだ。しかし水沼自身はそちらの関係者に知り合いはいない。不審な思いでメールを開いた。その内容は想像もしないものだった。

メールは英語で書かれていた。送信者のミハイル・クリコフは、バルネオ・アイスキャンプを運営する財団の役員だと自らを紹介し、現在北極点近くでキャンプ設営の準備をしている先遣チームがおり、そのリーダーのアレクセイ・ペトロフが郷田たちとたまたま無線で交信できた。そこで彼らが危険な状態に置かれていることを知ったという。

現在、インマルサットが不通のため、ペトロフたちも本国とは無線で交信するしかない。しかし郷田たちの状況を考えたとき、できるだけのことをすべきだと考えた。自分たちもソーヴェスチの実験によって危険な状況に置かれている。そのことに強い憤りを感じており、もしその実験によって彼らの命が奪われるようなことになれば、ロシア人として世界に顔向けができない。

そこで現在米本国との交信の手段がない彼らのチームとそちらとの仲介をさせてもらうことにしたという。添付したファイルはペトロフが郷田との無線交信を録音したもので、それをペトロフがクリコフのもとに無線で送信し、それをふたたびクリコフが録音し、音声ファイルとして保存したものらしい。

もしそれを聞いて、そちらから知らせたいことがあれば通常のメールなり、音声ファイルにしてメールに添付するなりして送ってほしい。ペトロフを介してそれを郷田たちに伝えるとクリコフは請け合う。

そのメールを見せると、複雑な表情でアレックスは応じた。

「本当なら朗報だ。しかしロシアが北極海でやらかしたことを考えると、喜んでいいのかどうか」

「とりあえず、この音声ファイルを再生してみよう」

水沼が添付ファイルをタップしようとすると、アレックスは周囲を見渡し、慌ててそれをとめた。

「ここじゃまずい。ここは米軍関係者がしょっちゅう出入りしている。それに音声ファイルと偽って、ウィルスが仕込まれている惧れもある」

「だったら先にボブに報告するか？」

「悪いが彼も信用できない。まずこちらで内容を確認してから、知らせるべきかどうか判断したほうがいい。いったんおれの部屋に行こう。携帯音楽プレーヤーを持っているから、そこにファイルを移して再生すれば、ウィルスの心配はしないで済む」

ただならぬ深刻さでアレックスは促した。

4

アレックスの居室で、受信した添付ファイルをＰＣを介して音楽プレーヤーに転送した。

再生はしていないから、ウィルスが仕込まれていてもスマホやＰＣが感染する惧れはない。プレーヤーで再生すると、問題なく音声が流れてきた。

内容は二人の人物の英語による会話で、かなりの量のノイズが乗っているが、聴きとるのが困難というほどではない。一方は間違いなく郷田の声だった。水沼とアレックスはその内容に聴き入った。

基地周辺の氷盤が荒れ、海水温も二〇度前後まで上がったため、海流に乗ってより高温の海水が流入した場合のリスクを考えて、雪上車で南下し、海流の外に出て救出を待つ決断をしたこと。行方不明になったアーロンの救出に手間どっているうちに、基地がリードに飲み込まれ、さらに広範にリードが広がって、南下が困難になったこと。それならより氷盤が安定しているはずの北に向かうことにしたこと。そのあと孤立した氷盤に取り残され、とっさの機転でなんとか対岸の氷盤に渡ったこと、雪上車のエンジントラブルが続き、それを騙し騙し北上を続けていること――。

そこで語られた決死の逃避行に、水沼は驚きを隠せなかった。

「状況は想像していた以上に悪い。ここでなんの手も打たなかったら、最悪の事態が起きるかもしれない」

アレックスも大きく頷く。

「今後、核爆発で熱せられた高温の海水が海流に運ばれてくるかもしれないわけだろう。

スタイナーはそこまで流れるあいだに冷えると言っているが、科学的に立証されている話じゃない。数百万度の高温で熱せられた海水温がどれだけ冷えるか、実証されたデータがあるわけじゃない」

「ああ。安全な場所に達するまで燃料が保つかどうかもわからないし、エンジンの調子も悪いようだ。そのうえ開いたリードで迂回を強いられる。状況は厳しいな。この情報を急いでボブの耳に入れないと」

水沼は焦燥を覚えた。アレックスが携帯で事情を伝えると、ボブは急いでこちらに向かうとのことだった。苦い口ぶりでアレックスが言う。

「あいつ、送られてきたメールにすぐに返信するなと言いやがる」

「どうして？」

「なにか仕掛けがあるんじゃないかと疑っているようだ。向こうの真意がわかるまで、こちらの情報を出すわけにはいかないと言っている」

「あれは間違いなくゴウダの声だ。仕掛けなんかあるわけがない」

「ロシア側との接触に関してはペンタゴンの了承が必要だと言うんだよ」

「どうして？　これは私への私信だ。彼らに干渉されるいわれはない」

憤りを覚えて水沼は言った。不快感を滲ませながらも、宥めるようにアレックスが言う。

「気持ちはわかるが、いま大事なのはペンタゴンを動かすことだ。この音声を聴かせたら、連中だっていつまでも寝たふりはしていられなくなる。おれからもボブにしっかり注文をつけるよ」

ほどなくボブはやってきて、開口いちばん訊いてくる。

「ゴウダの声で間違いないんだね」

「十数年付き合った社員だ。間違いようがない。とにかく聴いてくれないか」

水沼は着信したメールをボブに読ませてから、音声ファイルを再生した。ボブは深刻な表情で聴き入った。再生が終わるとボブは言った。

「厳しい状況なのはよくわかった。さっそくこのファイルをペンタゴンに送るよ」

「私はメールを受けとったと先方に返信するよ」

水沼は挑むように言った。ボブは困惑を隠さない。

「いくら民間団体だと言っても、相手はロシアで、今回のソーヴェスチの件では当事国だ。ゴウダとの交信は本当かもしれないが、それをこちらに伝えることで探りを入れてきているのかもしれない。いまこちらの動きを知られたら、どんな妨害を仕掛けてくるかわからない」

「言っちゃ悪いが、ペンタゴンがゴウダたちのためにこれまでなにをしてくれたんだね。ロシアがいくら謀略に長けていても、なにもしていない相手に対して妨害工作を仕掛けるような器用な真似はできないんじゃないか」

「それはそうだが、チームの基地付近にいるロシアの原潜のこともある。ペンタゴンだってなにもしていないわけじゃない。原潜による救出の案も検討している。しかしそんな動きを察知されたら、周辺にいるロシアの原潜が群がってくるわけで」

ボブは苦しげに言い訳をする。アレックスがすかさず突っ込む。

「そうさせないのが外交力というものだろう。ホワイトハウスはロシアといま水面下でやりとりをしているはずだ。原潜のデータを盗まれるのが嫌なら、救助活動中は現場から退避するように要求したらどうだ。それが嫌なら、ロシアが責任をもって救出しろと言ってやればいい」

「ああ。それも検討するように進言するよ。じゃあとりあえず返信は、受けとったという報告と簡単な謝意だけにしておいてくれ。とりあえずそのメールと音声のデータをコピーしてくれないか」

「その代わり、ペンタゴンがいつどう動くつもりか、急いで返事をもらってくれないか。希望が持てる回答をできるだけ早くゴウダたちに伝えたいから。どのくらいかかるかね」

水沼は遠慮なく問いかけた。ボブははぐらかすように曖昧に応じる。

「やってみないとわからない。なにしろソーヴェスチの件が絡んでいるからね。いまや単なる救難作戦のレベルを超えたマターなんだよ。下手をすると北極海を舞台に米ロの武力衝突さえ起こりかねない」

苛立つようにアレックスが口を挟む。

「海軍長官が命令を出せば済む話じゃないのか」

「いまは統合参謀本部レベルにまで格上げされている。北極海での軍事行動には、ペンタゴンも極力慎重にならざるを得ないんだよ」

「つまりロシアが怖いわけか」

アレックスは吐き捨てる。ボブは慌てて取り繕う。

「そういう問題じゃない。無駄な衝突を避けるために、適切な対応をとるという意味だ。しかし急を要することはよくわかった。私からも早急な対応を要請するよ」

「彼らには刻一刻危険が迫っている。あまり待たせるようだったらこの音声をメディアに公開するぞ。米軍の腰抜けぶりを伝えるニュースが世界を駆け巡ってもいいのか」

アレックスは脅しを利かせる。ボブは悲鳴を上げる。

「止めろよ。それは国家機密の漏洩にあたる」

「冗談じゃない。このやりとりは民間人同士のもので、国家はなんら関与していない。そういうふざけたことを言ってると、アメリカと同盟国の民間人の生命保護を怠った罪で、パシフィック・ペトロリアムが連邦政府を提訴するぞ」

いまにも摑みかからんばかりの剣幕でアレックスは言った。

5

アーロンはひとしきりごねたあと、寝袋に潜り込んで寝てしまった。不調だったエンジンはいくらか調子を取り戻し、とりあえず時速一〇キロ程度で安定して走行している。それでも本格的な補修ができる状況ではないから、このさき致命的なトラブルに至れば、生命の危機に直面することにもなりかねない。

ブリザードはまた強まって、突然目の前に現れるリードに気が抜けない。バルネオ・アイスキャンプのペトロフからはまだ連絡がない。果たして自分からの音信が水沼に届いているのか、ときとともに不安が募る。バルネオ・アイスキャンプは民間組織だといっても、ロシア地理学会が母体になっていると聞く。ロシア政府関係者がそこに関与していないとも限らない。

やむを得ない方法だったとはいえ、こちらの情報を音声で送信したことも気になる。アイスキャンプの無線には軍用無線のようにスクランブルはかかっておらず、周波数さえ合わせれば誰でも傍受が可能だ。ロシア政府側に聞かれて困る内容ではないが、彼らがいまもソーヴェスチの実験を否定している以上、その事実に触れる内容を米国サイドに中継する意図があることを知って、政府がバルネオの対応に横槍を入れてくる惧れもなくはない。

そのことをペトロフも気にはしていたが、ロシア政府にそれを禁じる根拠はない。情報自体は郷田からもたらされたもので、それを中継するだけならスパイ罪には該当しない。いま起きているのは人命に関わる緊急事態で、それを妨害するようなことは国際的な体面からもまずできないだろうとペトロフはみていた。

あるいは交信を傍受したアマチュア無線マニアも大勢いるかもしれない。それによっていま北極で起きていることがオープンになれば、ここまでニュースとしてほとんど取り上げもしなかった世界のメディアも大いに注目するだろう。ペトロフたちにしてもいまは必ずしも安全だとは言えない状況で、そのことは本国政府にも伝えているが、政府側は嵐が去るのを待つようにと言うだけで、救出に乗り出す気配はまるでないという。

そのあたりの事情はアメリカの動きとどこか似ている。北極海はまさにロシアの庭先で、ソーヴェスチの爆発が起きる前、ロシアの軍用機が何機も飛来したのを郷田たちは見ている。当然ロシアの原潜も付近の海域を遊弋（ゆうよく）していたはずで、爆発直後に彼らを救出に向かうことは可能だっただろう。もっともそれならソーヴェスチを起爆するまえに退避させるべきだったわけで、自分たちは実験台にされたのではないかとさえ、ペトロフは疑っていた。

「なんにせよ、これで外界との情報交換ができるようになれば、精神的には余裕が生まれる。それでいますぐなにかが変わるわけじゃないかもしれないが」

ジェイソンは控えめな期待を覗かせる。いずれにしてもバルネオ・アイスキャンプと連絡がとれたことは大きな前進だ。そこまではたどり着けないにしても、なんとか燃料が保つところまで北上すれば、嵐が去ったとき、救難の航空機がそこに離着陸できる可能性は高まる。もし最悪の事態に陥った場合、アイスキャンプから救出に来てもらえる希望もゼロではない。

「でも、北極点近くのアイスキャンプからムルマンスクまで電波が届くんだから、こちらもアラートの基地くらいまでなら届きそうだけど」

峰谷が問いかける。山浦が首をひねる。

「アイスキャンプからの電波は、前回受信したときよりずっと強くなっていた。たまたま障害になる雷とか電離層の状態が落ち着いていたせいかもしれないけど、カナダ方面の状態がいまも良くないんだ。僕も頻繁にチェックしてるんだけど。そちらの電波はほとんど入らないし、こちらからコールしてもまったく反応がない。この雪上車に積んでいる無線機の出力の限界かもしれないね。彼らはもっと強力なものを使っているはずだから」

「基地に設置されていた無線機なら、交信できていたかもしれないわね。あっちは本格的なアンテナを設置していたから」

峰谷は残念そうに言うが、その基地はすでにリードに飲み込まれて壊滅状態だ。ここは辛うじて繋がった一本の糸に希望を託すしかない。

周波数を合わせれば、アイスキャンプと本国とのロシア語の交信はいまも聞こえる。郷田との約束を果たし、ペトロフがムルマンスクの本部オフィスに郷田との会話の録音を送信してくれたのも確認している。しかし良好な電波状態がいつまで続くかは保証の限りではない。交信不能になる前に、せめて水沼と連絡がついたという一報がほしい。

そのときアイスキャンプからのコールが入った。ジェイソンに運転を代わってもらい、郷田が車室に戻って応答した。

「こちらポールスター85。返信が届きましたか」

「つい先ほどムルマンスクの本部に、ミスター・ミズヌマから返信のメールが届きました。その内容は――」

郷田たちが現在置かれている状況は把握した。自分は現在、天候の関係で、当初予定していたアラートではなくレゾリュートにおり、パシフィック・ペトロリアムのアレックス・ノーマンとペンタゴンの民事支援担当国防長官補佐官ボブ・マッケンジーが同行している。音声ファイルの内容はボブを通してペンタゴンに伝えてあり、これから対応策を検討するとのことだった。

即応してくれるのかと期待していたが、どうもそういうわけでもなさそうだ。ペンタゴンと言えば巨大な官僚組織だ。まだインマルサットが使えた時点でも、対応にスピード感はまったくなかった。

　ペトロフが伝えた水沼の返信には、バルネオ・ファウンデーションへの感謝に加え、郷田たちの安否を気遣う思いが込められていたが、そこには積極的に動こうとしないホワイトハウスやペンタゴン、さらには日本政府の対応への不信感も滲んでいた。

　BBCやVOAのニュースでは、アメリカはソーヴェスチの件を国連の安全保障理事会に提訴する準備に入っており、いまは国際的な外交戦に夢中のようだ。そんな状況をわかってのことだろう。連絡の労をとってくれた謝辞を伝えると、ペトロフもやや気落ちしたように応じる。

「ソーヴェスチの実験という大事と比べれば、我々のことも含め、いま北極で起きている民間人の運命は小事に過ぎないと見ているんでしょう。少なくとも命に関わる事態だと認識している様子はありません」

「けっきょく、自力で生き延びるしかないようですね。我々もそちらも」

「こちらはまだ危機とは言えない状況です。しかしあなたたちにはぜひ生還して欲しい。責任はすべてロシアにあります。それができないなら、我々にとって大いなる恥辱です」

　強い口調でペトロフは言って、深刻な口ぶりでさらに続ける。

「ところで、つい先ほど新たな情報が入りました」

「というと？」

「爆発地点を含む広範囲の海水温のデータがとれました。我々の組織の母体はロシア地理学会です。学会は独自に北極海の海洋データ収集のためのリモートセンシング衛星を運用しています」

例の幅数十キロの穴の部分は、厚い氷盤を一気に融かしたことから推測して、一時的に一〇〇度近くまで水温が上昇したものと考えられるが、逆に表面を覆う氷がなくなったことで、マイナス数十度の外気に冷やされて、現在は二〇度前後にまで温度は下がり、今後はさらに低下するとみられるという。

問題はいまも氷に覆われている海域で、爆発地点の温水が海流によっていまも流れ続けていて、こちらは逆に氷による断熱効果で寒冷な外気から遮断され、表層部分はいまも四〇度前後の水温を保っているらしい。もちろんそれによって氷の融解は進んでおり、海流が流れている領域の氷盤はますます薄くなって、一部は幅の広いリードでずたずたの状態だという。

それに加えて、普段は三ノット程度の流速が現在五ノット前後にまで加速しており、それもソーヴェスチの爆発による海中の温度分布の急激な変化によるものとみられるという。アーロンも流速は三ノット程度とみていて、爆発した時刻と海流の速度から計算すれば、熱水が現在位置まで達するのはあと四十時間前後とこちらは読んでいた。しかし五ノットとなると二十時間弱だ。それまでに流域の外に出られるかどうか。そこまでまだ一〇〇キロ近くはあると考えられる。

ブリザードの状況にもよるが、視界が悪くなれば雪上車の速度は落とさざるを得ないうえに、横幅の広いリードに進路を塞がれれば、数キロの迂回を強いられる。そもそも燃料がそこまで保つかどうかという問題がある上に、いまもエンジンの不調は続いている。

そんな状況を伝えると、ペトロフは、それでもまだ時間的な余裕はあるから、可能な限り北上を続けるようにとアドバイスする。さらにその情報はムルマンスクの本部から水沼にも電子メールで伝えてくれると約束した。改めて謝意を述べて通話を終えると、郷田に代わって運転席にいるジェイソンが、投げやりな調子で言う。

「悪い想像が当たったようだな。これ以上水温が上がったら、救出の見通しは消えてなくなる。嵐が去っても飛行機は着陸できないし、原潜はすぐにはやってこない。来たとしても救出に動いてくれるかどうかわからない。そもそもそのまえに氷盤が崩壊したら、雪上車もろとも海の藻屑となって消えるしかない」

ふてくされて寝転んでいたアーロンが起き上がる。

「けっきょく僕らはロシア人に殺されるんだよ。あんな極悪非道な国は、冷戦に巻き込まれる前に、核攻撃で地上から消してしまえばよかったんだ。アイスキャンプの連中だって、なにか企みがあって僕らを助けるふりをしているに決まってる。僕らの位置を軍に知らせて、ロシア国内から巡航ミサイルを撃ち込んでくるかもしれない」

彼が心の奥底に懐き続けてきた憎しみに共感できないわけではないが、いまそういう話をすることに生産的な意味は皆無だ。毅然とした口調で郷田は言った。

「ロシアだっていま大変な政治的課題に直面している。そんなことをすれば、世界中から非難を浴びて、国際社会から総スカンを食らう。ここは疑心暗鬼より、少しでも希望を見いだせる方向に力を注ぐべきだろう。そういう悲観的なことを言い出すこと自体が、結果として君が言う、ロシア人に殺されるのと同じ結果を招くことになるんじゃないか」

「そうだよ。世界に通告もせずにソーヴェスチの実験をやらかした。僕だってそういう非道な行為は許せない。それを世界に訴えて、国家として責任をとらせるためにも、僕たちは生きて還らなきゃいけない」

自らの気持ちを奮い立たせるように山浦が言う。アーロンはむきになって言い返す。

「君たちは甘いよ。僕らはロシアの犯罪の生き証人だ。生かして還せば、それが白日のもとに曝される。位置を把握された以上、ロシアの原潜がこちらに向かっているかもしれない。氷の下から魚雷を撃ち込まれたら、証拠もなにも残さず僕らは海の底に沈む。それに運良く生き延びたとしても、すでにたっぷり放射能を浴びているから、数年のうちに癌で死ぬ」

アーロンは思いつく限りの悲観材料を並べ立てる。いくらなんでも荒唐無稽だと笑い飛ばしたいところだが、いま置かれている状況を思うと、確信を持って否定できないところが悩ましい。

アーロンが語ったカティンの森の虐殺事件のことは、以前なにかの本で読んだことがある。彼の祖父がその犠牲者だったという話は初めて知った。それがハリケーンで両親を失った幼少時のトラウマに加えて、彼の人生に深い傷を負わせたものだとは十分理解できる。だからといってその土壌から生まれた彼の妄想じみた考えに付き合うことは、生還に繋がる希望をすべて放棄するに等しい。悲観に傾きかける思いを断ち切るように郷田は言った。

「とりあえずいまは生きるために最大限の努力をすべきときだ。ここで答えを出す必要はない。そしてその答えをつくるのは我々自身だ」

同感だというようにジェイソンも応じた。

「おれはペトロフたちの善意を信じるし、ミズヌマやアレックスの努力も信じる。だからといって彼らだけに頼るんじゃない。おれたちの力でできることはまだまだいくらでもある」

「そうよ。泣き言を言うのは早いわよ。どんなに外が荒れ狂ってたって、雪上車のなかは天国なんだから、余計なことは考えずに、あと一〇〇キロのドライブを楽しめばいいのよ。じゃあ、そろそろ食事の準備を始めましょうか」

気分を切り替えるように、峰谷がサミーに声をかけた。

6

ムルマンスクのクリコフから新しいメールが届いた。内容は水沼たちの不安を倍加するものだった。爆発地点からの潮流がいまも四〇度前後の高温を保っており、さらに普段は三ノットほどの流速が五ノットに上がっているという。それだと郷田たちがいる場所まで二十時間弱で達することになり、その場合、現在もすでに荒れている氷盤が、壊滅状態に陥る可能性があるとのことだった。

彼らが運用しているリモートセンシング衛星が取得したデータでも、すでに高温の海水が到達した地点ではおびただしい数のリードが発生しており、そんな状態の氷盤上に取り残されれば、雪上車で脱出することはおそらく不可能だろうという。

現在の位置から海流の流域外までは一〇〇キロほどで、安全に走行できる最高速度の時速一〇キロが保てれば十時間で抜けられる計算だが、すでにいまいる水域でもリードが発達しており、ブリザードで視界が限られるため、決して楽観できる状況ではないということだった。

不安なのは雪上車のエンジンがやや不調なことで、予想を超える寒さのせいだと思われるが、なんとか騙し騙し走行を続けている状況らしい。謝意の返信をして、すぐにアレックスに電話を入れた。アレックスはボブをともなって水沼の部屋に飛んできた。水沼が画面に表示したメールを読んで、ボブは焦燥を滲ませた。

「まずいことになってるな。さっそくペンタゴンに知らせないと」

ボブはその場で携帯を手にして連絡をとった。状況を簡潔に説明したあと、その相手にクリコフからのメールを転送するように水沼に要請した。相手先のアドレスを聞いて急いで転送したところで、アレックスがボブに嚙み付いた。

「アメリカにはロシアの民間組織程度のリモートセンシング能力もないのか。爆発地点周辺でのデータ収集は、こういう場合、基本中の基本じゃないのか」

「やってはいたはずだが、アメリカにとって北極は、ロシアにとってより戦略的優先度がこれまで低かった。十分な能力を持っていなかったことは否定できない」

ボブは苦しげに応じる。水沼も不快感をあらわにした。

「爆発現場のフォールアウトを観測したという話だが、いまだにそのデータが公表されていない。国務省の報道官は、北極海沿岸諸国に人的な被害は出ないと言っているらしいが、データがなければ検証する手立てがない。ポールスター85のメンバーは爆発地点からわずか数百キロの場所にいる。その場合のリスクについて、ペンタゴンはなんの心配もしていないのか」

「多少は影響があるとしても、長時間にわたって曝露されない限り直接的なリスクはない。

それはスリーマイルやフクシマの原発事故で立証されている」

「だったら米軍が観測したデータが出せるはずだ。今回の海水温や海流の件にしても、本当に把握していなかったとしたら間抜けもいいとこだ。実際には知っていて隠していたんじゃないのか」

アレックスは猜疑をむき出しにする。彼にしてもジェイソン・マクガイアとアーロン・モースという二人の社員の救出に重責を負っている。その立場は水沼と変わりない。

「言っていいことと悪いことがあるだろう。それは合衆国政府に対する誹謗だ」

ボブは気色ばむが、その口ぶりはどこか弱々しい。不信感を隠さず水沼は問いかけた。

「どうなんだ。海軍は原潜による救難作戦に乗り出してくれるのか」

「いま、それを検討している。ただ問題は、どんなに急いでも原潜が現場に到着するまで最短で四十八時間はかかることだ」

「アメリカは五十隻以上の原潜を運用していると聞いているぞ。北極の近くにだってそこそこの数の原潜がいるはずだ。どうしてそんなに時間がかかるんだ」

「そうは言っても、今回のような機動的な作戦に対応できるのは攻撃型原潜だけで、いま北極海周辺にいるのは、すべて弾道ミサイル搭載型の原潜なんだ――」

ボブは神妙な顔で説明する。攻撃型原潜は空母機動部隊に随伴して絶えず移動しており、その数も十数隻に過ぎない。いまはそのすべてが中東や南シナ海などの係争地域に出動しており、ソーヴェスチの爆発が起きたとき、北極海から退避したのは弾道ミサイル搭載型だった。核ミサイルを搭載した原潜に厚い氷を割って浮上するような荒業はさせられないし、ロシア側にその音響データを把握された場合の国家安全保障上のリスクは攻撃型原潜の場合のそれを遥かに凌駕する——。

「早い話が、十時間以内に彼らが自力で退避できなければ、命の保証はしかねるというわけだ」

アレックスは苦々しげに吐き捨てる。ボブは切実な表情で訴える。

「たしかに初動は出遅れたが、北極海で核爆発が起きるなんて誰も想像していなかった。ソーヴェスチについての情報もこちらはほとんど持ち合わせていなかったし、ロシアは実験それ自体を認めていなかった。だから真相を把握するまでは迂闊に軍を動かすわけにはいかなかったわけだよ。うっかり武力衝突を起こせば、第三次世界大戦の火蓋を切ることになりかねない」

「爆発が起きた海域は、ロシアが勝手に領海だと主張しているだけで、国際的に認められているわけじゃない。ロシアの軍用機や艦艇は、北米や東アジア、北欧諸国の領空や領海に日常的に侵入を試みている。あんたの理屈どおりなら、第三次世界大戦の火蓋は毎日切られていることになる。アメリカがそこまで腰抜けだとは知らなかったよ」

アレックスは容赦ない。ボブはこれからペンタゴンと善後策を検討すると言って、逃げるように立ち去った。

「あんまりペンタゴンを刺激すると、かえってまずい方向に傾くんじゃないのか。原潜を使う救出作戦に、はなから消極的な勢力がいるようだから――」

水沼は不安を口にした。ボブに言いたいことはいくらでもあるが、悲しいかな、いまできるのはペンタゴンに動いてもらうことだけだ。その作戦に攻撃型原潜しか使えないという話自体、その方面の知識に疎い水沼には信じていいのかどうか判断できない。素人考えではどちらも潜水艦には違いない。氷盤にはかなりリードが発達している。氷を割るような荒業を使わなくても、幅の広いリードから艦橋だけを浮上させることができないとは思えない。弾道ミサイル搭載型原潜は世界中の海に身を潜めているわけで、北極海も例外ではないはずだ――。

そんな考えを聞かせると、アレックスは声を落とした。

「さっきCOOのジム・フランクスと話をしたんだよ。彼なりに接触して、いろいろ情報を収集してくれていたらしいんだが――」

アレックスは驚くべきことを語りだした。フランクスが耳にした情報によれば、ソーヴェスチの実験が行われることを、ホワイトハウスはCIAからの情報で事前に把握していたらしい。もちろんまだ噂のレベルだが、ペンタゴンの内部ではそんな話題が飛び交っていて、国務省がそれについてなんら警告を発していなかったことに職員の多くが不信の目を向けているという。

「ひょっとしてと疑ってはいたが、やはり――」

水沼は驚きを禁じ得なかった。ロシアが知らぬ存ぜぬでしらばくれているのはお国柄を考えて当然だろうとは思っていたが、それを追及するアメリカの矛先の鈍さにも不信感を覚えていた。ペンタゴン内部でそんな噂が大っぴらに飛び交っているとしたらただごとではない。

もしそれが事実なら、アメリカとロシアのあいだに水面下でなんらかのディールがあり、そのためにロシアに非難が集中するような人道的な問題を表沙汰にしたくない動機が、今回のペンタゴンの消極的な姿勢の裏に隠されているのではないか。

いま米軍による救難活動に期待しながら、最大限の自助努力を続けている郷田たちにそんな話を伝えるべきか。それは彼らの生きる希望を萎えさせてしまうのではないか。そもそもそんな情報を、無線という誰でも傍受可能な通信方法で伝えていいものかどうか。

米ロという巨大国家同士の駆け引きの狭間で、自分やアレックスがいかに無力で小さな存在か、水沼は思い知らされたような気がした。

第八章

1

「準備が整いました」

綿貫がやってきて、手にしてきたUSBメモリーを差し出した。水沼はそれを受けとり、自分のノートパソコンにセットした。開いたウィンドウには三つの音声ファイルが表示されている。水沼はそれを順番にクリックした。流れてきたのはいま北極にいる郷田、峰谷、山浦の三人に宛てた家族からの音声メッセージだ。

バルネオ・ファウンデーションのクリコフからのメールを受けとってすぐ思いつき、綿貫に指示をした。東京の本社のプロジェクト管理室が家族と連絡をとり、三人の隊員へのメッセージを語ってもらい、それを音声ファイルとして保存したものだ。

郷田たちの現状については、プロジェクト管理室を通じて家族にも報告している。ただし国際政治の機微に触れるような要素は除外せざるを得ないし、いたずらに不安を煽ってもまずい。すでにメディアに出ている氷盤上の巨大な穴については、ほぼ拡大は収まって海水温も安定しており、現在、郷田たちは安全な場所を目指して北上中だというところまで説明しておいた。氷盤が荒れていない地点に達して嵐が去るのを待てば航空機による救難も可能で、米海軍の原子力潜水艦が現在北極海に向かっており、場合によっては氷の下から浮上して救助することも検討されている。だから現状は決して悲観的ではないとの見解も付け加えた。

ロシアの民間団体が運営するバルネオ・アイスキャンプと郷田たちのあいだで無線交信ができるようになり、これまで衛星通信や無線による連絡が途絶していたために把握できなかった現地の情報が入るようになったことを知らせ、そのルートを利用して家族からのメッセージを送りたいと提案すると、家族たちは喜んで応じてくれた。水沼もすでに郷田たちに宛てたメッセージを録音しており、それと合わせてこれからクリコフ宛に送信する。

「けっきょく、ご家族に伝えられたのは最大限の希望的観測ですね。そのとおりの結果に終わればいいんですが」

綿貫は不満そうに言う。気持ちはわからないではない。水沼が東京を発つ前、会社からは家族たちに状況はすべて隠さず伝えると約束していた。しかしペンタゴンやホワイトハウスの動きはあまりにも鈍い。というよりロシアとの絡みで胡散臭い部分さえあって、いまもその腹の内は見透かせない。水沼もアレックスも扱いかねる大国同士の駆け引きを家族たちにそのまま投げても、不安と混乱を掻き立てるばかりだろう。

「おれたちが伝えられるのは明らかな事実だけで、魑魅魍魎が跋扈する政治の世界は憶測以上のものになりようがない。運を天に任せるしかない部分もあるにはあるが、なにもかもが裏目に出るというわけじゃない。いまは郷田君たちの強さと幸運を信じるべきじゃないか」

祈るような思いで水沼は言った。もちろんボブを通じてペンタゴンにさらにプレッシャーはかけていく。郷田たちが置かれている状況がようやく把握できた。そこにペンタゴンもホワイトハウスも、もちろんロシア政府も関わっていない。

それができたのは郷田たちの決死の努力とバルネオ・ファウンデーションのペトロフやクリコフの善意によってだった。こうなれば彼らが大国の力を借りずに生還してみせることが、むしろこの世界を少しでもまっとうなものにするうえでのささやかな力になるものと信じたい。

2

午後三時。ブリザードの暗幕はいくらか薄くなり、視界は二、三〇メートルまで広がった。

　エンジンの機嫌もよくなって、速度も時速一〇キロ程度で順調に北に進む。海水温は一八度前後まで下がり、リードで行く手を阻まれる頻度も減ってきた。この調子なら高温の海流が届く前に、その流域の外に脱出できそうだ。運転はジェイソンに任せ、助手席で周囲を監視しているのはサミー。郷田は後部の車室に戻り、仮眠をとり始めたところだった。

そのとき車載の無線機にコールが入った。

「こちらバルネオ・アイスキャンプ。ポールスター85、応答願います。どうぞ」

　電波の状態はいまも良好だ。郷田は横になっていたベンチから跳ね起きて、マイクロフォンに向かって応答した。

「こちらポールスター85のゴウダ。なにか新しい情報が入りましたか？　どうぞ」

　いい話か悪い話か、期待と不安がないまぜな気分で応じると、明るい口調でアレクセイ・ペトロフは応じた。

「ミスター・ミズヌマからムルマンスクの本部へ新しいメールが届き、そこに複数の音声ファイルが添付されていました。日本語によるメッセージのようです。無線でこちらに伝えてもらいました。それを録音したものをこれから再生します」

　山浦が機転を利かせてデジタルレコーダーをセットする。それを確認して、郷田はペトロフに言った。

「録音の準備が整いました。それではお願いします」

「了解。再生します」

そう応じたペトロフの声に続いて、水沼の声が流れてきた。かなりノイズは乗っているが、紛れもない本人の声だ。

「郷田くん。大変な目に遭わせてしまって申し訳ない。いま私は、パシフィック・ペトロリアムのアレックス・ノーマンとペンタゴンの高官のボブ・マッケンジーとともにレゾリュートにいる。綿貫君も同行している。インマルサットも無線も使えないため、そちらの状況がわからず、こちらの状況も伝えられない。困っていたところ、バルネオ・ファウンデーションの尽力でやっと連絡がついた。なにより全員が無事でいてくれて安心した。ただ残念なのは、こちらからはまだ伝えられる朗報がないことだ――」

水沼が続けて語ったペンタゴンの動きは、ペトロフ経由で先ほど届いたメールの内容とほぼ同一で、やはり惧れていたことを裏付けるものだった。無線の音声に耳を傾けている山浦と峰谷の表情も翳る。日本語だからジェイソンたちはわからないはずだが、そんな様子からいい情報ではないことが伝わったようで、彼らの表情もあまり冴えない。

水沼はさらに気になる情報を伝えてきた。ペンタゴンの電子諜報組織であるＮＲＯが運用する偵察衛星が、探査基地近くの海域で、ロシアの原潜のものと思われる通信を検知したという。内容は強力なスクランブルがかかっていたため解読できなかったが、ロシアの通信衛星との交信で、その後しばらくして通信は途絶え、その後の位置は把握できない。氷上の雪上車の走行音をソナーで捉え、追尾している可能性があるという。米海軍の原潜が救出に向かうことを想定してそのデータを収集するためではないかとペンタゴンは見ており、それを惧れて原潜による救出に二の足を踏んでいるとも考えられる。

その情報は重要な軍事機密にあたるため、英語でのやり取りはロシア側に漏れる惧れがあるとボブ・マッケンジーが言うので、先ほどのメールでは伝えなかったが、今回は日本語の音声だからその心配はないだろうと判断した。ペンタゴンはその原潜がただちに郷田たちに危害を加える可能性はごく低いと見ているが、心には留めておいてほしいとのことだった。

そう言われても、郷田たちにとっては穏やかではない情報だ。アーロンが言っていたロシアによる巡航ミサイルや魚雷による攻撃という妄想としか言えない考えが、俄然現実味を帯びてきた。

ムルマンスクのミハイル・クリコフから水沼宛に届いたこちらの状況やリモートセンシング衛星による海流の観測データについては、すでにボブ・マッケンジーを通してペンタゴンに伝えてある。早急に対応策を講じるよう強くプッシュしているが、まだその返事は来ていないとのことで、言葉の端々にペンタゴンはもとより、なんの動きもみせない日本政府への苛立ちも滲み出ている。

そんな報告のあとで水沼は話題を切り替えた。郷田たち社員三人の家族からの音声メッセージが届いているという。綿貫が東京の本社に要請して思いを語ってもらったとのことで、それを音声ファイルに保存して、水沼のメッセージと併せてペトロフに送ってもらったものらしい。

ほとんど間をおかず、懐かしい声が流れてきた。妻の恭子の声だった。

「あなた。無事だと聞いて安心したわ。もちろん必ず生きて還ってくれると信じているのよ。これまで大変なことは何度もあったもの。だから私は疑っていない。あなたの強さと優しさを。これまでもそうだったように、どんな困難もあなたは乗り越えるはずよ。私もあなたに負けないように、強い気持ちで待っているわ。以前の弱い私はもうここにはいないから。いまの私にはなにもできないけれど、あなたを信じる気持ちでは誰にも負けないつもりよ。だから最後まで諦めないで。美花も応援しているわ」

恭子は切々たる声で訴えた。続けて娘の声が聞こえてきた。

「パパ、頑張ってね。パパは絶対帰ってくるわ。パパの声が聞けないのが残念だけど、私の声は聞こえるでしょ。私は元気だから心配しないで。北極は寒いから風邪を引かないでね」

その明るい声が、無意識のうちに心にわだかまっていた恐怖を融かしてくれる。胸の奥に熱いものが込み上げる。自分のためにでもほかの誰のためにでもなく、なにより妻と娘のために生きて還るのだという強い思いが湧き起こる。

　続けて峰谷と山浦の家族からのメッセージが流れてきた。二人は真剣な表情で聴き入った。いつもは気丈な峰谷もときおり嗚咽さえ漏らした。

　再生が終わり、ペトロフに礼を言って交信を終えた。どんな内容だったのか説明すると、ジェイソンは羨ましそうに言う。

「おれは女房に逃げられて、本国には心配してくれる人間が一人もいない。あまり付き合いのないきょうだいはいるが、アレックスがそこまで気を回して連絡してくれるとは思えない。早い話がおれの周りにいるのは、おれが死んでも困らないような連中ばかりなんだよ」

　チャーリーとサミーも羨ましげな表情だが、アーロンはまったく興味がない様子で、車室の隅で狸寝入りをしている。ジェイソンたちには水沼のメッセージを再生しながら内容を通訳して聞かせた。ただしアーロンが過剰に反応するのを警戒して、ロシアの原潜の件は端折って伝えた。その意図を理解したように、峰谷と山浦は素知らぬ顔を装ってくれた。ジェイソンたちにはアーロンの耳に入らないときを選んで耳打ちすればいい。ジェイソンは苦い思いを滲ませた。

「生まれてからこのかたいろいろ不満はあったけど、おれはアメリカを愛していた。軍務についたこともあるし、国を守るためには命を捨てる覚悟だってあった。しかしそれはどうやら片思いだったようだな」

3

快調に走っていた雪上車が突然停まった。ジェイソンは何度かクランキングを試みるが、エンジンはなかなか始動しない。

「なんとか騙し騙しやってきたけど、オイルフィルターがそろそろ限界なのかもしれないな。トレーラーにスペアが積んである。まだ先は長いから、このあたりで交換したほうがよさそうだ」

ジェイソンは舌打ちする。猛烈な寒気と暴風雪のなかでエンジンを修理するのは、それだけで命がけと言っていい作業だ。いずれやらなければと思ってはいたが、ついついあとに回してここまで来てしまった。

ジェイソンは分厚いダウンスーツを着て外に出た。郷田もそれに倣い、車内に備え付けてある工具セットを抱えて外に出た。視界はいくらか広がっているとはいえ、風と寒気はほとんど衰えていない。

ステップやサイドミラーのような車体の突起部分に摑まってなんとか風圧に抗って、車両の前部に回ってエンジンカバーを開ける。まだ熱を持っている金属部分に手を触れないようにして、ジェイソンはオイルフィルターを点検する。フィルターは煤と油の分厚い混合物で覆われ、掃除する程度では済まないようだ。

　猛烈な風音で会話はできない。ジェイソンと目顔で意思を通じ合わせて、郷田は後部に接続されたトレーラーに向かった。ダウンスーツに溜め込まれていた暖気が吹きつける寒風に吸いとられ、襟元や袖口の隙間から浸透する寒気が急速に体温を奪う。マイナス数十度の寒さも風さえなければ堪えられる。しかしこの強風による体感温度の低下はさらに数十度にも達する。フリース一枚で過ごせる車内の環境との落差はまさしく天国と地獄だ。

　ときおりよろけながらトレーラーの後部に向かい、分厚く張りついた氷雪をスパナで叩き落としてドアを開く。食料の入ったダンボール箱や燃料の詰まったポリタンクが高く積まれ、いざというときのために運んできた二台のスノーモビルもけっこうなスペースを占めている。そんな荷物のあいだからスペアのオイルフィルターを見つけてジェイソンのところへ戻る。

　ジェイソンは工具箱のスパナやドライバーを使って古いオイルフィルターを取り外していた。慣れた手順で新品のフィルターをセットする。作業に要した時間は三十分ほどだが、すでに体は芯から冷え切って、不快な悪寒に苛まれる。作業を終えて車内に戻ると、サミーがペミカンを溶かしてつくった熱いスープを用意してくれていた。たぶん低体温症の一歩手前だ。こういう場合は飲み物や食べ物で体の内部から熱源を補給するのが効率がいい。

一息ついてふと気がつくと、アーロンとチャーリーの姿が見えない。峰谷に訊くと、つくり置きの水が減ってきたので、トレーラーに保管しておいた氷をとりに行くことになり、普段だったらそんなときまず動こうとはしないアーロンが、珍しく自分も手伝うと言い出したらしい。

高温の海流が迫っている。氷盤はいまも安定しているとは言い難い。米軍の原潜が救出に乗り出すという話はいまも聞こえてこない。そんな厳しい状況下で、さすがのアーロンも斜に構えてはいられなくなったのではないか。峰谷はそう察して、だったら頼むと応じたという。後部のハッチから外に出れば、車体に風を遮られた風下を通れる。アーロンはダウンスーツの上にさらにダウンジャケットを重ね着して出かけたし、チャーリーもついているから、たぶん心配はないと峰谷は判断したようだった。

出ていったのは十分ほど前で、荷物運搬用の小型の橇を携えていったから、作業は二人だけで十分できる。どちらもトランシーバーを携行しており、なにかあったら連絡はとれる。

ジェイソンはイグニッションをオンにしてクランキングを開始する。セルモーターがかすかに唸り、エンジンはスムーズに始動した。不調の原因はやはりオイルフィルターだったようだ。

「これから視界が悪くなって低速走行することになると、またフィルター詰まりが起きるかもしれないな。しかしスペアはもうないから、そのときはアウトだぞ」

　ジェイソンは心配になることを言うが、不安の種を数え上げれば気が遠くなるほどで、いまさら気持ちが落ち込むような話ではない。そのとき外で唸りを上げる風音を貫くように、耳に突き刺さる炸裂音が聞こえた。

「なんだ、いまのは？」

　ジェイソンが問いかける。郷田も聞き耳を立てる。銃声のようだ。続けて2サイクルエンジン特有のけたたましい排気音が鳴り響く。音はまたたく間に遠ざかり、風音のなかに消えていく。不穏な思いで郷田は言った。

「スノーモビルの音だ。まさか――」

「あいつ、馬鹿なことをやらかしたのかもしれないぞ」

　ジェイソンは強い不安を覗かせる。郷田は後部ハッチから外に飛び出した。峰谷、山浦、サミー。それに続いてジェイソンも駆け出してくる。風下だと言っても馬鹿にはならない。車体を回り込んで吹きつける風が、せっかく取り戻した体温を一気に奪い去る。

　トレーラーの後部に回り込むと、先ほどしっかり閉めておいたはずのドアが開いている。荷物搬送用の傾斜板が氷上に降ろされ、そこからスノーモビルの轍が一直線に延びて、ブリザードの幕の向こうに消えている。

　トレーラーの貨物室の床に、チャーリーが仰向けに横たわっている。二台積み込んであったはずのスノーモビルの一台がなくなっている。

「大丈夫か？　チャーリー」

郷田はその傍らにかがみ込んで呼びかけた。チャーリーの反応はない。頭部から流れ出した血でトレーラーの床が赤く染まっている。ジェイソンも峰谷も山浦も息を呑んでその場に立ち尽くす。サミーが悲痛な声を上げた。

「ライフルがない。アーロンだよ。あいつがやったんだ」

チャーリーの口元に手をかざしてみる。呼吸は止まっている。ダウンスーツの前をはだけて胸部に耳を当てる。鼓動は聞こえない。心肺停止状態だ。

右の側頭部に銃弾が貫入したと思われる穴が開いている。床を濡らした血溜まりのなかに髪の毛のついた骨片のようなものが散らばっている。それでも心臓マッサージを試みる。

傍らでまたサミーが声を上げる。

「ストックの銃弾もなくなってるよ。あいつ、なにをするつもりなんだ」

ジェイソンが問いかける。

「弾は何発あったんだ？」

「五十発くらいはあったはずだよ」

「ふざけたことをしやがって。追いかけてとっ捕まえてやる」

ジェイソンが血相を変えて、残っているもう一台のスノーモビルのハンドルに手をかける。郷田は慌てて制した。

「それはまずい。アーロンがなにを考えているのかわからない。向こうはライフルを持っていて、いまも視界は悪い。この氷原じゃ身を隠す場所もない」

サスツルギに覆われた氷盤の上にはくっきりとスノーモビルの轍が刻まれている。しかしブリザードのなかで突然アーロンと遭遇すれば、彼がどんな反応をするかわからない。先に気づかれてライフルで撃たれれば命を失うこともある。

「ああ、たしかにそうだ。この嵐のなかであいつが生き延びられるはずがない。そのうち向こうから助けてくれと泣きついてくるに決まっている」

ジェイソンも冷静になった。冷え切ったトレーラーのなかで汗だくになって蘇生術を続けたが、チャーリーの鼓動も呼吸も戻らない。ジェイソンが交代してさらに十分あまり続けたが、それでもチャーリーはなんの変化も示さない。

「チャーリー。息を吹き返してくれよ。こんなところで死ぬんじゃないよ。せっかくここまで生き延びてきたのに。もうじき安全な場所まで行けるのに」

サミーが切ない声で呼びかける。もうだめだというように。ジェイソンがかぶりを振って立ち上がる。

左の側頭部には右側よりもさらに大きな穴が開いている。銃弾は右から左へ頭部を貫通したようだ。それを見れば蘇生は無理だという判断が妥当なのは明らかだ。もし一時的に息を吹き返したとしても、ここではその先の治療は不可能だ。悲しいが、チャーリーを救う手立てはすでに絶たれている。

4

チャーリーの遺体は寝袋で包んでトレーラーの空きスペースに横たえて、それぞれの作法で冥福を祈ってから、重い気分で雪上車に戻った。

暖房のないトレーラーのなかで遺体はすぐに凍結する。生きて還らせることは叶わなかった。生前の姿のままで遺族のもとに連れ帰ることが、いまやチャーリーにしてやれる唯一のことになった。

サミーは悲しみに暮れている。郷田たちにとってもチャーリーは頼れるチームメイトだった。そのチームの最初の犠牲者が、ソーヴェスチによるものではなく、荒れ狂う低気圧によるものでもなく、チームの一員の予想もしない反乱によるものだったことに、全員が大きな衝撃を受けていた。

アーロンの意図がわからない。おそらくあの極度のロシア嫌いと無関係ではないと思われる。まさか一人でロシアと戦争を始めようと思っているわけではないだろうが、バルネオ・アイスキャンプとの接触が始まったことに、彼にしかわからない恐怖を抱いていた可能性は十分考えられる。

　基地のスノーモビルには、万一の事故や遭難に備えて一人用の小型テントと多少の食料や燃料が積んである。だからといってこの極寒の嵐を生き延びることまでは想定していない。あくまでスノーモビルが故障したり道に迷ったりしたときのための一時的な備えに過ぎない。

　不安なのはライフルを持ち去ったことだった。その銃口が、場合によっては郷田たちに向けられるかもしれない。現にチャーリーはそれで殺害された。

　ジェイソンは先ほどからトランシーバーでアーロンを呼び出しているが、応答はない。なにをしようとしているのか、その真意を突き止めなければならない。もし、なにかの理由で郷田たちに敵対する意思を持っているとしたら、ライフルと大量の銃弾を所持するアーロンは残されたチームの全員にとって恐るべき脅威だ。ライフルはチャーリーが所持していた一丁だけでこちらは丸腰だ。ジェイソンがあらためて言う。

「まだ轍が残っている。これからでも間に合う。それを追っていけば、あいつの居場所にたどり着けるぞ」

「だめだよ。それじゃ死ににいくようなものだ。アーロンの仮想敵はロシア人であって我々じゃない。いま重要なのは我々が生き延びるためにできることをすべてやるだけで、アーロンにかまけて無駄な時間を費やす余裕はない」

郷田はきっぱりと言った。基地を出たときの行方不明騒動は不可抗力で、あのときは見捨てるわけにはいかなかったが、今回はアーロンが自らの意思で行ったことだ。そもそも郷田たちにしても生還できるかどうかわからない。雪上車の外に出るだけで命の危険を感じる暴風雪と寒気のなかを、プラスチックの風防とエンジンの暖気以外に身を守るすべのないスノーモビルで、果たしてどれだけ生き延びられるか——。そんな疑念を口にすると、ため息混じりにジェイソンが言う。

「満タンのスノーモビルなら二〇〇キロは走れる。おれたちとは別行動で安全な場所まで北上して、天候の回復を待つつもりじゃないのか」

「だったら、無理に別行動する必要はないじゃない。どうしてアーロンはそんな馬鹿なことを?」

峰谷が首を傾げる。郷田は言った。

「こっちの位置を知られたら、ロシアが巡航ミサイルを撃ち込んだり、潜水艦から魚雷を撃ち込んだりするとか言って騒いでいた。バルネオ・アイスキャンプの支援を受けるのが嫌で、ただ思いついたことをまくし立てているだけかと思っていたが、案外本気でそれを惧れていて、我々と一緒にいると巻き添えになると考えたんじゃないのか」

「それだけならいいが、ここまで来るとあいつの頭はまともじゃない。おれたちまで裏切り者で敵だと考えているのかもしれない。そうじゃなければチャーリーを殺すことはなかった」

ジェイソンは憤りを隠さない。彼にとってチャーリーは最高の飲み友達だった。今回の探査チームで初めて会った二人だが、対面して数日で肝胆相照らす仲になっていた。郷田にとっても判断が難しい局面で、チャーリーのアドバイスに助けられたことが何度もあった。切ない思いで郷田は言った。

「チャーリーにはいい思い出しかないよ。サミーだってそうだ。二人がいなかったら、おれたちはこの北極で迷子同然だった」

「北へ向かい始めてからのアーロンの態度は、いま思えば普通じゃなかった。ただの変人だと思っていたおれの判断が甘かったよ」

ジェイソンが歯噛みする。峰谷が宥めるように言う。

「それはあなただけじゃないわよ。彼が変人どころじゃない殺人鬼だったなんて、私だって考えもしなかった」

山浦が怒りをあらわにする。

「彼が迷子になったとき、引き返さなきゃよかった。それならこんな悲劇は起こらなかったんですよ。潜在的殺人者が一人死んだだけだったんです」

「あれは私たち全員が決めたことだから、それは言いっこなしよ。でも問題はこれからよ。こんな見通しの悪いブリザードのなかじゃ、うっかり接近すると、先に気づかれて撃たれることだってあるかもしれない」

峰谷の言うことが杞憂だとは思えない。郷田は冷静に言った。

「雪上車は頑丈だから、なかにいる限りは心配ないが、外に出たときは気をつけたほうがいいな」

山浦も深刻な顔で頷く。

「ここまでの氷盤の荒れ具合は彼もわかっているはずですから、南に向かったとは思えません。こちらと同じく北に向かっているとしたら、偶然遭遇してしまう可能性もあるでしょう」

「だったら急いでこの状況をアレックスやミズヌマに知らせる必要があるな」

ジェイソンが言う。この状況で彼らになにができるわけではないが、これから救出のチャンスが出てきたとき、彼らが知らなければ、その際に思わぬトラブルが起きかねない。

郷田は山浦に言った。

「バルネオ・アイスキャンプとコンタクトしてくれないか。レゾリュートに伝えるのはもちろんだが、場合によってはペトロフたちが救出に動いてくれる可能性もある。その場合、彼らに対しても不測の事態が起きる惧れがある」

5

水沼は驚くべき連絡を受けとった。米国人隊員のアーロン・モースが、カナダ系イヌイットのチャーリー・ノアタックを殺害し、ライフルとスノーモビルを奪って逃走した——。

バルネオ・アイスキャンプを経由して郷田が送ってきたもので、メッセージは郷田の肉声による音声ファイルとして添付されていた。今回も英語で語られている。アイスキャンプの関係者とも情報を共有する必要があると考えてのことだろう。水沼にとってもアレックスやボブに伝えるとき通訳する必要がないから、それも考慮してくれたものらしい。

アーロンの異常とも言えるロシア嫌いに、叔父であるボブも不安を覚えていた。だからといってここまでの事態は想定しておらず、せいぜいチームの統率を乱すような不規則な発言や行動をする程度だろうと考えていた。しかし実際に起きたのはそれをはるかに上回る異常事態だった。水沼はアレックスに電話を入れ、状況をかいつまんで説明した上で、ボブとともにこちらの部屋に来てくれるように要請した。

五分もせずに二人は飛んできた。受信した音声ファイルを再生すると、ボブは衝撃を隠さなかった。

「私の読みが甘かった。ボストンの領事館に銃を持って侵入したときのことを、より深刻に考えるべきだった。高校生の未熟な考えによる衝動的な行動で、成熟すればそんな馬鹿げたことは考えなくなると思っていた。そのときアーロンは、二度とやらないと私に約束したが、ロシアに対して親和的な考えに転向したわけではなかった。むしろその考えは彼の心の奥に秘められて、ずっと熱量を高めていたようだ。ソーヴェスチに起因する危機に遭遇して、それが臨界点に達したのかもしれないな」

「困ったことになったな。なにをやるつもりなんだ、アーロンは?」

アレックスが問いかけると、ボブは困惑を隠さない。

「彼の仮想敵国はロシアだ。チャーリーを殺害したのは、ライフルとスノーモビルを盗み出すためにやったことで、それ自体は今回の逃走とは関係ないと思う」

「べつの目的があるというのか」

「目的というような具体的なものかどうか。むしろ恐怖なんじゃないのか。かつて何度か聞いたことがある。自分はロシア人に殺されて死ぬ運命にあると。ある種の強迫観念で、祖父の運命と自分の運命を重ねているようなところがあった。だから探査チームの残りのメンバーに危害を加えるようなことはないと思うんだが」

「だったらなにをしようと?」

「バルネオ・アイスキャンプとの交信が始まってから、それで自分たちの位置がロシア側に伝わって、巡航ミサイルや魚雷で殺害されるようなことを言っていたというんだろう。

常識的に考えればジョークみたいな話だが、彼にすれば妄想以上の現実だったのかもしれない」

苦しげな表情でボブは言う。アレックスは舌打ちした。

「ゴウダたちに伝えて注意喚起しておけばよかったんだが、無線による音声通話で本人がいるところへそんな連絡を入れたら、かえってアーロンを刺激する惧れがあった。それに多少わがままを言いだすことはあっても、今回のような事態を引き起こすとは想像もしていなかった」

「いずれにしても、ペンタゴンには報告しないと。だからといって、たぶんなにをしてくれるわけでもないけどな」

ボブは皮肉を付け加える。自身の属する組織への忠誠心も、いまはいくらかぐらついているようだ。水沼はボブに確認した。

「チャーリーの殺害は、あくまで偶発的なものと考えていいんだね」

「もちろんそうだよ。いまの天候や氷盤の状態を考えれば、悲しいかな、アーロンが一人で生き延びること自体不可能じゃないのか。なんでそんな行動に走ったのか私には理解不能だよ。少なくとも普通の意味での理性が吹き飛んでいるのは間違いない」

力ない口ぶりでボブは応じる。水沼はさらに確認した。

「探査チームそのものに敵意を持っているということはないんだね」

「そう思うよ。そんな考えがあったんなら、そもそもチームに参加する理由はなかったわけだから。このままではロシア人に殺されるという強迫観念によるものだと考えるほうが理屈に合っている。あくまでアーロンの理屈においての話だが」

たしかにアーロンがいまやっていることを説明しようとすれば、それが唯一の解釈かもしれない。そうだとしたら、なんとか全員の生還をと願っていた水沼たちの思いはすでに裏切られ、少なくとも二名の隊員の命が失われることになる。強い思いを込めて水沼は言った。

「こうなったら残りの隊員は、なんとしてでも救わないと」

「ああ。アーロンが生き延びるのは難しい。しかし自ら望んだことだ。彼を救うためにゴウダたちが新たなリスクを負う必要はない。自分が背負った負の遺産をアーロンに受け継がせたくないという義母の願いを果たしてやれなかったのは痛恨の思いだが、あとは残った五人の隊員を生還させるために全力を注ぐしかない」

腹を括ったようにボブは言う。アレックスが問いかける。

「それで、なにができるんだ」

「これから上層部に直談判するよ。グローバルホークやE8が使えないなんて嘘に決まっている。弾道ミサイル搭載型原潜なら北極海にもいるはずで、それが救出ミッションに使えないなんて話もペンタゴンの官僚の都合のいい言い訳だ。米国海軍の潜水艦乗りが、そこまで腑抜けだとは思わない」
ペンタゴンに対してこれまで及び腰だったボブが、吹っ切れたように請け合った。

6

横殴りに吹き付ける強風に抗うようにスノーモビルの車体を傾けて、アーロンは時速三〇キロほどで北に向かっていた。視界は二〇メートルほどで、リードに気づけば十分その手前でブレーキをかけられる。

スノーモビルは強風や寒気のなかでの使用を考慮したフルカウル仕様で、それに加えエンジンの暖気が体に伝わるから、走ってさえいれば凍死するほどの寒さではない。それでも吐き気をもよおすほどの悪寒に絶えず苛まれる。

チャーリーを殺すつもりはなかった。スノーモビルを奪取するために、手近にあったライフルで脅しただけだった。しかしチャーリーが警告を無視して体当たりをしてきた。その弾みでトリガーを引いてしまった。そのときのチャーリーの当惑したような顔が瞼に焼き付いて離れない。だからといって悔いてはいない。ゴウダにしてもジェイソンにしても、自分以外のすべての隊員がロシアに手玉にとられている。バルネオの連中はロシア政府の手先だ。

彼らは連絡をとり合うたびにこちらの位置を報告している。それがロシア側にも伝わるのは子供だってわかる。スクランブルのかかっていない無線なら、周波数を合わせれば誰でも傍受できる。こちらとあえて連絡をとったこと自体、バルネオとロシア政府が結託して仕掛けた罠かもしれない。

彼らがロシア人に殺されたいのなら勝手にすればいい。自分は十分警告を与えたのだから。それにいま置かれている状況で、そもそも生還できる希望は限りなく少ない。雪上車のエンジンの調子を考えれば、安全圏に達する前に走行不能になるかもしれない。そのとき高温の海水が海流に運ばれてくれば、氷盤は崩壊し、隊員は雪上車ごと海の底に沈むだろう。

自分も同じ運命に向かっているのかもしれないが、スノーモビルは雪上車よりスピードが出るし、燃料は満タンだから二〇〇キロは走破できる。あとは安全な地点に到達し、嵐が去るのを待てばいい。

ソーヴェスチという邪悪な兵器の直接の被害者である探査チームが生きて救出され、その犯罪が世界に明らかになることをロシアは嫌っている。この嵐が続いているあいだに巡航ミサイルや魚雷によって海の藻屑にしてしまえば、証拠を残さず彼らをこの世界から消しされる。

自分一人が生き延びたとしても、放射能障害によって早晩癌で死ぬだろう。それでもロシア人に殺されるよりはるかにましだ。自分がここから生きて還り、極悪非道な民族としてのロシア人の正体を暴いてやることが、ささやかでも祖父の、そしてともに殺害された数万のポーランド人捕虜の仇を討つことになる。チャーリーには申し訳ないことをした。それについては法に従って罪を償う覚悟はある。祖父のように、真実を語る機会も与えられず、誰に知られることもなくこの世から消し去られるのはまっぴらだ。

一〇メートルほど前方に幅五メートルくらいのリードが現れた。いったん停まって迂回するのはもう無理だ。フルスロットルで一気に加速して、体重を後ろに預けてそのままジャンプする。前方のスキー部分が対岸に接地する。そこで腰を浮かせて体重を前方に移動する。氷盤上をスキー部分が滑り、そのままトラック部分が対岸に乗り上げる。渡りきったことを確認してスピードを緩める。

基地での生活で、スノーモビルに乗ることは何度もあったが、この幅のリードを飛び越えたのは初めてだ。鼓動はひどく高鳴っているが、イヌイットたちにしかできないと思っていたそんな荒技を、ことさら恐怖を感じることもなくやってのけた。これなら海流に乗って熱水が到達する前に楽々安全地帯に抜けられる。

写真でしか見たことのないまだ若々しい祖父が、後部席にタンデムで乗っている。その祖父がよくやったと背中を叩いてくれる。いいしれぬ幸福感に包まれる。ついさっきまで身を苛んでいたあの寒気をいまは感じない。祖母がよくつくってくれたポーランド風ミートパイの香ばしい匂いが鼻孔をくすぐる。これから向かう先で、そんな懐かしい晩餐が待っている。父も母もそこにいる。幼い頃のファミリーの幸福な時間が待っている。

幻覚だということはわかっている。しかしアーロンはそれを受け入れた。熱い涙がこみ上げて、またたく間に頬に凍りつく。きょうまでの苦渋に満ちた人生は、すべてこの時のためにあったのだという確信が気持ちを高揚させている。

もうあと戻りはできない。あるいはこの先で待っているのは自らの死かもしれない。しかしロシア人に殺されることと比べれば、それさえもアーロンにとって甘美な誘惑だった。

7

アーロンを追うことは断念し、郷田たちは北を目指して走行を開始した。いや断念というのは不適当だ。向こうがライフルを持っている以上、逆に遭遇するのは極力避けなければならない。

アーロンがチャーリーを殺害したという事実を甘く考えるわけにはいかない。偶発的な出来事と見るのはあくまで希望的な観測で、へたに刺激すればあらぬ敵意をこちらに向けてこないとも限らない。

バルネオ経由で送ったこちらからのメッセージに対し、つい先ほど水沼から返信があった。水沼たちに同行しているペンタゴンの高官のボブ・マッケンジーがアーロンの義理の叔父だという話は初めて聞いた。

カティンの森の事件で祖父が殺され、そのためアーロンがロシアに対し異常な憎悪を抱いていたことをボブは懸念していた。それに関する情報をこちらに伝えるべきだとも考えた。しかし無線による音声通信ではそのやり取りが耳に入り、それがアーロンを刺激してあらぬ行動に走らせる惧れがあると考えて、これまでそれに触れるのを水沼も避けていたという。

ボブにしても、まさかそこまでの行動に走るとは思ってもみなかったというが、それは妥当な判断で責めるわけにはいかない。カティンの森の件についてはアーロン本人の口からこちらも聞いていて、それがロシア人に対する強い敵意に結びついていることはわかっていた。そこを甘く見ていた点ではこちらも同罪だ。

さらに先ほど日本語によるメッセージを受けたときには伏せていたロシアの原潜のことを教えると、ジェイソンとサミーは不安を覗かせた。しかしいくらペンタゴンが及び腰でも、水面下のパイプを通じてロシアに警告は発しているはずで、もしそんなことを実行すれば、それ自体が戦争行為だ。その点に関してはペンタゴンが指摘しているとおり、米国原潜の情報収集のためと見るのが妥当ではないかという結論に落ち着いた。

ボブはいまペンタゴンの上層部に、E8ジョイントスターズやグローバルホークの出動を要請しているという。郷田たちと連絡がとれないあいだは、基地のある場所はわかっているからその必要はないとペンタゴンは渋っていた。いまや状況は異なっている。郷田たちは北に向かって退避しており、居場所は時々刻々変わっている。氷盤の状態が今後さらに悪化する可能性がある上に、アーロンがライフルを所持して別行動をとっている。

そうした偵察機を使えば、雲の上からも地上の状況が高精細の画像で把握できる。とくに心配なのがアーロンの動きで、視界の悪い状況で迂闊に接近したとき、なにが起きるか予測がつかない。その位置関係を把握できれば、そんな不測の事態は避けられる。

さらにアーロンが惧れていたように、ロシアの原潜が巡航ミサイルや魚雷によって攻撃してきたとしても、空の上からの監視によってその事実が白日のもとに曝される。氷盤の自然崩壊による事故だと言い逃れるつもりでも、その嘘は確実に暴かれる。それを想定しないほどロシアが間抜けだとは思えない。

エンジンはいまのところ快調だ。あれから視界は悪化したが、それでも二〇メートルほどは保っている。ほぼ最高速度の時速一〇キロで北に向かう。スノーモビルとの速度差を考えれば、アーロンははるか先を行っているはずだが、彼の考えがわからない以上、いまもまったく気は抜けない。

郷田と峰谷と山浦は家族への返信のメッセージを録音し、それを水沼に転送してくれるようにペトロフに依頼した。水沼にはそちらの状況は理解したと伝え、ペンタゴンにはより強力な支援をするようプッシュして欲しいと要請した。少なくとも偵察機の運用に乗り出してくれるというのなら、先行きの不安はいくらか解消できる。

サミーはすっかり落ち込んでいる。助手席で周囲の状況を見張るのは山浦だ。郷田はジェイソンとの運転の交代に備えて、少しでも眠っておこうとベンチに横たわっているが、アーロンの予想外の行動とチャーリーの死が頭にこびりついて眠れない。

ペンタゴンに、そしてホワイトハウスに、多くを望むのは無理だった。チャーリーの死も、あるいはこれから訪れるかもしれない郷田たちの死も、二つの軍事大国の相克の狭間にあっては取るに足りない問題なのだ。アメリカは外交の表舞台ではロシアを激しく非難しているが、郷田たちの救出に軍を動かすことにはいまも消極的だ。要は郷田たちのような民間人の命は、大国の国益の前では取るに足りない些事に過ぎず、そのためにロシアとの無用の衝突を避けるのが現在のアメリカの国益なのだ。その背後にある思惑については想像するしかないが、おそらく郷田たち国際政治の素人が考えるようなナイーブなものではないのだろう。

嵐が去ったとき郷田たちが氷盤が十分安定している場所に達していれば、救出の航空機の派遣くらいはしてくれるだろう。いま午後五時。ペトロフが言っていた海流の速度の上昇が事実なら、高温の海水が到達するまであと十八時間ほどだ。現在の位置は北緯八五度四二分。ペトロフからその情報を受けてから約二時間で、二〇キロほどは北上したことになる。

しかし海流の流域の外に出るには、最低でもあと八〇キロ北上する必要がある。いまは比較的視界がよく、時速一〇キロほどで走行できるが、ときおり大きなリードが現れて、その都度迂回を強いられる。この状態がいつまで続くかわからない。視界が最悪のときは時速五キロがせいぜいだから、そんな状態がこの先も続けば、ぎりぎり間に合うかどうかといったところだろう。

さらにいえば、それもアーロンの仮説に基づく計算上の話に過ぎない。海流は絶えず蛇行して、しばしば大きく流路が変わるとアーロンも言っていた。一方、ペトロフからの情報でも水沼からの情報でも、北極海上の低気圧の勢力は弱まるどころかむしろ強まっているという。

なにかの間違いだろうというように当惑した表情で、血の海に倒れていたチャーリーの顔がいまも目に浮かぶ。あそこで起きたことがなにかの間違いであって欲しいと、郷田はいまも無意識に願っている。

アーロンに対しては、憤りよりも切ないものを感じる。あんな行動に走った思考の回路は理解のしようもないが、ソーヴェスチ（良心）という名の悪魔の産物が存在しなかったら、起きることのなかった不幸だったのは間違いない。いまも大国のエゴに翻弄されて、世界の様々な場所で多くの人々が死んでいる。アーロンの祖父もそんな犠牲者の一人だった。郷田たちも、いまはそんな人々の仲間に入る瀬戸際にいると言うしかない。

8

ボブはペンタゴンの上層部と交渉すると言って、空港内の米軍駐在事務所に向かったきり帰ってこない。

それから二時間あまり。いま午前三時だが、郷田たちの状況を考えれば今夜はとても眠ってはいられない。水沼はアレックスの部屋に出向き、ルームサービスで簡単な夜食を注文し、腹ごしらえをしてボブからの報告を待っていた。

郷田たちがその後どうなっているのか、水沼ももちろん心配だが、彼らにしても熱水が流れてくるまでのタイムリミットが迫っている。厄介な手順を踏んでの通信に時間を費やすよりは、北に向かって少しでも前進することを最優先すべきで、いまは便りがないのはいい便りと割り切って、こちらも腹を据えるしかない。

そもそも彼ら自身が激しいブリザードで視界を閉ざされて、自分たちが置かれている状況を把握できない。一時間ほど前、郷田たちから家族への返信メッセージとともに送られてきた情報でも、氷盤の状態はまだ安定していると言うにはほど遠いようだ。

雪上車のコンディションもベストとは言えないらしい。オイルフィルターの交換でいまは比較的順調でも、そもそもフィルターの詰まりは低温による燃料の粘度の高まりとリードに阻まれての低速走行によるもので、その状況は今後も変わらないから、エンジンの不調はいつ再発するかわからない。

「ことここに及んで米軍が動こうとしないなら、アメリカとロシアはグルだとしか思えないな」

アレックスは吐き捨てる。不穏なものを覚えて水沼は問いかけた。

「まさか彼らがこの世界から消えることを願っていると？」

「信じたくはないが、ロシアという国はなにをやらかすかわからない。基地の近くにいた原潜のことがやはり気になる。米原潜のデータ収集が目的だろうとペンタゴンは言うが、ジム・フランクスが耳にしたペンタゴン内部の噂話に信憑性があるとしたら、おれたちの疑念も単なる勘繰りだとは言えなくなってくる」

「ロシアがソーヴェスチの実験をやろうとしていることを、ＣＩＡが事前に把握していたという話か」

「いまのところ根も葉もない噂のレベルだが、もし本当なら、ロシアが実験をやらかすまで、アメリカは見て見ぬ振りをしていたことになる。じつはさっきもジムと話をした。彼はこう見ているんだよ――」

アレックスは続けた。つまりアメリカは、暗黙のお墨付きを与えて、ロシアにやりたいようにやらせた。おそらくロシア側とは水面下で話をして、爆発の威力もフォールアウトの発生も軽微なものだと過小評価していたのだろう。

　ところが設計上のミスでもあったのか、威力は想定を上回った。ロシア側の当初の計画では、探査チームのいる地点までは影響が及ばないはずで、人的被害が出さえしなければ、ソーヴェスチはまさしくロシアが言うように、ダイナマイトに匹敵する土木工学上の大発明になる。それによって北極海が自由に船舶が航行可能な海になり、その経済効果をアメリカはもちろん世界の国々が享受する。

　もちろん世界はかたちの上でロシアを非難するだろうが、実験が成功し、人体や環境に影響を与えないことが証明されれば、世界は喜んでその利益に与るだろう。ロシアは一時的に世界の悪役を引き受けることになるだろうが、そこで最大の利益を得るのもロシアで、差し引きすればプラスのほうがはるかに大きい——。ペンタゴン内部には、そこまで踏み込んだ話を口にする者もいるという。

　そんな話題はすでに水沼やアレックスのあいだでも語られていたが、あくまで憶測であって、謀略小説レベルの想像でしかなかった。しかし軍事・外交の専門家であるペンタゴンの職員のあいだでそんな話が飛び交っているとなると、それもにわかに信憑性を帯びてくる。そんな話をしているところへボブがやってきて、深刻な表情で問いかけた。

「いい話と悪い話があるんだが。どっちを先にする？」

「じゃあ、いい話から」

水沼は迷わず言った。悪い話はもううんざりだ。まずはいい話で気持ちを盛り上げたい。

ボブはわかるというように頷いた。

「やっとペンタゴンが動いた。日本のミサワ基地にいるグローバルホークを北極海に向かわせるそうだ。これから出発して、彼らがいる場所まで八時間ほどだ」

「動いてくれるのはありがたいが、ずいぶん時間がかかるな。八時間後じゃ手遅れになりかねない」

喜び半ばの思いで水沼は言った。ボブは言い訳する。

「現地まで五〇〇〇キロ以上あるからね。グローバルホークが配備されているいちばん近い基地がミサワなんだよ」

「しかし、あれだけ渋っていたのに、どうして気が変わったんだ。アーロンの件に反応したのか」

アレックスが意外そうに問いかける。ボブは渋い表情でかぶりを振った。

「それもあるかもしれないが、北極に近いどこかの国のアマチュア無線家が、バルネオとロシア本国の無線通信を傍受したらしい。それで探査チームが危機的状況に置かれていることを知り、それをＳＮＳで発信したようだ。いまそれに関するツイートが世界を飛び交っていて、これまでほとんど関心を示さなかったテレビやラジオもニュースで流し始めた。

それでペンタゴンも動かざるを得なくなったようだ」

「あとで見殺しにしたと非難されるのが嫌で、アリバイづくりに動き出したといったところだな。それで悪いほうの話は？」

　できれば聞きたくないことをアレックスは問いかける。

「上空で採取した放射性物質の核種やその量と低気圧の雲の動きから、爆発現場周辺のフォールアウトの集積状況を、国立気象局がスパコンを使って分析したそうなんだが――」

　重い口調でボブは続けた。現場付近から吹き出した冷たい空気が温かい空気の下に潜り込む、いわゆる寒冷前線の影響で、探査チームが現在いる海域の地表付近に高濃度のフォールアウトが集積している可能性があるという。水沼は慌てて問いかけた。

「高濃度って、どのくらい？」

「毎時五〇〇マイクロシーベルト。長時間被曝すれば、健康面での障害が出るレベルだ」

「長時間というと？」

「一日から数日で障害が出る場合もあるらしい」

「ソーヴェスチの爆発からもう三十数時間経っている。その期間を積算すれば、すでに十分危険なレベルの線量を浴びたことにならないか」

「そのときの環境にもよるだろうな。彼らはほとんどの時間、雪上車のなかにいたはずだから、そう深刻に考えなくてもいいと思うんだが」

覚束ない口調でボブは答える。やはり聞くべきではない話だった。それについて水沼にできることはなにもない。アメリカ国立気象局のスパコンの計算結果が間違えていることを願う以外に――。

第九章

1

日米合同探査チームの雪上車と思われる移動体がふたたび動き出したというソナー担当士官からの報告を受けて、カレリンは安堵した。

その移動体のソナー音が途絶えたのは三時間ほど前だった。それからしばらくして、それまでとは異なる移動体のソナー音が検出された。氷盤上でなにか異変が起きたのは間違いない。担当士官の指摘によると、新たな移動体のソナー音は沿岸近くを潜航中に捉えることのあるエンジン付きボートの音と似ており、それが氷盤上を移動しているとすれば、スノーモビルのような小型の乗り物ではないかという。

ＢＢＣのニュースによれば探査チームの隊員は七名とのことで、そのスノーモビルとみられる移動体は一台だけ。だとしたら全員がそれで移動していることはあり得ない。隊員の一人ないし二人が本隊と別行動をとっていると考えるしかない。

そちらを追尾すべきかどうか迷ったが、隊員の大半は、なんらかの理由で停止しているらしい大型の移動体のほうに残っているはずで、そちらに異変が起きているとしたら、対応できるのはチェリャビンスクだけだ。かといっていま彼らがいるはずの場所には、チェリャビンスクが浮上できる大きさのリードが見つからない。

言い換えれば氷盤の崩壊によって彼らが危急の事態に陥っている可能性は少ないとみて、現在位置で待機することにした。その移動体がふたたび動き出したということは、チームの大半の人員はいまも無事でいると判断していい。いずれにしても、氷盤上でなにが起きているか、こちらが潜航している限り確認のしようがない。しかし彼らがいま直面している最大の危機は氷盤の崩壊で、とりあえずその心配はなさそうだ。海水温もいまは比較的安定している。

別行動をとっているもう一つの移動体は氷盤上の障害を迂回しながら進んでいるようだが、概ね北に向かっている。ふたたび動き出した雪上車と見られる移動体も同様の動きで、氷盤上にはいまもリードやプレッシャーリッジが多数存在するものと考えられる。

「どうしますか、艦長。すぐに追尾を再開しますか」

オルロフが問いかける。ソナーの探知距離は対象が出している音の大きさに比例する。相手が静粛性を最大限追求する潜水艦の場合、捕捉距離はよくて五、六キロだが、ディーゼルエンジンやガソリンエンジンで駆動する氷上の移動体なら二〇キロから三〇キロまで探知できる。しかし万一の事態に対応するためには可能な限り近くにいる必要がある。カレリンは頷いた。

「そうしよう。海水温がさらに低下して、氷盤が十分に安定するところまではエスコートしないと」

「それに本来の任務もありますからね。そろそろ米軍の原潜が登場するかもしれませんから」

「ああ。そっちにも注意を払わないとな。先に発見されて、こちらの音響データを取られたら元も子もない」

カレリンは頷いた。ソナー機器が並ぶ司令室の一角に目を向けて、オルロフは太鼓判を押す。

「この艦のソナーチームは優秀です。こちらが先に見つけさえすれば、その任務に関しても抜かりはありません」

「しかし、探査チームのなかでなにか起きているのは間違いない。別行動をとっている隊員がいるとしたら、こちらの対応は厄介になるな」

カレリンは言った。二つの移動体の間隔は現在二キロ程度だ。雪上車と比べスノーモビルははるかに速いが、激しいブリザードのなかではどちらにしてもフルスピードでは走れない。この先その距離が大きく広がるとは思えないから、とりあえず双方を捕捉し続けることは可能だろう。

いずれにしても現在の状況で彼らにしてやれることは限られる。しかしカレリンにとっていま最も重要なのは、彼らに向けて魚雷を発射せよとの司令部からの命令を無視することなのだ。

2

アーロンの事件後ふたたび走行を開始して二時間。ブリザードは強まったり弱まったりを繰り返し、しばしば現れるリードやプレッシャーリッジで迂回を余儀なくされるから、けっきょく北上できたのは直線距離で一〇キロほどだ。いまはジェイソンが運転し、サミーが助手席で周囲に目配りをしている。郷田は車室に戻って体を休めている。

バルネオ・アイスキャンプ経由で届いた水沼からの音声ファイルによる連絡は不安を掻き立てるものだった。アメリカ国立気象局がスパコンを使ってシミュレートした結果、現在、郷田たちがいる場所の放射線量は五〇〇マイクロシーベルトに達している可能性があるという。

水沼によれば、それは福島の原発事故の際に適用された住民の避難基準に相当する数値で、長時間にわたって被曝することになれば白血球の減少や癌発症のリスクが高まるレベルだという。爆発が起きてからすでに三十時間余り経っており、屋外にいた場合は決して安全とは言えないが、ほとんどの時間をテントや雪上車のなかで過ごした郷田たちの場合、フォールアウトによる被曝量はずっと少ないとみていいとのことだった。

そうは言っても外で行動した時間がゼロではないし、これから先どんな事態が起きるか予測がつかない。いまいる場所からあと数十キロ北上すれば線量はかなり低下するとのことだが、それがどの程度までかという目安は示されていない。いずれにせよ、それを信じて少しでも北に移動する以外に方策はない。

スノーモビルで単独行動しているアーロンの場合、被曝量は危険なレベルに達するだろう。もし事前にそれを知っていたら、今回のような行動に走っていたかどうか——。郷田がそんな思いを口にすると、ジェイソンは吐き捨てるように言う。

「自業自得だよ。生還したとしてもそのうち癌にかかって、望みどおりロシア人に殺されることになるわけだ」

走行を再開してからも、何度もトランシーバーで呼び出したが、アーロンはなんの反応も示さない。

「スピードで勝るといってもこの視界じゃそうは飛ばせない。たぶんまだ近くにいるはずだ。放射能の件はなんとか知らせてやりたいところだが」

複雑な思いで郷田は言った。スノーモビルには小型のテントを積んでいる。こちらにふたたび合流する気はないにせよ、テントにこもってなるべく外気に触れないようにしていれば、フォールアウトからの被曝量は減らせるはずだ。

米軍が無人偵察機を運用する決断をしたとの情報はとりあえず朗報だが、郷田たちがいる地点の上空にやってくるのに八時間ほどかかるという話で、なにをいまさらという感もなくはない。しかしこの先なにが起きるか予断を許さないから、来ないよりはましというくらいの意味はあるだろう。

氷盤の荒れはいくらか落ち着いてきて、迂回を強いられる頻度もやや減って、新たなリードやプレッシャーリッジが発生する気味悪い衝撃も間遠になってきた。

放射能の件についてはこうなれば腹を決めるしかない。燃料計の残量から見てあと三〇キロは走れるが、いずれトレーラーに積んである予備燃料を補給する必要があるのはわかっている。しかしいま積んでいる燃料をぎりぎり使い切るまで走れば、空間線量の値はより小さくなっているはずで、そのためにも給油で外気に体をさらすタイミングは極力遅らせたほうがいい。

「でも、とことんツイていないわね。なにもフォールアウトが私たちのいる場所に寄せ集まってこなくてもいいのに」

峰谷はいかにも不服げだが、国立気象局の予報では、低気圧はいまのところ衰える気配がなく、あと数日は北極海に停滞するだろうという。

「アーロンが言うようにロシア人全員が悪魔のような存在じゃないのはわかっていますが、ソーヴェスチの実験を命令した軍人や政治家がいま目の前にいたら、僕だってライフルをぶっ放したくなりますよ」

山浦は峰谷以上に深刻だ。水沼は想定される線量が致命的なリスクではないようなことを言っていたが、郷田たちが希望を失わないように、極力楽観的な見方を示しているのかもしれない。そう思うと気持ちはどうしても暗くなる。

ふと窓の外を見ると、シベリア方面のガスがほんのり明るくなっている。いまは午後七時で、日没までは二時間近くある。周囲はまだブリザードに覆われていて、視界は五メートルあるかないかだが、もし水平線近くの太陽の光がガスの帳(とばり)を明るませているとしたら、その方面では低気圧の雲が切れている可能性がある。

雪上車の車体を揺るがすような強風はいまも止んでいないから、このまま一気にとは思えないが、さしもの猛低気圧もそろそろ息切れしてきたのだとすれば、天候が回復するのも間もなくかもしれない。郷田は山浦に声をかけた。

「バルネオと連絡をとってくれないか。低気圧の動きについて、なにか新しい情報があるかもしれない」

「わかりました」

そう応じて山浦はバルネオ・アイスキャンプをコールした。数回のコールでペトロフが応答した。こちらの状況を伝えて、天候についてなにか情報が入っていないかと問いかけると、明るい口調でペトロフは応じた。

「こちらはついさっきブリザードが弱まって、その上の雲間に一瞬、青空が見えました。天候はそろそろ回復に向かっているようです。いま本国に最新の気象情報を問い合わせています。つい数時間前には、低気圧はまだ数日は居座るとの予報が出ていたんですが、その一方でシベリア方面に高気圧が発達しているという情報もあったんです。それが急速に勢いを増して、北極海に張り出してきたのかもしれません。こちらでの回復は一時的なものので、すぐにブリザードの状態に戻りましたが、いい方向に向かっている可能性がありま す。本国から情報が入ったら、遅滞なくそちらに報告します」

山浦に代わって郷田が応じた。

「ゴウダです。ありがとうございます。そちらからいい情報が得られれば、我々も希望が持てます」

「そのとおりです。とにかくいまは一刻も早く北に向かってください。目標地点ではたぶん氷盤の状態は安定しているはずです。嵐が収まれば航空機も離着陸できます。ただし単独行動している隊員には十分気をつけてください。ブリザードが収まって視界が開けてきたとき、うっかり遭遇すると、危険な状況に陥るかもしれませんから」

「向こうはライフルを所持していてこちらは丸腰ですから、偶発的な事態は極力避けなければなりませんが、彼にとって我々は必ずしも敵ではないと思いますので」

「カティンの森の事件は、間違いなくかつてのソ連の犯罪です。しかし彼にとっては、その恨みの対象がロシア人すべてに対するものになっていた。そこにソーヴェスチの実験があって、その憎しみが頂点に達したんだと思います。立場を変えて考えれば、彼の思いがわからなくもないんですが」

ペトロフは困惑を隠さない。複雑な思いで郷田は応じた。

「全員が生還することを目指して頑張ってきたんですが、願いは叶わなくなりました。バルネオの皆さんにも貴重なサポートをしていただいたのに」

「その点については我々も残念です。しかし残ったみなさんには是非とも無事に帰還していただきたい。気になるのはフォールアウトですね」

ペトロフは心配げに言う。水沼はそのことを英語の音声データで伝えてきた。当然それを中継したペトロフたちの耳にも入ったはずだった。水沼としてもあえて隠す必要はないし、その情報は彼らにも伝えるべきだという判断のようだった。

「それも時間との戦いです。天候が回復して視界が広がれば、スピードアップして北に向かえる。緯度が上がれば、それだけ空間線量も減るとのことですから」

「我々のいる場所にしても心配ではありますが、アメリカ国立気象局のスパコンのシミュレーション結果を信じるなら、ただちに健康不安が出るようなレベルではなさそうです。天候については、さっそくロシアの気象当局から情報をとります。ミスター・ミズヌマにも、アメリカ側の情報を取得してもらうよう依頼します」

ペトロフは快く請け合った。交信を終えると、運転席のジェイソンが言う。

「天候さえ回復すれば、生還の目処は立つ。アーロンは馬鹿なことをやらかしたよ。生きて還れたとしても殺人罪で逮捕される。そもそも基地の近くで迷子になったときのことを思えば、いま生きているかどうかさえ怪しいところだ」

おそらくそれが当たりだろう。それでも郷田は祈るような思いで言った。

「まだ生きているなら、天候が回復する予兆が見られることを教えてやりたいところだな。あとしばらくで嵐が去るなら、あのときのプレッシャーリッジのような安全な場所に退避していれば、なんとか生きながらえることもできるかもしれない」

あのときと違い、いまは多少の非常燃料と食料と小型テントがあるから、しばらくは持ち堪えられるはずだ。さらにこの一帯に集中しているというフォールアウトの問題もある。この嵐のなかを、フルカウルとはいえ、ほぼ全身が剝き出しのスノーモビルで走行を続ければ、呼吸や衣服の隙間からの被曝量が増大するのは間違いない。

アーロンの行為はもちろん許せない。だからといってその死を願うわけではない。彼は法によって裁かれるべきで、可能なら生きてこの窮地を脱して欲しい。しかしこちらにはいま、彼の救出に力を割いている余裕はない。残る五人の生還が、郷田に課せられた至上命令なのだ。

「こちらからのコールにも応じないし、向こうから連絡してくるわけでもない。そのうえ銃まで持っているとなれば、なにが起きようとあいつの自己責任だよ」

ジェイソンはにべもない。シベリア方向のブリザードの幕はふたたび暗くなっている。風も弱まる様子はない。先ほどの明るさはやはり一時的なものだったようだ。しかしより極点に近いバルネオ・アイスキャンプでは、ほんの一瞬だが青空が覗いたということだから、いい方向に向かっているのは間違いない。山浦が言う。

「アーロンがちょっとでも交信に応じてくれれば、GPSサーチで位置関係が把握できるんですがね。お互いに安全な距離を保つことが、彼にとっても我々にとっても大事なはずなんですが」

もううんざりだと言いたげにジェイソンが応じる。

「もし位置を知られたら、それがロシア側に伝わって、自分を殺しに来ると思ってるんだろうよ。ロシア人だってそこまで暇じゃないよ」

「でも僕らを監視するために、原潜を派遣する程度には暇なんじゃないですか。アーロンがやったことはもちろん許せないけど、彼が感じていた不安を侮っちゃいけないかもしれませんよ」

山浦は微妙なところを指摘する。ペンタゴンは米軍の原潜のデータ収集が目的だろうと楽観視しているが、その真意をロシア側に確認したわけではなさそうだし、もしそうしたとしてもロシアが正直な話をするはずがない。せいぜい原潜の存在自体を否定されるのが関の山だろう。原潜と軍事通信衛星との交信はその後確認されていないらしい。氷の下の原潜は追跡のしようがない。

「いくらなんでも、そこまではしないだろう。おれたちを殺したところで、ソーヴェスチの実験を強行した事実を隠しおおせるわけじゃない」

ジェイソンは笑うが、すでに郷田たちはかなりのレベルの放射能に被曝している。救出された際の検査でそれが明らかになれば、ソーヴェスチがきれいな水爆だというロシアの主張が真っ赤な嘘だということになり、それが発覚することをロシアが惧れる可能性もある。

「いまも氷盤の下には、その原潜がいるんじゃないですか。雪上車の走行音はソナーで捕捉できるはずですから」

山浦が怖気を震う。その見立ては正しいだろう。目的がなんであれ、魚雷や対艦ミサイルを搭載した原潜が付かず離れず氷の下を航行していると考えれば薄気味悪い――。そんな考えを聞かせると、ジェイソンも不安を覗かせる。

「そういうふざけた狙いで送り狼をやっているとしたら、嵐が収まる前に仕掛けてくる可能性がなくもないな。低気圧の雲が消えたら、さすがの米軍も救難機を派遣すると連中も考える。その時点で攻撃を仕掛けたら、悪事が丸見えになってしまう」

「まさか、そこまでやるとは思いたくないけどね。バルネオの人たちは、あれだけ私たちをサポートしてくれてるんだから」

峰谷が首を傾げる。たしかにそこまで行くと想像力の飛躍だという気がするが、ジェイソンの懸念も一理ある。

ペトロフたちは民間人だが、原潜に乗っているのは軍人であり、その上にはロシアの国益にのみ忠実な政治家がいる。北極海でソーヴェスチを爆発させる命令を下した政治指導者にとって、こちらの存在は踏み潰しても痛くも痒くもない足元の蟻程度にしか見えないだろう。郷田は言った。

「ペトロフたちには感謝以外のなにものもないよ。しかしいま起きている状況の全体が、なにか巨大な力に突き動かされて、理不尽な方向に捻じ曲げられているような気がしてね」

悲観的なことはできれば口にしたくはないが、最悪のケースに対する危機意識は共有すべきだろう。いまはそんな事態が起きないことをただ願うしかないのだが。

3

「一七〇度の方向で新たな音源を検知しました」

ソナー担当士官のキリエンコが歩み寄って耳打ちした。ソナーチームのスタッフはヘッドフォン越しのソナー音に真剣な表情で聴き入っている。カレリンは声を落として問い返した。

「潜水艦か？」

「そのようです」

司令室にいる全員が声を潜めて身じろぎ一つしない。相手の音が探知できているということは、こちらの音もすでに探知されている可能性がある。そんな場合は艦内の物音一つに神経を使う。

「距離は？」

「五キロほどで、ほぼ我々と同じ方向に向かっています。速力は五ノットで、こちらとおおむね同速です」

「いよいよ米原潜のご登場か」

カレリンは唸った。そうなれば相手の音響データを取得するために、こちらは艦を停止して静粛を維持する必要がある。潜水艦同士は互いに相手が見えないし、海中では無線による交信もできないから、不用意に接近して予期せぬ衝突が起きることもある。いずれにしても米軍の原潜が動き出したのなら、氷盤上の隊員たちの救助は彼らに任せて、こちらは向こうの原潜の音響データの収集に専念できる。カレリンは操舵手に指示をした。

「現在の深度を維持して機関停止。艦内は静粛を徹底するように」

操舵手はスロットルレバーをニュートラルにした。かすかに響いていた蒸気タービンの唸りが消える。原潜の場合はそれでも原子炉周りの冷却系がわずかな音を発生するから、相手のソナー担当者の耳が良ければ、チェリャビンスクの存在に気づく可能性はある。

しかし潜水艦の音響データで最も特徴が出るのはスクリューの回転によって発生するキャビテーション（泡の発生）のノイズだ。たとえ低速でも相手は動いている以上、それは避けられないから、隠れんぼの勝負ならこちらが有利だ。

氷盤上の移動体とチェリャビンスクの距離はいま一〇〇メートルほどだ。これから距離はどんどん開いていくが、向こうは音が大きいから、こちらが停止していても位置や動きは当分把握し続けられる。カレリンはヘッドセットを装着してスイッチをオンにした。司令室の全員がそれに倣った。敵艦が近くにいる際は、司令室内の会話はすべてヘッドセット越しに行われる。艦内の各所にも静粛を命じる警報ランプが点灯する。

最近のソナーシステムは性能が飛躍的に向上していて、相手が近距離にいる場合、艦内でうかつに大声を出すだけで相手のソナーに探知されることもある。いまは戦闘状態ではないから敵艦というのは当たらないが、米原潜の音響データを収集するためには、こちらの存在に気づかれないのがベストなのは言うまでもない。

「しかし向こうの動き、なにかおかしいとは思いませんか」

オルロフが首を傾げる。

「なにが？」

カレリンが問いかけると、オルロフはキリエンコに確認した。

「あちらの速力は、いまも変わっていないんだな」

「ええ。氷盤上の対象物とほぼ同速を維持しています」

キリエンコもコンソールを前に怪訝な表情を見せる。

「彼らを救出に来たのなら、距離を保って追尾しているのは理解できないな」

カレリンも不審なものを覚えた。すぐ近くにいれば、氷を割って浮上することは無理でも、浮上可能なリードが見つかったとき遅滞なく救出に動けるはずだ。こちらはそう考えてずっと近くを追尾してきたが、彼らは五キロほどの間隔を空けたまま追尾していることになる。

「氷盤上の移動物を追っているのは間違いありません。しかしどういう目的で追尾しているのか――」

考えあぐねるようにオルロフが言う。そもそもいまごろになって彼らが現場にやってきたことが不審と言えば不審だ。北極海は弾道ミサイル搭載型の原潜が身を潜めるには最適の場所だ。米軍の攻撃型原潜は空母部隊に随伴して行動するのが普通だが、弾道ミサイル搭載型はそれとは異なり、北極海に恒常的に遊弋している。もちろんロシア海軍の弾道ミサイル搭載型も同様だ。

チェリャビンスクは攻撃型だが、今回はソーヴェスチの実験を観測する任務を帯びて、他の攻撃型原潜数隻と現場付近に集結していた。核ミサイルを搭載した原潜の位置は戦略上の最重要機密で、米軍の原潜や偵察機が群がってきそうな場所に姿を見せるわけにはいかない。しかし米軍側にとってはそんなことを言っていられる場合ではないだろう。たとえ数百万人の命を一瞬にして奪い去る核ミサイルを搭載した原潜でも、平時にあっては人命の救助こそ船乗りにとって最優先の責務であるはずだ。

それがいまごろになって姿を現し、救難に向かう気配も見せず、はるか後方を追尾している。五キロもの距離をおいていたら、緊急の事態には対応できない。その狙いが一体なんなのか、カレリンにとっては理解を超えている。

「どうしますか。このまま停止していれば、米艦の音響データは取得できます。しかし向こうは救出に入る気配がない。けっきょく我々が動くしかないとしたら、こちらのデータも取られてしまいます」

オルロフは困惑を滲ませる。腹を括ってカレリンは言った。

「チェリャビンスクは新鋭艦じゃない。数年前までは北米沿岸や北海地域での作戦活動に従事してきた。西側の海軍の艦艇や対潜哨戒機にさんざん追い回されてきたから、こちらの音響データは、向こうにとっていまさら目新しいものでもないだろう」

「だったらこのあと我々もまた、氷盤上の移動物に張りつくわけですね。危険じゃないですか」

オルロフは不安を覗かせる。カレリンは問いかけた。

「というと？」

「我々が退避中の探査チームの隊員を殺害しようとしていると勘違いして、向こうが攻撃を仕掛けてくるかもしれない」

オルロフはどきりとすることを言う。まさしくカレリンが握り潰している司令部からの命令がそれなのだ。

「そんなことをすれば、氷盤の上の隊員たちも道連れにしてしまう。そのうえ米軍の原潜がロシアの原潜を攻撃したとなれば戦争になりかねない」

カレリンは素知らぬふうを装った。いまやっていることは、すべてカレリン個人が責任を負うべきで、そのためにはそんな理不尽な命令を受けている事実を彼らに一切知らせないことだ。

「たしかにそこまでは考えすぎでしょうね。そもそも向こうがやるべき仕事をしっかりやってくれれば、我々の出る幕はないわけですから」

納得したようにオルロフが言う。カレリンはきっぱりと応じた。

「いや、彼らを救う責任はロシアにある。世界に対してなんの警告もなく北極海で核実験を行った。おそらく想定以上の威力があって、北極の環境に多大なダメージを与えたばかりか、なんの罪もない探査チームの隊員を生死の境に追い詰めた。人として、そして軍人として私はそれを恥じる。彼らが最悪の事態に陥るのを防ぐために、私はやれることをすべてやりたい」

「私も賛成です。我々にできることは限られますが、彼らが無事に救出されるまでは、しっかりと見守りたいと思います」

オルロフは頷いた。たしかにチェリャビンスクにできることは限られる。氷盤上ではいまも暴風雪が吹き荒れているだろう。原潜が浮上できる大きなリードはまだ生じていない。そしてとりあえず、氷盤が崩壊して彼らが海の底に沈むような状況には至っていない。なにより彼らに向けて魚雷を発射する事態だけは避けられる。

軍人としてのキャリアには傷がつくだろう。軍法会議にかけられて収監されるかもしれない。しかしそうなったとしても、軍人としての、人としての矜持は保たれる。魂の犯罪者として残りの人生を送る運命は避けられる。

4

つい先ほど、ホワイトアウトの一角が明るくなった。頭上を覆う分厚い雲が切れて、そこから陽光が射し込んだようでもある。もしそうなら、天候がこれから回復に向かう兆しかもしれない。アーロンはかすかな希望を感じた。

ブリザードは衰えを見せず、横殴りに吹きつける風圧はスノーモビルを押し倒そうとするかのようだ。ホワイトアウトの向こうから突然現れるリードやプレッシャーリッジに突っ込まないように、視界がいい状態でも速度は出せて時速二〇キロほど。視界が悪ければ歩くより少し早い五、六キロ程度で進むしかない。そのせいで、猛烈な寒気を多少は和らげてくれるかと期待したエンジンの暖気もほとんど足しにならない。

スノーモビルを奪って北上を開始してからすでに四時間。渡るのが困難なリードで何度も迂回を余儀なくされているから、北に進んだのは直線距離では二〇キロに満たない。この先も同じような状況が続けば、安全圏とみなせる基地から一〇〇キロ北の地点に達するまであと五〇キロ弱。下手をすれば十時間以上を要する。

高速化した高温の海流がこのあたりにやってくるまであと十数時間。バルネオ・アイスキャンプからの情報によれば、海水温は四〇度前後だというから、その流域に関してはこれまで以上に氷盤が荒れるのは間違いないだろう。

これから天候が回復し視界がクリアになれば、スノーモビルなら最速の時速一五〇キロ前後で走れる。リードやプレッシャーリッジによる迂回を計算に入れてもおそらく一時間以内で踏破できる。ジェイソンたちの雪上車はトレーラーを牽引しているからスピードは最速でも一〇キロ程度だ。

彼らが死ぬことを願ってはいない。しかし彼らと行動をともにして、ロシア人に殺害されることになるのは堪らない。いまこの氷盤の下の海中で、ロシアの原潜が虎視眈々と彼らを狙っているかもしれない。空の上からは氷盤上の様子はわからなくても、潜水艦なら海中から走行音をソナーで捉えられる。

ダウンスーツの上にダウンジャケットを重ね着していても、吹きつける寒風がダウンのなかの暖気を吸いとってしまう。それを補うはずの体温もなかなか上がらない。どこかで小休止して、スノーモビルに搭載されている非常用燃料を使って温かい食事や飲み物をとりたいところだが、風速数十メートルの強風を遮るものがなにもない氷原で、それは到底不可能だ。

しばらく前まで絶えることのなかった悪寒が遠のいた。寒さに対する感覚が鈍くなっている。暖かいと感じるわけではないが、かといって寒さを苦痛と感じない。周囲はひたすらホワイトアウトの白い闇。その単調さにときおり眠気に襲われて、ふと気がつくと目の前にリードやプレッシャーリッジが迫っている。寒さのなかでの睡魔は低体温症の初期の症状だ。基地で風に飛ばされ、方向を見失ってプレッシャーリッジの隙間に退避したときもそうだった。

ホワイトアウトの一角の明るさはすぐにもとに戻った。このまま一気に回復に向かうわけではなさそうだ。しかし絶望するのはまだ早い。せっかくここまで生き延びたのだ。祖父の無念を晴らすために、自分には生きて還る責務がある。

本隊からは何度もトランシーバーにコールがあったが、いまは無視するしかない。応答すればGPSサーチで現在の位置を把握される。バルネオの連中を介して、彼らはそれをレゾリュートにいるジオデータのミズヌマに伝えるだろう。それが同時にロシアの軍や政府関係者に漏れるのは間違いない。そうなれば、せっかくリスクを冒して単独行動をとっている意味がない。

ジェイソンやゴウダたちも、おそらくカティンの森で虐殺された祖父たちのように、冷酷なロシア人の手で命を奪われる。この暴風雪に襲われた北極の氷盤上から彼らが姿を消しても、連中はすべてを巨大低気圧のせいにしてしらばくれるだろう。自分一人だけでも生きて還れば、彼らの極悪非道を世界に知らしめることができる。

祖母のアルバムにあった写真だけで知っている祖父の面影がホワイトアウトのスクリーンに浮かび上がる。祖父とともに虐殺された夥しい捕虜たちの苦痛と悲しみに満ちた顔がそのスクリーンを埋め尽くす。

　不思議な恍惚感を伴うそんな想念にふけっていると、突然目の前に巨大なプレッシャーリッジが立ちふさがった。慌ててブレーキレバーを握る。その頂きはホワイトアウトのガスに呑み込まれている。五、六メートルはあるだろう。

　こんな城壁のようなプレッシャーリッジを見たのははじめてだ。テトラポッドほどの大きさの氷塊が折り重なって頭上からのしかかる。それが崩れてきたら命はない。

　もちろん乗り越えるのは不可能だ。迂回するしかないが、この巨大な氷の壁がどれだけ長く続いているか想像もつかない。右に向かうか左に向かうか。迷ったところで答えは出ない。だったら追い風になる左に向かうことにする。

　プレッシャーリッジを横切るようなリードは存在しないから、それを右手に見ながら走る限り、視界は悪くてもスピードは出せる。左に方向を転じてアクセルを吹かした。2サイクルエンジンの甲高い排気音が風の唸りを引き裂いた。スノーモビルは一気に時速五〇キロまで加速する。

　風下に向かって速度を上げれば、背後からの風圧は弱まる。快調に吹き上がるエンジンの暖気が体に伝わってくる。さらに加速したい誘惑に駆られるが、この速度ではすでに前方視界はまったくないも同然で、さすがにそれには恐怖を感じる。いずれにしてもいまは北に向かって緯度を稼げないばかりか、プレッシャーリッジの方向によっては南下してしまう可能性もあるから気持ちは焦る。

ひたすらホワイトアウトのトンネルを駆け抜ける。右手を流れ去るプレッシャーリッジの壁以外に、視界に入るのは白い闇だけだ。その単調さに加えてエンジンの暖気が眠気を誘う。プレッシャーリッジはところどころ湾曲している上に、氷盤の状態によってスノーモビルの走行方向もぶれるから、居眠り運転は命に関わる。

懸命に睡魔と闘いながら十分と少し走ったが、まだ末端には達しない。すでに六、七キロは移動している。それがこのまま永遠に続いて、この先、北上するルートはすべて断たれているのではないかとあらぬ不安が湧き起こる。そんな事態は通常考えられないが、なにしろ北極海の海中での核爆発という前代未聞の事態が起きたのだ。海流の専門家のアーロンにとっても、その結果を予測するのは難しい。

南に戻っても、氷盤の荒れがここよりひどいのはわかっているし、そのうえこれからやってくる高温の海流のど真ん中に突っ込むことになる。水温が四〇度に達するというロシア人の言うことが本当なら、もはやそれは自殺行為というしかない。彼らが運用するリモートセンシング衛星の観測結果が正しいなら、北上を勧める彼らの考えに、海洋学が専門のアーロンも同意せざるを得ない。

ジェイソンたちはいまどこにいるのかわからない。スノーモビルと雪上車の速度差からいってこちらより先に進んでいるはずはない。この巨大なプレッシャーリッジを乗り越えるのは雪上車でも不可能だ。速度の遅い雪上車では迂回するにも時間がかかる。となると、高温の海水が流れてくるタイムリミットまでに流域の外に出るのは難しい。

こちらからトランシーバーで知らせてやることもできるが、わかったところで彼らに対応策はないだろう。むしろ彼らとそんな連絡をとることによって、自分の位置までロシア側に把握される惧れがある。それはロシアの思うつぼだ。いま重要なのは、自分一人だけでも生還し、ロシア人の嘘を世界に伝えてやることだ。

これだけ長時間、体を外気に曝していれば、フォールアウトによる被曝量も無視できないレベルに達している惧れがあるが、その影響が出るのはまだ先だ。いまはこの極寒の地獄から生還することこそが喫緊の課題と言うべきだ。そんな思いに駆られていると、スロットルレバーを握る手につい力が入る。スピードメーターを見ると、時速は七〇キロに達している。ほぼ目隠しをされたような状態で、いくらなんでも速度オーバーだ。

慌ててスロットルレバーを緩めたとき、なにかに激突したような強い衝撃を受けた。体が空中に投げ出されるのがわかった。乳白色のガスのなかをしばらく漂い、硬い氷盤に叩きつけられた。その痛みを感じる間もなく意識が遠のいた。

5

バルネオ・アイスキャンプと連絡をとりあってから一時間経った。そのあいだに北上できたのは直線で三キロほど。行く手には相変わらずいくつものリードが横たわり、何度も迂回を強いられる。前方視界も不良で、速度も時速五キロ程度しか出せない。これではふたたびエンジントラブルが起きかねないとジェイソンは心配する。高温の海水が流れてくるまでの十時間前後のあいだに安全な場所に到達できるかどうか、不安は募るばかりだ。

唯一の希望は天候の回復で、せめてブリザードが弱まって、トレーラーを牽引している場合での最高速度である時速一〇キロ前後で走れるようになれば十分退避は可能だが、天候の予測ほど当てにならないものはない。そもそも人の住んでいない北極の気象観測は世界のどの国の場合も手薄なはずで、いま郷田たちがいる地点についての正確な気象予測が果たして可能なのかと思えば、不安はやはり拭えない。

「米軍がもっと早くグローバルホークを飛ばしてくれればよかったんだよ。リードやプレッシャーリッジの詳細な画像情報が得られれば、それを避けながらスピードアップできる。その到着があと七時間後になるとしたら、けっきょく手遅れだ」

ジェイソンは運転席で苦い思いを吐き出した。そのとき車載の無線機にコールが入った。

バルネオのペトロフからだ。山浦がさっそく応答する。

「こちらポールスター85。いい情報が入りましたか」

「ロシア連邦水文気象環境監視局の発表では、シベリア北部の高気圧が急速に北極海に張り出して、低気圧の勢力を弱めているようです――」

ロシア連邦水文気象環境監視局という長い名前の機関は、日本の気象庁やアメリカ国立気象局と同等の国営の気象観測機関で、ロシアの地理的な位置からも、北極海の気象予測に関しては世界的にも有数の能力を有しているとのことだった。ペトロフは続ける。

「ミスター・ミズヌマを介して、アメリカ国立気象局の観測結果も問い合わせてもらいました。そちらの予測もほぼ同様だとのことです。どちらも北極海の中心部に気象観測拠点がないので、主に気象衛星による観測結果からの分析ですが、バルネオでは気圧や気温の変化を測定していて、その情報を水文気象環境監視局に提供できたんです」

「だったら、より正確な予測ができますね。天候が回復するまでどのくらいかかりそうですか」

「そちらのタイムゾーンであすの朝までには、暴風域が縮小してごく普通の低気圧になり、午後にはほぼ消えるとのことです」

ペトロフは弾んだ声で言う。山浦は落胆気味に応じた。

「つまりそれまでは、現在の状況が続くんですね」

「そうでもなさそうです。ノヴァヤゼムリャのような北極海に浮かぶ島では六時間ほど前にブリザードが収まり、ときおり青空も覗いていたそうです。これから時間を追って徐々に極点付近まで回復に向かうだろうと見ています」

山浦に代わって郷田が応じた。

「ゴウダです。現在の問題は、ブリザードで視界が閉ざされて思うようにスピードが出せないことです。このままだと、高温の海水がこちらに達する前にその流域を脱するのが難しい。氷盤が崩壊すれば我々は海の底に沈みます」

苦衷を覗かせる郷田に、勇気づけるようにペトロフは応じる。

「気象衛星による画像から判断する限り、低気圧の外縁部の雲の流れが遅くなっているとのことです。それに伴って地表部分の風もこれから弱まっていくと考えられるそうです。ミスター・ミズヌマとは本部のクリコフが電話で話しましたが、いま彼が滞在しているレゾリュートでも、数時間前まで吹き荒れていた暴風雪が収まり、わずかに青空が覗いていると のことでした。これからエルズミーア島のアラートに向かい、救出作戦の準備をしているアラスカ州兵空軍の部隊に合流するとのことです」

「海流の流域外に出れば、そこには飛行機も着陸できると考えていいですか」

「おそらく大丈夫です。我々のいる地点では、いまも三メートル弱の氷厚を保っています。みなさんがこれから向かう地点でも二メートル前後はあるはずですので、軍用の大型輸送機が十分離着陸できると思います」

　ペトロフは力強く断言する。毎年アイスキャンプを設営している彼らは、北極点近くの氷の状況ならイヌイット以上に熟知しているだろう。疑心暗鬼はいまは無用だ。それを信じることによって生まれる希望こそが、いま郷田たちにとって不可欠な魂の糧だというべきだ。

　そのとき峰谷が声を上げた。

「ブリザードが薄まってますよ。視界がどんどん広がっています。もう三〇メートルくらいあります」

　彼女が指差す窓の外を見ると、強風はいまも氷盤上の積雪を舞い上げてはいるが、分厚い吹雪とガスの流れは薄くなり、二〇メートルほど先に口を開けたリードがはっきり見える。その状況を報告すると、ペトロフは声を弾ませた。

「天候の回復は予想より早いかもしれません。視界が保たれれば目的地まで到達する時間は大幅に短縮できるでしょう」

「ええ。ここまでは歩くよりちょっと早い時速五キロくらいでしたが、少なくともその倍の一〇キロは出せます。それならリードを多少迂回したとしても、七、八時間で到達できます」

「それなら十分でしょう。高温の海水が到着するまであと十時間前後はありますから。状況はミスター・ミズヌマに伝えておきます。あと一息です。無事を祈っています」

「感謝の言葉もありません。ご尽力に応えられるように、全力を尽くします」

郷田はそう応じて交信を終えた。窓外の様子を眺めながら山浦が言う。

「やっと見通しが立ちましたね。今回は、これまでのような一時的な回復じゃなさそうですよ」

ブリザードはさらに薄まり、まだ紗がかかったような視界だが、それでも、すでに四〇メートルほどまでは広がっている。ジェイソンが提案する。

「こうなったら、もうトレーラーは無用じゃないか。予備の燃料はすべて雪上車の本体に給油して、食料や非常用の燃料も必要最小限のものをこちらに移す。チャーリーの遺体は車内じゃ融けてしまうから、雪上車の屋根の荷台に載せて運ぶ。トレーラーがなければ最速の時速二〇キロは出るし、そのほうがエンジンの調子もずっと上がる」

「でも天候が回復するというのはあくまで予測で、救難の飛行機がいつやってくるかわからないし、そもそもその場所に本当に着陸できるのかどうか——」

山浦は不安げだ。しかしジェイソンは意に介さない。

「雪上車に積んでいける食料や燃料だけで、細々食い繋げば一週間以上はもつ。いま重要なのはスピードだよ。ぐずぐずしていて高温の海流に摑まったらそこで命運は絶たれるんだから、その先の心配をしていたってしようがない」

「ジェイソンの考えに私も賛成よ。まだこの先、リードやプレッシャーリッジで迂回を強いられるのは間違いないんだから。トレーラーを捨てて、いまの倍のスピードが出せれば、四、五時間で目指すポイントに到着できるかもしれない。米軍も救難機派遣の準備に入ったんでしょう。アラートから飛行機ならひとっ飛びよ」

峰谷は積極的だ。山浦はそれでも不安を隠さない。

「でも、多少弱まったとしても、低気圧が居座っている限り飛行機は着陸できないよ。いまくらいの視界が続けば、トレーラーを引いていたって十分間に合うだけの速度は出せるんだし」

山浦に、アーロンに代わる新たな抵抗勢力になられては堪らない。強い口調で郷田は言った。

「北極海の海の底に沈まなければ、救出そのものは多少遅れてもなんの心配もない。人間は水さえ飲んでいれば一ヵ月は生きられるそうだ。いくら気の長い低気圧でも、そこまで長居するはずはない」

「そのとおりよ。大事なのはいまを生き延びることじゃない。その見通しはとりあえず立ったわけなんだから、その可能性をもっと確かなものにするために、いまは大胆に行動すべきよ」

峰谷が発破をかけても、山浦はなお抵抗する。

「でも、基地から一〇〇キロ北の地点に出れば安全圏だというのは、あの時点でのアーロンの予測に過ぎないからね。潮流の速度が当初考えていたよりだいぶ早まったんだから、ルートだって変わっているかもしれない。大きく北に蛇行していたら、一〇〇キロ北じゃまだ安全じゃないかもしれない。フォールアウトの量だって、そこまで行けば薄まっているという保証はないんだし」

「そもそも北上するアイデアはおまえが出したんじゃないか。いまさら怖気づいたって遅いぞ。そういう惧れがあるんなら、なおさらスピードアップしなきゃならん。なんだかアーロンがもうひとり出てきたような具合になってきたな」

郷田は不快感を滲ませた。山浦はそれでも言う。

「僕はアーロンとは違いますよ。ただ天候の問題にしたって、まだ先のことはわからないし、海流や氷盤の状態もあくまで想像のレベルで確実なことはわからない。場合によってはトレーラーの荷物が命綱になるかもしれないじゃないですか。視界が開ければトレーラーを引いていても十分な速度が出せるんですから、あえて新しいリスクをつくる必要はないと思うんです」

山浦も畑が違うとはいえ、広い意味での地球科学の専門家だ。彼の専門の地震の予測にしても、当たるも八卦、当たらぬも八卦で、つねに不確実性との闘いと言っていい。その意味で、慎重になる気持ちもわからなくはない。それでも諭すように郷田は言った。

「いま最優先で対応すべきリスクがなにかと言えば、高温の海流による氷盤の崩壊だ。それさえ回避すれば、あとの道筋は自然に開ける。少なくとも現在抱えているリスクより、その後のリスクの蓋然性は低いと言うべきじゃないのか」

「ゴウダの言うとおりだ。グローバルホークがいまごろどこをのんびり飛んでいるのか知らないが、それが到着しない限りこの先の氷盤の状態はわからない。最悪のケースを想定して可能な限りスピードアップし、危険な領域を走り抜けることが喫緊の課題じゃないか。もしそこに飛行機が着陸できなくても、食料や燃料は空から落としてもらえる。それで持ち堪えていれば、ペンタゴンの能無しだって、なにか打つ手を思いつくだろう」

運転席からジェイソンも説得する。助手席のサミーも頷いている。答えは出たというように峰谷が声を上げる。

「じゃあ急がないと、これから雪上車に移し替える品目のリストをつくるわ。郷田さんたちは燃料の補給をお願いね。それで時間を無駄にしたら、せっかくのスピードアップを帳消しにしちゃうから」

6

「艦種が特定できました」

ソナー担当士官のキリエンコの押し殺したような声がヘッドセットを通してカレリンの耳に届いた。ソナーで捉えた米軍のものと思(おぼ)しい原潜の音響データを収集し、それを専用のコンピュータで解析した結果の報告のようだ。

現在、米海軍の攻撃型原潜の主力はバージニア級で、十八隻が就役している。すでに基本的なデータはロシア側も取得しているが、ここ数年のあいだに就役した艦は順次アップデートされており、現在運用されているのはブロックⅢと呼ばれるタイプだ。バージニア級の基本データはロシア海軍も十分蓄積しているが、そうしたアップデートによる微妙な変化までは押さえていない。もし近くにいる原潜がバージニア級のブロックⅢなら、お宝とも言える情報を入手できることになる。

その潜水艦は、つい先ほど、水深四〇メートルで停止しているチェリャビンスクから二キロほど横をほぼ同じ深度で通過した。いまは前方三キロほどの位置にいて、そのさらに先をいく氷盤上の移動物体を追尾している。こちらの存在に気づいている様子はまったくない。これが交戦時なら間違いなく撃沈している。長年のライバルの米原潜の実力はこの程度だったのかと、潜水艦乗りとしてはむしろ落胆した思いだった。カレリンは問いかけた。

「バージニア級の新しいタイプか？」

「それが、違うんです」

キリエンコは口ごもる。カレリンはさらに訊いた。

「だったらオハイオ級か？」

　オハイオ級は米海軍の弾道ミサイル搭載型原潜で、北極海に配備されているとしたら、むしろそちらの可能性が高い。キリエンコは困惑した口ぶりで言った。

「艦番号K－573、クラスノヤルスクと思われます」

「間違いないのか？」

　カレリンは当惑した。クラスノヤルスクはチェリャビンスクと同型艦で、同じロシア北方艦隊に所属し、基地も同じムルマンスクだ。しかしいま米原潜のデータ収集という任務についているのはチェリャビンスクだけのはずで、クラスノヤルスクはその後も爆発現場海域に滞在し、ソーヴェスチの実験の観測任務に携わっていると聞いていた。米原潜のデータ収集が目的ならチェリャビンスク一隻で用が足りる。さらにもう一隻こちらに派遣してきた理由はわからない。オルロフを始め司令室にいる面々も怪訝な面持ちでカレリンに目を向ける。

「司令部に問い合わせてみたほうがいいんじゃないですか」

　相手が僚艦なら静粛性に神経を使うことはない。ヘッドセットを外してオルロフが言う。

　カレリンは慌ててかぶりを振った。

「それはまずい。アメリカがいくらのんびりしていても、そろそろ上空にE8やグローバルホークのような偵察機を派遣しているはずだ。交信のためにアンテナを出せば、こちらの存在を把握される。ソーヴェスチの件でアメリカとの緊張関係が高まっているなか、そんなことが察知されたら、軍事的な衝突の引き金になりかねない」

「そうですね。我々が退避中の探査チームを攻撃しようとしていると勘違いされたらえらいことになりますから」

オルロフは先ほどと同じような不安を口にする。チェリャビンスクがまさにその任務を命じられていることを、カレリンとしては口が裂けても言えない。そして攻撃実施の最終命令を受けるのを避けるために、彼らの無事が確認されるまで、アンテナは出さないことに決めている。

問題はクラスノヤルスクがなにを目的にここに現れたかだ。いちばん高い可能性は、チェリャビンスクが命令に背いていると司令部が判断し、それを代わって実行させるために急遽派遣した――。そう解釈する余地は十分にある。

「ロシア本国も、探査チームの救出に本腰を入れ始めたんじゃないですか。いま起きている事態の一義的な責任がロシアにあるのは間違いないんですから」

オルロフはまっとうなことを言う。しかしそのまっとうな考えが通じないのが現在のロシアという国家なのだと思えばあまりにも情けない。

そのときキリエンコが声を上げた。

「不審な音響が入りました」

「氷盤の上からか?」

鋭い緊張を覚えてカレリンは問いかけた。

「違います。先を進んでいるクラスノヤルスクからです。魚雷発射管に注水した音だと思われます」

オルロフが驚きの声を上げる。

「いったいなにを考えているんだ」

抱いていた危惧が的中したらしい。クラスノヤルスクの艦長はニコライ・ユスポフというやり手と評判の若い中佐で、異例の出世スピードの背後に、与党国会議員の父を介した政界からの引きがあったと噂されている。本人も行く行くは政界進出を目指しているというのがもっぱらの評判だ。

一方で潜水艦乗りとしての資質に不安を覚えるという声は北方艦隊内部でもよく耳にする。あの暗号による命令を忠実に実行させるには適任だというのがカレリンの率直な感想だ。オルロフが問いかける。

「いったい、誰に向かって魚雷を撃とうというんですか」

「我々に対してじゃないことを願いたいんだが」

カレリンはとりあえずはぐらかしたが、オルロフもそのくらいはわかっているだろう。

チェリャビンスクがこの海域にいて、彼らを追尾していることを司令部は知っている。こちらが静粛を保って停止していたとしても原子炉は止められないから、冷却系の音はわずかながら漏れている。近くにいることがあらかじめわかっていれば、向こうは十分探知できたはずなのだ。

しかし彼らはチェリャビンスクを追い越して、氷盤の上を移動する探査チームを追尾している。司令部はチェリャビンスクが連絡を絶っていることを、すでに命令違反だと解釈し、当初の目的をあくまで達しようと、クラスノヤルスクを派遣したとしかもはや考えられない。

「だとしたら標的は探査チームということになるじゃないですか」

オルロフは不快感を隠さない。司令室にいる全員が唖然とした表情だ。カレリンの傍らに歩み寄り、オルロフは声を殺して問いかける。

「ひょっとして司令部からの例の暗号による命令は?」

もうこれ以上は騙せない。カレリンは耳打ちした。

「魚雷発射管に注水をして、彼らを追尾しながら次の指令を待てというものだった。おそらくユスポフも同じ命令を受けている」

第十章

1

トレーラーを切り離した雪上車は、フルスロットルで最速の時速二〇キロに達した。ジェイソンに代わって郷田が運転席に座り、峰谷が助手席で周囲に目配りをする。山浦はバルネオ・アイスキャンプから緊急の連絡があった場合に備えて無線機に張り付いている。

視界は四、五〇メートルあり、しばしば出現するリードやプレッシャーリッジも十分回避できる。しかし氷盤の状態はいまも芳しくなく、頻繁に迂回を強いられる状況に変わりはない。

ほぼ安全圏とみなせる基地から一〇〇キロの地点までは直線距離であと六〇キロほど。ここまでのルートで迂回によるロスは五割ほどだったから、この先も同じ状態なら実質約九〇キロは走行することになる。それでも単純に計算すれば四時間半で走破できるが、この先も現在の視界が保たれるかどうかはわからない。しかしいまは一時間でも早く危険地帯を抜けることが肝心だ。

エンジンは快調に駆動する。いまは午後八時。そろそろ太陽が沈む時刻だが、白夜が近いこの時期はそのあとも薄暮の状態が続くから、ヘッドライトの光で前方視界は十分確保できる。

トレーラーを捨てることに反対した山浦も、走り出してみれば気持ちが切り替わったようで、アーロンのようにふて寝したりはしない。強風と寒気はいまも緩まず、視界がやや広がった以外に条件が好転したわけではないが、順調に進む雪上車のなかには楽観的な空気が広がった。そのとき山浦が声を上げた。

「インマルサットが復旧したようです」

運転席から振り向くと、山浦が掲げたタブレット端末にジオデータのホームページが表示されている。続けてインマルサットの携帯端末にコールが入った。ジェイソンが応答する。

「やっと通じたな、アレックス。いつまで居眠りしているつもりだったんだ」

一言嫌味を言ってから、すぐにスピーカーフォンモードに切り替える。相手はレゾリュートにいるパシフィック・ペトロリアム副社長のアレックス・ノーマンのようだ。

「私もミズヌマもゆうべから一睡もしていないよ。天候が回復しつつあるという報告をさっきバルネオから受けたんだが、そっちはいまどうなっている?」

「まだ外を散歩できるような状況じゃない。じつは——」

トレーラーを放棄してスピードアップし、北上を続けていると伝えると、やや切迫した調子でアレックスが言う。

「じつは三時間ほど前に、NROがロシア原潜のものと思われる通信をキャッチした。前回と同じロシアの衛星通信を介したものだ。場所は君たちのいる位置から二〇キロほど南だった」

「前回よりだいぶ離れているな。おれたちを追尾していたわけじゃないのか」

「そうじゃない。識別符号が違っていた。別の原潜だ」

「二隻でおれたちを追い回しているのか」

ジェイソンの声が裏返る。困惑を隠さずアレックスは続ける。

「そういうことになる。最初の原潜の件と併せて、ペンタゴンはロシア国防省に事情を問い合わせているが、その海域で活動している原潜はいないとしらばくれているらしい」

「そいつらの目的は?」

「一隻目のときは、救出に向かった米軍の原潜の音響データの収集だろうとみていたんだが、それなら一隻いれば十分だ」

「だとしたら、どういうことなんだ?」

「邪魔な人間を消すことを、あの国の政治指導者は躊躇しない」

アレックスは穏やかではないことを言う。助手席の峰谷が不安げに郷田の顔を覗き込む。ジェイソンは問いかけた。

「おれたちを消すことに、なんの意味がある?」

「君たちはソーヴェスチの実験の事実と、それが純粋水爆とは名ばかりの汚い水爆だという事実を立証する、いわば人体標本だ」

雪上車の車内に緊張が走る。ジェイソンは不安を露わにする。

「おれたちはそれほど大量に被曝しているのか?」

「命に関わるほどじゃないが、通常の環境での自然放射線によるものと桁違いなのは間違いない。北極海沿岸で採取されたフォールアウトは測定誤差だと強引に言い切れなくもないが、国立気象局のシミュレーションによれば、君たちの被曝量は自然環境ではありえないレベルに達しているはずだ」

「全員が海の底に沈んで、魚やプランクトンの餌になれば、その証拠が消えてなくなるわけか」

「やつらの頭のなかは、KGBが暗躍していた時代と変わらない」

「しかしそうだとしたら、もし生還したとしても、おれたちは放射線障害で死ぬかもしれないんだな」

「あくまでスパコンによるシミュレーションの結果で、実際のところは詳細に検査しないとわからない。障害が出てもごく軽微なはずだとＮＩＨ（アメリカ国立衛生研究所）は言っている」

「正直に言ってくれ。白血病や癌が発症する可能性も否定できないんだな」

ジェイソンはたたみかける。アレックスの口調は重い。

「不安がまったくないとは言えないが、いますぐどうこうという問題じゃない。生還しさえすれば手立てはいくらでもある」

やっと繋がったインマルサットを通じて入ってきた情報は、水沼が伝えてきた内容よりもはるかに深刻だ。ジェイソンは苛立ちを隠さず問いかける。

「ペンタゴンはなにをしてるんだ。二隻の原潜はいまもおれたちを追尾してるんだろう。この氷の真下にいるかもしれない。いますぐやめろとロシアに厳重抗議しないのか」

「そんな事実はないと言っているから糠に釘だよ。もちろんふざけたことをしたらアメリカはきっちり報復するはずだ」

「報復してもらったって、死んじまったらお終いだよ。米軍の原潜はまだなのか」

「一両日はかかる」

「弾道ミサイル搭載型の原潜は北極海にいるんだろう」

「戦闘能力では攻撃型に太刀打ちできない」

「ロシアが本気だったら、おれたちは死ぬしかないんだな」

ジェイソンの声は悲痛だ。宥めるようにアレックスは応じる。

「ペンタゴンも国務省も、いま強い姿勢で圧力をかけている。それがロシアの国益をどれほど損なうか。天秤にかければ答えは自ずから出るはずだ」

「ああ、わかったよ。要はロシアの気が変わらない限り、打つ手はないということだな」

ジェイソンは突き放すように言って通話を切った。今度は郷田の端末に着信があった、こちらもスピーカーフォンモードで受けると、苦衷を滲ませた水沼の声が流れてきた。

「いまアレックスが話したとおりだ。状況は切迫しているが、米軍もホワイトハウスも、いますぐ打てる手立てをなに一つ持っていない。これじゃ私は子供の使いだよ。なんのためにレゾリュートまで飛んできたのかわからない。ロシアの原潜の意図については、我々の思い過ごしならいいんだが」

「ここまでの社長の尽力には感謝の限りです。あとは我々の力でこの危機を切り抜けるだけです」

「ああ。ペンタゴンの民事支援担当国防長官補佐官もここにいる。彼も上層部を通じて国務省に強くプッシュしてくれているんだが」

「我々のために第三次世界大戦を起こしてくれとは望みません。米国もロシアもそこまでは考えていないでしょう」

半ば投げやりな気分で郷田は応じた。水沼は苦い思いを滲ませた。

「私だって第三次世界大戦なんか望まない。だからといって、それを避けるためにホワイトハウスが及び腰になっているとしたら、そのことがむしろ心配だよ」

　通話を終えると、車内の全員に言葉がない。原潜の攻撃で海に沈むにせよ、たとえ救出されても放射線障害で死ぬにせよ、まさしくアーロンが警告していた事態になる。ペンタゴンもホワイトハウスも、いま起きつつある危機に対しては座視する以外にないだろう。郷田たちにしても、それが杞憂であることを願うしかないが、その可能性は極めて低い。

「もう終わりじゃないですか。僕らにできることはなにもないじゃないですか」

　山浦は切ない声を上げる。生きて還れる希望がここまでの闘いのエネルギーだった。それさえ失わなければどんな困難にも立ち向かえるはずだった。しかしもしロシアの原潜の標的が郷田たちなら、その射程から逃れるすべはない。潜水艦の水中速度は三〇ノット以上だと聞いたことがある。時速で言えば六〇キロ前後で、最速で時速二〇キロの雪上車では対処のしようがない。

「とにかく北に向かおう。ここで考え込んでいてもしようがない。のんびりしていると、ロシアの原潜が悪さをしなくても氷盤が崩壊して死んでしまう」

　郷田は言った。アレックスと水沼の話を聞いて、心はいまも慄いている。それでもできることをやりきるしかない。いまは十分な視界が保たれている。トレーラーを捨ててスピードは速まった。高温の海流がやってくる前に、その流域を脱する可能性は大いに高まった。絶望はすなわち死を意味する。ロシアの原潜が攻撃してくるというのは十分あり得ることでも、いまのところはまだ憶測のレベルだ。

「いまできるのはそれだけだな。ロシアがそこまで狂っていないことを祈るしかない」

ジェイソンが言う。郷田はアクセルを目いっぱい踏み続ける。雪上車は雪煙を上げて前進する。もし原潜が自分たちを狙っているとしたら、氷盤を揺るがす走行音はソナーによって確実に捕捉される。雪上車を乗り捨てて歩くという手はあるが、それでは高温の海流が到達する前に安全な場所に到達するのは不可能だ。それ以前に、この強風と寒気のなかを徒歩で移動したら、おそらく数時間も生きてはいられない。

2

チェリャビンスクはクラスノヤルスクを追い越して、氷盤上の移動物の一〇〇メートル後方に張り付いた。さらにこちらの位置を知らせるために、アクティブソナーを何度か打った。横手を全速で通過したのがチェリャビンスクだくらいは相手もソナーで把握しているはずだが、あとで知らなかったと言わせないための用心だ。

クラスノヤルスクもアクティブソナーを打ち返してきたが、その後も氷盤上の移動物と同速のままで、いまも五キロほど後方を追尾している。もしクラスノヤルスクが司令部からの魚雷発射命令を忠実に実行した場合、チェリャビンスクも被害を免れない。いくらユスポフでも僚艦を撃沈するリスクを冒してまで探査チームを攻撃するとは考えにくいが、最悪そんな事態が起きた場合、ソナーデコイを発射し、魚雷をその方向にそらすしかない。そこまで行けば事実上の戦闘行為だ。

問題はチェリャビンスクの行動が、軍規違反どころか反乱行為に問われる惧れがあることだ。当初は暗号メールで送られてきた魚雷発射管への注水命令を、カレリンは独断で握り潰していた。そこまでならカレリン以外の乗員に罪は及ばない。しかしクラスノヤルスクという二の矢が継がれようとしている以上、それを防ぐための操艦はカレリン一人では無理だ。

やむなく副艦長のオルロフと主だった士官たちに事情を説明した。自分としては魚雷発射命令に従う意思はない。クラスノヤルスクがそれをやろうとするのなら、自分は阻止するために最善の行動をとりたい。その場合、オルロフたちも軍規違反の罪に問われる惧れがある。だから自分に従うことを強制はしない。もし君たちがそれを拒否するというのなら、自分はオルロフに指揮権を委譲し、ここまでの行為についての全責任を自分一人が負う——。そう決意を語ると、オルロフは反発した。

「艦長。そんな命令に従えば私は人道に対する罪を犯すことになります。軍規違反の罪なら甘んじて受けます。しかし国家による無辜の市民の殺害に加担することは断じて拒否します。自分一人が軍規違反の罪を引き受けて、我々には人道上の罪を犯せというんですか」

キリエンコを始めとする士官たちも同感だというように頷いた。カレリンはオルロフを含め、チェリャビンスクの乗員たちを家族のように愛してきた。彼らの軍人としての成長やその将来にも気を配ってきた。クラスノヤルスクが現れたことで状況は大きく変わった。人としての自分のモラルを頑なに貫くことで、彼らの人生を奪っていいものか――。しかしそんな思いは、ある意味で彼らの心を読み誤っていたことでもあった。

「ありがとう。君たちの気持ちを十分に理解していなかったことを陳謝する。しかしすべての責任は私が負う。これからなにが起きようと、君たちは命令に従うだけで、なんら軍規には違反しない。もし軍法会議にかけられたら、私は軍人としてのプライドを懸けて君たちを擁護する」

カレリンは慚愧と感謝こもごもの思いで応じた。オルロフは満足げに言った。

「私だって受けて立ちますよ。軍人は敵を殺すのが仕事ですが、それは戦時の話です。たとえ国家の命令でも、平時に殺人者にされるのはまっぴらです」

そのときキリエンコのもとへソナーチームの下士官が歩み寄り、なにごとか報告した。

キリエンコはソナー・コンソールに戻り、ディスプレイを覗き込むと、ふたたびカレリンのもとに歩み寄る。

「クラスノヤルスクが停止しました。それに続いて、アンテナケーブルを射出した音が検出されています」

「司令部との連絡か。そこで次の命令を受ける可能性があるな」

カレリンは緊張した。苦い口振りでオルロフが言う。

「我々を巻き添えにして彼らを攻撃させるほど、ロシア海軍が狂っているとは思えませんが」

それはあくまで最悪の想定だった。いまもそうではないことを願いたいが、そんな事態への準備はしておかなければならない。カレリンは水雷担当士官に命令した。

「ソナーデコイの発射準備！ 魚雷発射管にも注水を！」

「了解！」

水雷担当士官はきびきびと応答する。魚雷発射の準備はクラスノヤルスクを攻撃するためではない。もし向こうが有線誘導の魚雷を使った場合、デコイでは回避できない。その場合、こちらから魚雷を発射して相手に回避行動をとらせることで誘導のためのケーブルを切断させるのが目的だ。

チェリャビンスクは、これまで訓練以外の状況で臨戦態勢に入ったことはない。その点はクラスノヤルスクも同じだろう。艦内にただならぬ緊張が走る。

「僚艦に対して戦闘準備に入ることになるとは思いませんでしたよ」

武者震いを隠さずオルロフが言う。祈るような思いでカレリンは応じた。

「ああ。司令部が最低限の理性を保ってくれればいいんだが」

3

インマルサットの復旧は一時的だったようで、あのあと間もなく通信は途絶えた。しかしペンタゴンが現状を打開する決め手を持たない以上、ことさら落胆するわけでもない。いまできることは北に向かうことで、それ以外のことは考えてもしようがない。ロシア原潜の不穏な行動の真意は、いまはまだ憶測のレベルに過ぎない。それがなんであれ、安全な場所まで北上できなければ郷田たちは生きて還れない。そう腹を固めるとひりつくような恐怖はいくらか薄らいだ。

郷田はアクセルを踏み込んだ。視界はいまも五〇メートルほどは保たれていて、三、四メートルのリードは楽々渡れるし、二メートル以下のプレッシャーリッジは突き崩したり乗り越えたりできる。

しかし一時間ほど走ったところで新たな障害が立ちふさがった。高さ八メートルに達する城塞のようなプレッシャーリッジ――。この高さのものに遭遇するのは初めてだ。北上するほど氷盤は落ち着いてくると期待していたが、必ずしもそうではなさそうだ。サミーが不安げに指摘する。

「これはただのプレッシャーリッジじゃないよ。たぶん乱氷帯の一部だよ」

乱氷帯は、潮流や波浪によって分断された氷盤がぶつかり合い、破砕された氷塊に埋め尽くされた荒々しい氷の原野だ。現物に遭遇するのは初めてだが、テトラポッド大の氷が複雑に積み重なった光景を写真では見たことがある。その範囲はときに数十平方キロメートルに及ぶこともあり、極点を目指す数多くの冒険家が氷との壮絶な格闘を強いられ、その多くが目的を果たせず退けられている。

左に方向を転じてしばらく走ると、氷の壁が五メートルくらいまで低まった箇所があった。その奥にも巨大な氷が積み重なっているが、傾斜は比較的なだらかだ。峰谷がハーネスを装着し、ロープを手にして立ち上がる。

「登ってみるのか？」

郷田が問いかけると、峰谷は頷いた。

「向こうがどうなっているか、この目で確認しないと作戦が立てられないでしょ」

「じゃあ、おれが下で確保するよ」

そう応じて郷田も外に出た。猛烈な寒気はいまも和らいでいないが、目の前の氷の壁が衝立になって風はいくぶん収まっている。峰谷はアイススクリューで中間支点をセットしながら、ピッケルもアイゼンもなしに、こなれた動きで折り重なった氷塊を登っていく。郷田はそれに合わせてロープを繰り出し万一の落下に備えるが、さすがにヒマラヤニストだけにまったく危なげがない。

登り終えたのを確認し、今度は峰谷の確保を受けて郷田も上に向かった。目の前に広がっているのは恐るべき光景だった。ほの明るい視界のなかを、青ざめた墓標のような巨大な氷塊が埋め尽くしている。五〇メートルほどの限られた視界では、それがどこまで続いているか見当がつかない。

耳元で唸る風音に混じって、足元の氷塊が軋む気味の悪い音が聞こえる。視界の奥のほうで氷塊の一部が崩落し、砕けた氷片が舞い上がる。サミーが後を追って登ってきて、その光景を見てかぶりを振った。

「徒歩なら氷の隙間を縫って進めるけど、雪上車じゃ無理だよ。大きな氷に乗り上げて横倒しになったら、それで終わりだから」

だからといってどこまで続くかわからないこの乱氷帯を徒歩で進むこと自体命懸けなうえに、高温の海流が流れてくる前に安全な場所に到達することは不可能だ。雪上車に戻って報告すると、ジェイソンは言った。

「だったら答えは一つだ。乱氷帯の縁をたどって、迂回できるポイントを見つけるしかない。氷盤の下の送り狼を引き連れてな」

「そうしよう。迷っている暇はない」

郷田はためらうことなく運転席に戻り、アクセルを踏み込んだ。山浦が言う。

「バルネオに問い合わせてみます。ロシアのリモートセンシング衛星が、このあたりの映像を撮影しているかもしれませんから」

「ああ、頼む。グローバルホークはいつ来るかわからん。アメリカの偵察衛星は北極に興味がないようだし」

ジェイソンが応じる。山浦はバルネオを呼び出した。電波状況がまた悪化しているようで、空電がひどい。山浦はコールを繰り返すが応答はない。あるいは応答しているが、ノイズに埋もれてこちらには聞こえないのかもしれない。山浦は首をひねる。

「だめです。電波状況がふたたび悪化したようです」

「どうなんだ、サミー。このあたりで、でかい乱氷帯が出現することはよくあるのか」

ジェイソンが問いかけると、サミーは思案げに応じる。

「この季節にこのあたりじゃ乱氷帯が発生するのは珍しいんだけど、潮の流れが速かったり強風が吹き荒れたりすればこういうこともあり得るよ。海水温のせいだけじゃないと思うよ」

「いっそ海水が思いきり熱くなれば、海中にいる原潜も茹で上がって退散するかもしれないが、そのときはおれたちも海の底に沈むわけだから、難しいところだな」

ジェイソンは悩ましげだ。そのとき郷田のインマルサットに着信があった。また復旧したらしい。発信者の番号を見ると、バルネオ・アイスキャンプのペトロフからだった。インマルサットが通じるようになったときを想定して、互いに番号を交換していた。

スピーカーフォンモードをオンにしてハンズフリーで応答すると、切迫した調子のペトロフの声が流れてきた。

「こちらの施設の周辺でまた大きなリードが発生しています。我々が測定したところ、水温が一五度近くに上昇しており、氷厚も減少しています。さらにこのあたりを流れる海流の流速が異常なレベルまで高まって、普段は一ノット程度なのに、いまは三ノットに達しています。氷盤の荒れは水温の上昇に加え、流速の増加に起因するものと思われます。いまも収まらない強風が、それをさらに加速しているのかもしれません」

思いもよらない情報だった。バルネオの状況が危ういとなると、爆発現場により近いこちらの危険度は一気に増しているだろう。そちらの状況はどうかと聞かれて、乱氷帯に行く手を阻まれていることを伝えると、彼らが前回確認したリモートセンシング衛星の画像では、まだ現在地付近に乱氷帯が発生している様子は確認されていなかったという。

だとすればそれが発生したのはここ一日以内のはずで、おそらくソーヴェスチの爆発で生まれた数百万度の熱が北極海全体に広範な影響を及ぼしており、海流の流速や経路に大きな変化をもたらしているためかもしれないとペトロフは言う。

　極点に近いバルネオで海流の速度が速まっているとしたら、いまいる地点の流速はさらに増しているはずだ。当然それに伴って高温の海水が到着するのも早まるだろう。この乱氷帯を迂回しているうちに最悪の事態を迎えるかもしれないし、そもそも乱氷帯が南に向かって拡大することも考えられる。そうなれば郷田たちは、北上するどころか南下を強いられる可能性も出てくる。

　爆発現場周辺の海流のデータや水温の情報を取得したリモートセンシング衛星は、一日一回地球を回る太陽同期軌道のため、最新の情報を入手するためにはあと十数時間かかるという。

「貴重な情報をありがとう。そちらも無事に帰還されることを願っています」

「みなさんと比べれば、こちらの状況はまだ楽観的です。しかし自然は気まぐれです。悪いことばかりが重なるわけじゃありません。希望は十分あります」

　そう言うペトロフの言葉が耳のなかで虚しく響く。誠意は痛いほど伝わるが、いまの郷田たちにはさして慰めにもならない。もういちど感謝の言葉を述べて通話を終えると、ジェイソンは慌ててアレックス・ノーマンを呼び出した。

　すぐに応じたアレックスにバルネオからの情報を伝えると、急いでペンタゴンに確認すると言うが、米国が運用する偵察衛星やリモートセンシング衛星も、ロシア地理学会の衛星と同様、太陽同期軌道で運用されているため、郷田たちがいる地点の頭上を通過するのはやはり十数時間後になるという。ジェイソンはいきり立った。

「ミサワからこっちに向かっているという高価なおもちゃはいまどこを飛んでいるんだ」

「グローバルホークか。たぶんアラスカ上空あたりだろう。速度は一般的な旅客機の半分くらいだ」

「あとどのくらいかかる？」

「四時間くらいだそうだ」

「それまでは、いま置かれている状況がどれほどやばいか、おれたちは知るすべもないわけだ。ボブ・マッケンジーとかいう能無し官僚はなにをしてるんだ」

「国防長官と直談判しているよ。その情報は、おれのほうからボブに伝える」

「もう手遅れだよ。いまこの状況で、米軍にできることはなにもない」

ジェイソンは吐き捨てる。アレックスは押し黙る。答えようがないのはよくわかる。政権中枢にどういう思惑があるのか知らないが、郷田たちからすればすべてが後手に回ったのは間違いない。ジェイソンが問いかける。

「うちのＣＥＯはなにをしている。大統領とはべったりの関係だといつも自慢してるじゃないか」

「多忙を理由に会ってもらえなかったらしい。ＣＯＯのジムが聞きかじったペンタゴン内部の噂の信憑性がますます高まったな」

「だからといって、いまのおれたちにはなんの意味もない話だ。このままじゃ、あと数時間の命だよ」

「すべてを悲観的に受け止めるべきじゃない。ああ、ミズヌマが話したいそうだ。ちょっとゴウダに代わってくれ」

「スピーカーフォンにしてあるから、このまま喋って大丈夫だ」

そう応じながら、ジェイソンは立ち上がって、肩越しに郷田の顔の近くに端末を差し出した。水沼の声が流れてきた。

「郷田くん。私は君たちの強さを信じているよ。君の奥さんもそう言っていたね。ここまで私はなにもできなかったが、この危機さえ乗り切ってくれれば、ジオデータが自ら救難機をチャーターしてでも救出に向かうよ。すべてがペンタゴン頼みじゃ一つも見通しが立たない。君たちの救出をどこまで本気で考えているのか、不信感は増すばかりだよ」

水沼は焦燥を滲ませた。切ない思いで郷田は応じた。

「まだゼロではないというだけで、希望はぎりぎりまで削ぎ落とされてしまいました。しかしいまはそのなけなしの希望に賭けるしかありません」

「そのとおりだ。米国務省も原潜の動向については強い姿勢で折衝を続けている。ロシアはその事実を認めていないが、もし君たちの身に不測の事態が起きたら、誰の仕業かは明らかだ。君たちにとってはなんの意味もないが、そのときはあらゆる報復のオプションを用意するとアメリカ側は言っている。その圧力が効果的なら、いま君たちが被（こうむ）っているリスクの一つは軽減される。とにかくいまは危険地帯からの脱出に全力を尽くしてくれ」

水沼は祈るような調子だ。強い思いで郷田は応じた。

「我々にできるのはそれだけです。可能なことはすべてやり尽くします」

4

郷田はフルスピードで西に向かった。三十分走ったが、迂回できそうなポイントはまだ見つからない。助手席の峰谷が前方を指差した。

「あそこになにかあります」

三〇メートルほど先に人工物らしきものがある。巨大な氷塊のあいだから覗く赤と白のツートーンカラーの物体。アーロンが逃走に使ったスノーモビルなのは間違いない。

その傍らまで進んで雪上車を停めた。行く手を塞いでいた巨大な氷塊に激突したようだ。前部の橇はへし折れて、フルカウルの風防は融けて固まり、水飴のように車体にへばりついている。周囲の氷盤は煤で黒く染まり、燃料タンクとエンジンは見る影もなく焼け焦げている。

しかしアーロンの姿が見つからない。ジェイソンとサミーと山浦が後部ハッチを開けて外に出る。郷田もエンジンをアイドリングにして峰谷とともに外に出た。スノーモビルの破損状況から見て、無残な光景を目の当たりにするのではと惧れながら周囲を見回すと、積み重なった氷塊の陰から人の足らしいものが覗いている。

歩み寄ると、氷塊の隙間にできた窪みにうずくまるアーロンの姿があった。大きな外傷は見られない。ミトンを外し顔に手をかざしてみる。呼気は感じられない。頸動脈に手を触れても拍動はない。体は氷のように冷たく、鼻や唇など顔の一部はすでに凍結している。しかしその表情に苦しんだ形跡はなく、むしろ夢見るような幸福を味わっているかのように見える。その表情のもつ意味はアーロンにしかわからない。しかし方法はともあれ、彼は自分なりのやり方でこの世界の理不尽と闘った。その果ての死だとしたら、それを納得して受け入れたものと考えたい。

郷田たちの運命は、結果的にアーロンが警告したものになろうとしているのかもしれない。彼が主張したように、自分たちはロシア人に殺されるのかもしれない。自分たちを追尾しているらしいロシアの原潜の目的はいまも不明だが、郷田たちにとってそれが最悪の結果をもたらすものである可能性をアメリカ側も否定していない。

もしアーロンの考えに同調していたとしても対応策はなかっただろう。自分一人が助かることを望み、なんの罪もないチャーリーを殺害したアーロンの行動は許せない。そうは考えながらも、切ない思いは禁じ得ない。郷田たちにしても、生き延びるためのここまでの努力は、けっきょく虚しいものになりつつあるのかもしれない。

どんなかたちであれ、自分たちもまた結果的にロシアに殺される。アーロンの祖父が殺害されたカティンの森の大量虐殺事件がその一つであるように、過去の歴史のなかで、国家の利害によっておびただしい数の人々が殺戮された。そんな国家の論理のまえでは、郷田たちの命など数にも入らない。しかしアーロンはそんな理不尽と一人で闘おうとした。だとしたら郷田たちが生き延びるための闘いにも同じ意味があるはずだ。

「行こう、ゴウダ」

ジェイソンが促す。郷田は問いかけた。

「遺体はどうする?」

「放っておくしかない。ここで一分でも時間を潰せば、おれたちが死体になっちまう」

峰谷も山浦もサミーも頷いている。たしかに凍てついた遺体を、チャーリーの遺体と同様に雪上車の屋根に積み込む作業にはある程度の時間を要する。いまの状況でそれは郷田たちの命の危機に直結する。郷田は決断した。

「わかった。いまはおれたちが生き延びることが最優先だ」

郷田は運転席に駆け込んだ。峰谷も助手席に滑り込む。ジェイソンとサミーと山浦が後部ハッチから乗り込んだのを確認し、郷田はアクセルを踏み込んだ。

後部席でジェイソンがアレックスに連絡を入れる。アーロンの遺体発見の状況と、その遺体を放置して先を急ぐことを伝えると、それは当然の対応だと認め、その件は自分が叔父のボブ・マッケンジーに伝えると言う。アレックスはロシア原潜の件で、少しだけ動きがあったと続けた。

「二度の衛星通信との交信について、国務省はペンタゴンの了解を得て、NROがキャッチしたデータをロシア側に開示したらしい――」

ペンタゴンにとっては秘中の秘ともいうべきもので、そのデータを開示するということは、米国のシギント（電子諜報）能力の一端を明かしてしまうことにもなる。一方でそのデータこそがこの海域にロシアの原潜がいることを示す動かぬ証拠となる。ペンタゴンにとっては安全保障上のリスクを伴う決断で、現在の政権が郷田たちの生命保護にいよいよ本気で取り組み始めた。自分の説得が功を奏したとボブ・マッケンジーは意気揚々らしいが、アレックスはさして期待はしていないようだ。

「ロシア側はその付近に原潜がいたことを渋々認めたが、定例の哨戒活動でたまたまそこを航行していただけで、現在は別の場所に移動していると言い逃れている。もっともその後は潜航したままだから、こちらもそれ以上は追及できない。だとしても君たちの身に不測の事態が起きたら、やったのが彼らだという疑いからは逃れられない。それが多少の抑止力になればいいんだが」

「乱氷帯の縁がどこまで続いているか見当もつかない。このままじゃ、いまいるあたりも乱氷帯に呑み込まれるかもしれない。その前に魚雷で海底に沈められたら、たぶん証拠は残らない。ロシアの連中は不可抗力の事故だと言い逃れて終わりだよ」

ジェイソンの見方は辛辣だ。郷田もその点については同感だ。アレックスや水沼の努力には感謝せざるを得ない。しかし彼らが動かそうとしているのは、いまロシアとのパワーゲームに真っ向から取り組んでいる米国政府で、民間企業の役員に過ぎない彼らの影響力には限界がある。ペンタゴンや国務省に安全保障上の重要機密を開示させたことは注目すべき結果かもしれないが、いまのところはそれ以上でも以下でもない。通話を終えると、腹を括ったようにジェイソンは言った。

「原潜のことは、おれたちが考えてどうなるもんじゃない。いまやらなければならないのは目の前に迫っている危機を乗り越えることだ。引き金を引いたのはソーヴェスチでも、起きてしまえば相手は大自然で、アメリカはもちろんロシアだってなんの手も打てない。いまは運を天に任せて、やれるだけのことをやるだけだ」

5

チェリャビンスクは、五キロほど後方にいるクラスノヤルスクとのあいだに立ちふさがるようなかたちで、氷盤上の移動物の後方一〇〇メートルにぴたりと張り付いている。

　移動物は頻繁に方向を変える。操舵手はソナーチームと緊密に連携をとりながら、右折、左折、ときに停止を繰り返す。クラスノヤルスクもそれをなぞるように追尾してくる。潮流は五ノットを超えていて、それに抗いながらの操艦に操舵手は高い技能を要求される。

　氷盤上の移動体は現在ほぼ西に向かっている。アクティブソナーで把握したデータでは、彼らが移動しているルートの北側の氷盤は荒れているようで、たぶん広範囲に及ぶ乱氷帯が発生しているものと考えられる。

　万一の際に彼らの救助に乗り出すためには、クラスノヤルスクが危険な動きに出たとき、それを確実に阻止する必要がある。向こうが攻撃態勢に入ったことを察知して、こちらもすぐにソナーデコイの放出準備と魚雷発射管への注水を行った。クラスノヤルスクもそれをソナーで捉えているはずで、普通に考えればまさに臨戦態勢だ。

　軍用艦であれ軍用機であれ、不用意な接触とそのときの対処のまずさが無用な戦闘に繋がるリスクは常にある。そしてチェリャビンスクが現在の位置をキープしている限り、クラスノヤルスクが氷盤上の移動物を攻撃しようとすれば、それはすなわちチェリャビンスクへの攻撃をも意味することになる。

　ユスポフが探査チームを攻撃せよとの指令を受けている可能性は高まったが、チェリャビンスクを撃沈せよとの命令が出ているとまでは思えない。カレリンは魚雷発射管への注水命令を確かに受けたが、それはあくまで攻撃準備の命令であって攻撃命令ではない。あるいは司令部は攻撃命令を出そうとしていたのかもしれないが、こちらはまだそれを受令していない。

たとえ相手が僚艦であれ、攻撃を受ければ反撃するのが艦長の務めだ。それが反逆罪に当たるというのなら、座視して自艦を沈め、乗員を死なせることも重要な軍規違反に当たるはずだ。

そもそも探査チームの命を奪うことにいかなる大義名分もない。カレリンもむろんクラスノヤルスクを撃沈する気はないが、必要な防御はするし、それに対して反逆罪を適用するというのなら、軍事法廷でロシア軍が行おうとした犯罪を証言するのを厭わない。軍法会議は秘密会議で行われる。カレリンの主張が世間に公表されるとは思わないが、ロシア軍にも良心のある軍人はいると信じたい。オルロフを始めとする乗員たちも、そんな自分の覚悟を支持してくれている。

クラスノヤルスクはまだ攻撃に出そうな動きを見せていない。その点をみればチェリャビンスクが現在のポジションにいることが抑止力になっているのは確かだろう。ユスポフにとっても、いま受けている命令を実行することは危険な綱渡りのはずだ。退避中の探査チームを殺害した事実がもし表沙汰になれば、たとえそれが司令部からの命令だったとしても、人道上の罪で世界から糾弾される。そのとき軍上層部や政権が果たして彼を守ってくれるか。

　そんな命令は出していない、艦長であるユスポフの勝手な判断によるものだと言い逃れる可能性は極めて高い。その場合、ユスポフ一人を処断してことを収めようとするだろう。下手をすれば同じ海域にいたチェリャビンスクまで同類にされる惧れもある。軍人としての資質よりも世渡りの才で現在の地位を得たとの評判の高いユスポフなら、そのくらいの計算はできるだろう。

　それでも司令室にはぴりぴりした緊張感が漲る。チェリャビンスクもクラスノヤルスクもロシア海軍の主力であるヤーセン級で、その戦闘能力は米海軍の主力のバージニア級を凌駕するとカレリンは信じている。そのヤーセン級同士が闘えば、どちらも致命的な損傷を免れない。厚い氷盤の下で外殻が破損し海水が流入すれば、生きて脱出することはまず不可能だ。そのリスクを冒してまでユスポフが戦闘行為に出てくるとも思わない。カレリンももちろんそんな事態は望まない。

6

　ほぼ西に向かってフルスピードで一時間走ったが、まだ乱氷帯を抜けるルートは見つからない。バルネオ・アイスキャンプ周辺での海水温と流速の上昇を考えれば、現在いる地点に高温の海水があと数時間、いやいますぐにでも到達する可能性がある。

郷田にできることは、ひたすらアクセルを踏み続けることだけだ。進行方向で乱氷帯の縁を形成する氷壁が崩壊し、落下した氷塊に氷盤が揺れ動き、砕け散った氷片が強風に舞い上がる。バックミラーに映る背後でも同じようなことが起きている。

それを避けるために危険な氷壁からはできるだけ距離をおいているが、この一帯がすでに著しく不安定な状態にあるのは間違いない。乱氷帯がさらに南に拡大したり、あるいは南側に新たな乱氷帯が発生すれば、進路も退路も断たれることになる。

すぐ目の前でまた氷壁が崩壊した。郷田は慌てて雪上車を停めた。氷盤が揺れ、車体に激しい衝撃が走る。砕け散った氷片が車体に当たる。サイドウィンドウに蜘蛛(くも)の巣のようなひびが入る。郷田は方向転換をして、氷壁からさらに距離をとった。もし直撃を受けていたら、頑丈な鉄の塊の雪上車も無残に破壊されていただろう。ここまで進んできたルートとはまた違ったリスクに直面している。アーロンも同じような状況で命を失ったものと思われる。首筋に冷や汗を滲ませながら、郷田はふたたびアクセルを踏み込んだ。

氷盤の流動性が高まっているのは明らかだ。乱氷帯に遭遇してから走った時間とスピードからすれば、すでに走行距離は二〇キロ、経度でいえば二・五度は移動しているはずなのに、ＧＰＳが示す経度では一度強しか西に進んでいない。つまり氷盤全体が東に流されていることになる。

「南に流されるよりはましですけど、普通じゃ考えられない移動速度ですよ」

山浦が言う。探査活動中にも基地のある氷盤は少しは移動していたが、データの誤差は計算で補正できる範囲で、その程度の氷盤の移動は北極海での探査活動では珍しくない。しかしいま起きているのはそのレベルをはるかに超えている。ジェイソンが捨て鉢なことを言う。

「すでに高温の海水がここに達しているのかもしれない。そろそろこの世からおさらばする覚悟を決めたほうがよさそうだな」

峰谷もサミーも言葉を失っている。強風はいまも収まらないが、視界はさらに拡大して、いまは一〇〇メートルほどに広がっている。一方で氷盤の荒れが目立ち始めている。荒れと言ってもリードができたりプレッシャーリッジが発生したりではなく、氷盤上に波打つような起伏が生じている。それは新たな乱氷帯が形成される予兆なのではないか。進行方向に向かって延びている起伏に乗り上げるたびに雪上車は大きく揺れて、ときに横転するのではないかと慌てるほどに車体が傾く。

「諦めるのはまだ早い。乱氷帯ができているということは、氷盤が圧縮される方向に動いているということだ。だから逆にリードはできにくい。そうは思わないか？」

郷田は山浦に問いかけた。山浦が応じる。

「それはあり得ます。アルプスやヒマラヤの造山活動と同じようなものです。その意味では、むしろ氷盤は厚みを増すと思います。ただし――」

「ただし、なんだ？」

「乱氷帯がさらに広がって、それに呑み込まれたら雪上車での移動はできなくなります」

「それならそれで構わない。怖いのは氷盤が融けてなくなって海の底に沈むことだ。その心配がないのなら、とりあえず行けるところまで行って天候の回復を待てばいい」

「でも乱氷帯には救援の航空機は着陸できませんよ」

「そのときは歩いてでも乱氷帯を抜ければいい。ここで諦めて死ぬよりはましだろう」

腹を固めて郷田は言った。サミーが賛同する。

「そのとおりだよ。いまの状況だったら、むしろそのほうが安全かもしれない」

「だからといって、それがどこまで続いているかわからない。グローバルホークが飛来すればわかるが、早くてもあと三時間はかかる。下手をすればそのまえに高温の海流がこのあたりに流れ込むわけで、そのとき乱氷帯が大人しくしてくれている保証はないだろう」

ジェイソンは慎重だ。だからといって妙案はない。いまはとりあえず北に進めるルートを求めて、このまま乱氷帯を回り込むのがベストだろう。

氷の壁が右に大きく湾曲する。郷田はそれに沿って方向を変える。この傾向が続けば次第に北上する。壁が低くなって、雪上車のなかからもその向こうが望めるようになった。

しかしそこに広がるのは、薄明の下に累々と続く乱ぐい歯のような乱氷帯だ。

激しくなった氷盤の隆起に乗り上げるたびに、雪上車は前後左右に大きく傾く。車室のテーブルからしきりに物が落ちる音がする。しかし乱氷帯に沿って移動し始めてからは、最も危険な障害物であるリードには遭遇していない。アーロンが衝突したような氷塊が目の前に現れても、キャタピラで走行する雪上車はクラッチを切ればその場で停止する。

郷田はアクセルを踏み続ける。仄白いブリザードの暗幕を押しのけながら雪上車は疾駆する。少しでも北に向かい始めたことで、車内にもわずかに安堵の空気が広がった。

7

ソナー・コンソールでキリエンコが声を上げた。

「クラスノヤルスクが魚雷を発射したようです。二発です」

司令室に緊張が走る。どうやら想定が甘かった。あり得るとは覚悟していたが、本音を言えばやはり意外だ。ユスポフにも多少の理性は残っていると信じたかった。それが実際に起きてみれば、抑えがたい憤りが湧き起こる。カレリンは躊躇なく指令を発した。

「一番、二番からソナーデコイを放出。三番、四番から魚雷を発射！」

「了解！」

水雷担当士官が緊張した声で応じる。ヤーセン級原潜の魚雷発射管は十門。すべて魚雷のみならず、対潜ミサイルやソナーデコイも発射可能だ。魚雷はすでにプログラミングを済ませている。前方を向いている発射管から射出された魚雷は、直後に反転して後方にいるクラスノヤルスクに向かう。その後、速度を最速の五〇ノットに上げ、音響誘導でクラスノヤルスクの一キロ手前に達したところで誘導をオフにする。

五〇ノットの速力では有線誘導はできない。狙いは速力を上げることでキャビテーションノイズを大きくし、クラスノヤルスクが発見し易くすることだ。接近したのち音響誘導をオフにするのは、ソナーデコイによる撹乱を避け、一直線にクラスノヤルスクに向かわせて相手に退避行動をとらせ、それによって有線誘導のワイヤーを切らせるための作戦だ。

こちらの魚雷のキルボックス機能はオフにしてある。敵艦に十分な被害を与えられる範囲に達すると自動的に爆発する仕組みだが、カレリンには僚艦のクラスノヤルスクを撃沈する意思はない。それが機能しなければ、その距離で魚雷は停止し海底に沈む。一方、有線誘導の機能を失ったクラスノヤルスクの魚雷は、ソナーデコイに引きつけられてあらぬ方向に走り去るだろう。

魚雷発射のかすかなショックを感じた。その動きをキリエンコはソナーで追跡する。

「魚雷はいま反転し、クラスノヤルスクに向かっています。向こうの魚雷はこちらに一直線に進んでいます。速力は三〇ノットで、有線誘導を行っているものと考えられます」

キリエンコが報告する。有線誘導では速力が限られる。そのスピードなら、こちらに届くまで四分ほどかかる。こちらの魚雷は二分ほどでクラスノヤルスクに到達する。

ユスポフがどんな勝算で攻撃を仕掛けてきたのかわからない。自分たちの標的は氷盤上の移動体であってチェリャビンスクではない。彼らを護るためにチェリャビンスクがあえて攻撃を仕掛けてくるはずがない。魚雷が撃たれれば当然回避行動をとるはずだ――。そう甘く見ての攻撃だとしたら、いまごろ慌てふためいているのは間違いない。こちらが発射した魚雷は脅しに過ぎないが、それを知らないユスポフには致命的な攻撃と映るはずだ。このフェイントに騙されてくれれば、とりあえず最初の攻防ではチェリャビンスクが勝つ。

一分経った。キリエンコが報告する。

「クラスノヤルスクが急速潜航しています。魚雷を回避するための動きだと思われます」

「向こうの魚雷の挙動は？」

「変化はありません。ただクラスノヤルスクとの位置関係からすると、有線誘導のワイヤーは切れているはずです。いまは音響誘導でこちらに向かっているものと思われます」

カレリンは操舵手に機関停止の指令を発した。ソナーデコイの効果を最大限活かすための対応だ。艦内にかすかに響いていた蒸気タービンの唸りが消える。

しかしクラスノヤルスクの標的は氷盤上の移動体で、そちらの走行音が魚雷を引きつけてしまう惧れがある。ソナーデコイの音量は最大にしてあり、氷盤上の走行音より大きいはずだが、キリエンコの報告では、潮流が強くデコイが東に流されているとのことで、あまり離れてしまうと効果が失われる。カレリンは追加のデコイの放出準備を指令した。

司令室にいる全員が固唾を呑んで状況を見守る。三分経った。キリエンコが報告する。

「向こうの魚雷は現在、方位九〇度、距離一〇〇〇メートル。いまもこちらに向かっています。あと一分で現在位置に到達します」

ソナーデコイの効果が出ていない。最初の放出が早すぎたようだ。追加の放出を指令しようとしたとき、キリエンコが報告した。

「魚雷が左に転舵しました。氷盤上の移動体が停止したため、離れていたデコイに反応したようです」

氷盤上でなにがあったのかわからないが、これまで何度も一時停止は繰り返していた。このままずっと停止してくれればクラスノヤルスクは標的を見失う。しかしその場合、氷盤上の探査チームがなんらかの理由で窮地に陥っている可能性がある。キリエンコが続けて報告する。

「方位一二〇度、距離四〇〇メートル、深度五〇メートルで魚雷が二発、立て続けに爆発しました」

デコイに誘引されて起爆したようだ。キリエンコがまた報告する。

「いま移動体が動き出しました」

「了解。機関を始動して追尾を開始！」

カレリンの指令に呼応して、操舵手はスロットルレバーを前進に切り替え、ソナーチームから伝えられる移動体の位置情報に従って追尾を開始する。

「艦長。見事な戦闘指揮でした」

傍らでオルロフが興奮気味に言う。カレリンにしても副艦長の彼にしても訓練以外での潜水艦同士のドッグファイトは初めてだ。司令室の乗員たちのあいだで拍手が湧き起こる。カレリンは慎重な口ぶりでたしなめた。

「まだ勝負が終わったわけじゃない。再度攻撃してくるかもしれない。ソナーチームは警戒を怠るな」

そのときキリエンコがまた声を上げた。

「クラスノヤルスクが転舵しました。一四〇度の方向に向かっています。どうやらこの海域を立ち去るようです」

してやったりという表情でオルロフが言う。

「我々の温情に感謝して欲しいですよ。その気になれば仕留められたんですから」

「それじゃユスポフと同類になってしまう。向こうにだって罪のない大勢の乗員がいる。ユスポフが尻尾を巻いて逃げたとなると、ロシア海軍の軍人としては情けないが、その不甲斐なさのお陰で我々は殺人者にならずに済んだんだ」

カレリンは安堵のため息を吐いた。罪もない民間人を軍事力で殺害する――。過去の戦争において、もちろんそんなことは頻繁に起きた。しかしいまは戦時ではない。祖国が自らの政治的失策を隠蔽するために行おうとしたその犯罪を阻止できたことに、人として、そして軍人としての率直な喜びを感じた。

8

乱氷帯を迂回しながらその後二時間走った。波打つような氷盤の凹凸によって、スピードは時速一〇キロをキープできなくなっている。いまはジェイソンが運転席に座り、助手席にはサミー。郷田は車室で体を休めるつもりだったが、ジェットコースターに乗っているような車体の揺れで横たわっているベンチから何度も転げ落ちる。

調理用のストーブはとても使えないから、イッカクの干し肉と水で空きっ腹を宥めるしかない。それでもいまは北西に進んでおり、わずかずつでも北上しているのがささやかな希望だ。

そのときジェイソンのインマルサット端末に着信があった。ジェイソンはスピーカーフォンモードに切り替えて、ハンズフリーで応答する。アレックスの声が流れてきた。

「グローバルホークが十分ほどでそちらに到着する」

「早かったな。あと一時間はかかると思っていたが」

「シベリア上空を飛んだらしい。それだとアラスカ経由より早い」

「よくロシア空軍に撃墜されなかったな」

「目的は人命救助で、スパイ活動を行う意図はないと国務省を通じて申し入れた。拒否すれば非人道的な対応だと批判される。ただでさえ国際社会の非難の矢面に立たされているから、ロシア側としても拒否するわけにはいかなかったんだろう。そもそもミサワのグローバルホークはしょっちゅうロシアの領空に侵入していて、シベリア方面にはいまさら知られて困る秘密もないだろうし」

「となると、おれたちを追いかけている原潜も悪さをするのを諦めてくれるのか」

「それは話が別だ。そもそも原潜がいることさえ認めていないわけだから、まだ油断はできない。とりあえず正確な位置を知らせてくれ。その上空でレーダー画像を撮影すれば、いま君たちが置かれている状況が詳細に把握できる」

「わかった。現在の位置は――」

ジェイソンはGPSロガーの数値を読み上げた。アレックスは了解したと言っていったん通話を終えた。

「ペンタゴンや国務省も多少は気の利いたことをしてくれたよ。周辺の状況が把握できれば、退避の作戦も立てやすい」

ジェイソンは一安心という口ぶりだが、そこで希望のある答えが出るかどうかはわからない。そしてその答えにむしろ郷田は不安を覚える。氷盤の起伏は強まる一方で、その一部には亀裂が入り、いま走っているルート自体がすでに乱氷帯の様相を呈している。もし突破することが不可能なまでに氷盤が荒れ、前にも後ろにも進めない状況に陥れば生還の希望は潰え去る。

まもなくここに達するだろう高温の海水、いまも郷田たちを追尾しているはずのロシアの原潜――。辛うじて希望を繋いできた生還の可能性がもし断ち切られたら、その先は真の地獄以外のなにものでもない。いやすでにわかっていたのに、それを認める恐怖に堪えられなくて、蜘蛛の糸より細い希望にすがりついていただけではなかったか。

そんな思いを共有しているように山浦もサミーも寡黙だ。ジェイソンも意気が揚がらない。アクセルを吹かせて盛り上がった氷丘を乗り越えながら、ため息混じりにジェイソンが言う。

「いまさら手遅れかもしれないな。このあたりだってもうじき乱氷帯に変わるよ。氷盤が圧縮されて多少厚みが出たからって、しょせんはでかい氷塊の堆積に過ぎないわけで、四〇度を超える海水が流れてきたら、ばらばらに崩壊しておれたちはたぶん海の底だ。どう思う、ヤマウラ？」

「僕は専門家じゃないけど、赤道近くの海でも四〇度を超えることはないと聞いています。北極でそんな高温の海水が流れることを想定していた海洋学者はいないでしょう」

山浦ははっきりしたことを言わないが、その口ぶりに楽観的なニュアンスは微塵もない。業を煮やしたように峰谷が声を上げる。

「悪い想像はやめにしない？　私たちがここまで生き延びてきたのは、奇跡でもなんでもない。みんなが希望を失わなかったからよ。私はこんなところで死んではいられない。足の下に氷がある限り、前へ進むことはできるわよ」

背中をどやされた思いで、郷田はわだかまる悲観を振り切った。

「そのとおりだ。悪い結果を想像して自滅したんじゃ始まらない。おれたちはまだ生きている。生きてさえいればやれることはいくらでもある」

絶望するのは容易だ。しかしいまここで絶望することは、この世界の理不尽に敗北することだ。生きて還らなければならない。死んでいったアーロンとチャーリーのために。自分たちの生還を信じて待ってくれている家族のために。そのために力を尽くしてくれている水沼やアレックスやバルネオのペトロフたちのために――。

「そうだな。君たちの言うとおりだな。まだまだなにが起きるかわからない。それが悪いことばかりだと決めつける理由はなにもない。息をしている限り希望はある」

感極まったようにジェイソンが言う。そのときジェイソンの端末に着信があった。スピーカーフォンモードで応じると、緊迫したアレックスの声が流れてきた。

「グローバルホークの画像データが入った。本社のクラウドストレージに上げてあるから、そちらからダウンロードしてくれ」

「どういう状況なんだ?」

「まず画像を確認してくれ。詳細はそのあと話す」

アレックスは言葉を濁す。いい報告ではなさそうだ。山浦がインマルサットに接続しているタブレット端末を操作する。五分ほどかかってダウンロードを終え、山浦はその画像を表示した。車室にいる全員が身を乗り出して画面を覗き込む。

誰もが言葉を飲んだ。運転席からジェイソンが問いかける。

「なにがあったんだ。まずいことが起きているのか」

郷田がタブレットを手渡すと、ジェイソンも言葉を失った。画像には長辺五〇キロ、短辺三〇キロほどの歪んだ矩形の領域が映し出され、その領域内は縮緬皺(ちりめんじわ)のような模様に覆われている。その南寄りの一角にある周囲数キロのエリアだけが平坦な氷盤のようだ。

そのエリアの北西側に赤いドットがプロットされていて、それが郷田たちの現在位置を示している。いま進んでいる北西の方向はすでに乱氷帯に行く手を遮られている。

もう一枚の画像は最高解像度で撮影したもので、郷田たちの雪上車が鮮明に捉えられている。その右手、すなわち北東の方向からは無数の氷塊や氷塔が林立する乱氷帯が押し寄せている。いまいる氷盤上にもいくつもの隆起と亀裂が走っているのが見てとれる。

ジェイソンの端末に着信があった。アレックスからだ。

「画像は見たか」

「ひどいもんだ。なにか打つ手はないのか」

ジェイソンの問いかけには期待のかけらもない。アレックスは苦衷を露わにする。

「嵐が去るまでは動きようがない」

「だったら死ねというのか」

「なんとか持ち堪えてくれと言うしかない」

「グローバルホークは、しばらくこのあたりにいるんだな？」

「いや、すでに帰投した」

「どうして？　この先、なにが起きるかわからないのに？」

「北朝鮮が大陸間弾道ミサイルの発射実験を行う動きが出てきたとかで、急遽そちらのミッションに加わることになった」

「それじゃなんの足しにもならない。米軍の原潜はなにをしてるんだ？」

「ベーリング海峡を抜けて北極海に入ったところだ。そこに達するのは早くてあすの午前中になる」

「そのころはおれたちは海の底だよ。ペンタゴンもこれで肩の荷が下りるだろう。ロシアの原潜もわざわざ魚雷やミサイルを撃つ手間が省けそうだしな」

ジェイソンはありったけの嫌味を並べ立てるが、アレックスは返す言葉もないようだ。

そのとき雪上車が上に持ち上げられるのを感じた。車体がぐらりと傾いた。

9

「海水温が急速に上昇しています。現在四〇度ほどです」

キリエンコが声を上げる。水温はソナーの精度に影響を及ぼすため、潜水艦にとっては重要なデータだ。

これまでも現在の海域は二〇度前後で推移していて、北極の海水温としては異常だった。ソーヴェスチの爆発に起因するのは明らかだが、とりあえず氷盤の極端な悪化は食い止められている様子で、その温度も徐々に低下する傾向にあった。それがあっという間に四〇度に上昇したとしたら、まさしく想定外の事態だ。

「爆発地点の海水が海流によって流れてきたんでしょう。水爆の核融合反応によって熱せられたものなら、そのくらいは十分考えられます」

深刻な表情でオルロフが言う。彼は本来は原子力分野の技術者で、その関係で原潜乗りの道に入った。その言葉には説得力がある。

「氷盤の状態は？」

カレリンの問いに、キリエンコが応じる。

「氷盤に亀裂が走るような音があちこちから聞こえてきます。アクティブソナーによる音像では、周辺の広い範囲に乱氷帯が発達していることが確認できます」

「氷盤上の移動体は？」

「つい先ほど、強い衝撃音とともに停止しました」

「その位置の氷盤は？」

「まだ崩壊はしていませんが、いくつもの亀裂が入っています」

「浮上可能な開氷面は？」

「ありません。一帯は無数の氷塊がひしめき合っていて、浮上するのはとても無理です」

「どうしますか、艦長？　探査チームはきわめて危険な状態に置かれていると思われますが」

　オルロフが問いかける。これまでも浮上可能なリードがあればいつでも救出するつもりだったが、その条件が整わなかった。彼らが目指しているのはより氷盤が安定する高緯度の海域だということは想像がついたので、とりあえずそこまでエスコートして、あとは米軍側の救出作戦にバトンタッチすればいいという目算でここまで追尾してきた。

　しかし米軍の原潜はやってこない。いまも吹き荒れる低気圧による氷盤の震動をソナーが検知し続けていて、天候の面からも航空機が使えないのは容易に推測できる。空からも海からも米軍が動けないのなら、彼らを救出できるポジションにいるのはチェリャビンスクだけだ。

そしてソーヴェスチ（良心）とは名ばかりの悪意の産物によって生死の境に立たされている探査チームの隊員を救出する道義的責任がチェリャビンスクにはある。迷うことなくカレリンは言った。

「魚雷発射の準備をしてくれないか」

「なにを考えているんですか？」

オルロフが慌てて問いかける。司令室の全員が、驚きを隠さずカレリンに目を向けた。

10

横倒しになった雪上車から這い出して、全員が無事だったことを確認し、郷田は深い溜息を吐いた。それは安堵の溜息ではなく絶望の溜息だった。

片側のキャタピラが外れ、車体の傍らには二メートルほどの氷塊の山がある。ジェイソンの話では、五〇センチほどの氷丘を乗り越えている最中に突然それが車体を突き上げるように盛り上がり、バランスが崩れて雪上車は横転したという。このあたりもいよいよ乱氷帯に呑み込まれようとしているらしい。

幸いジェイソンが素早くクラッチを切ったため大きな事故には至らず、全員が擦り傷や軽い打撲程度で済んだが、積んでいる荷物と燃料を加えて一〇トン余りある雪上車を立て直そうという気にはもうなれない。外れたキャタピラを再装着する作業も、この寒気と強風のなかではあまりに困難だ。そもそもグローバルホークが撮影したレーダー画像を見てしまった以上、すでに希望は完膚なきまで打ち砕かれている。

情け容赦なく吹きつけるマイナス数十度の寒風に堪えられず、横倒しになった車内に全員が潜り込む。各自がなんとか居場所を確保して、ハッチを閉めると、車内にはまだエンジンの暖気が残っていた。燃料があるあいだはエンジンをアイドリングさせておけば、凍てつく寒気からは身を守れる。

しかし急速に荒れだしている氷盤が崩壊に至るのはおそらく時間の問題だ。高温の海流はすでにこのあたりに達しているのだろう。ヘッドライトで照らし出された視界のあちこちで、盛り上がった氷丘に亀裂が生じ、断層となってせり上がり、プレッシャーリッジとは異なる鋭角的な氷の峰が形成されている。

氷塊同士が擦れ合って軋むような音が氷盤を伝わって耳に届き、ときに氷盤そのものが揺れ動く。氷盤の状態が一気に悪化しているのは間違いない。その状況を、ジェイソンはアレックスに報告した。困惑を露わにアレックスは応じた。

「天候が回復してくれればいいんだが。救難用の輸送機は準備万端整っている」

「だからといって、おれたちが囲まれている乱氷帯の、いったいどこに着陸しようと言うんだよ」

「グローバルホークが撮影した画像で見ると、極点近くにはまだ安定した氷盤がある。輸送機にヘリコプターを積んでいき、それで救出に向かうつもりだ。C130ならローターを折りたためば十分積み込める」

「いつ飛んでくる？」

「あすの午後には天候が回復する見込みだ。そのときは遅滞なく作戦に移る」

「いい作戦だな。つまりおれたちは、北極海の海の底で救難ヘリの到着を待つわけだ」

「それほど状況は悪いのか」

「それはあんたたちがよく知ってるじゃないか。雪上車が使えたとしてもすでに八方塞がりだ。北極海にいる弾道ミサイル搭載型の原潜は使えないのか」

「それも検討したが、攻撃型であれミサイル搭載型であれ、乱氷帯をぶち抜いて浮上すれば艦橋が破損して航行不能になる。浮上可能な開氷面がその周辺には見つからない」

「わかったよ。できない言い訳はもう沢山だ。おれたちは残された時間を無駄にしないで、せいぜい遺書の作成に専念するよ」

ジェイソンは強烈な皮肉を返すが、それがあながちジョークとは言えないところが痛切だ。押し黙るアレックスに代わって、日本語で語りかける水沼の声が流れてきた。

「郷田くん。君にも峰谷くんにも山浦くんにも、私は合わせる顔がない。いまはただ嵐が去るまで君たちが無事でいてくれることを祈るだけだ。ここで楽観的なことを言っても、君たちからすれば無責任な他人ごとにしか聞こえないだろう。しかし諦めないで欲しい。天候が回復に向かっているのは間違いない。君たちが生還することを私は信じている。信じる以上のことができない自分に忸怩たるものを禁じ得ないが、それでも君たちの魂の強さを私は信じている」

水沼の声に嗚咽が交じる。万感の思いで郷田は言った。

「社長には感謝の言葉もありません。希望は決して捨てません。ここまで生き延びてきた努力を無駄にする気はありません」

「そのとおりだ。諦めたときが敗北だ。絶望するのはまだ早い」

そういう水沼の声に、郷田は隠しようのない諦念を感じとった。語っている言葉とは裏腹に、郷田もまた抑えがたい絶望感に打ちひしがれている。

通話を終えると、車内は重苦しい空気に包まれた。さすがに峰谷も言葉を失っている。東京の自宅で待つ恭子と美花の顔が瞼に浮かぶ。いまも二人は郷田の生還を信じて待っている。自分の生死の問題以上に、その期待に応えられなかったことがやるせない。それは峰谷や山浦にしても同様だろう。

そのときなにかが爆発したような、重く鈍い音が窓ガラスを震わせた。雪上車の車体が激しく揺れた。雪上車がというより、氷盤全体が地震のように揺れている。

ほどなく氷盤の揺れは収まった。五分ほどして、フロントウィンドウ越しに外を覗くと、北西方向の水平線近くに星が見える。天候が回復したのか。いや星ではない。人工物を思わせる緑と赤と白の明るい輝点――。驚きを隠さずジェイソンが言う。

「航海灯だよ。どうしてこんなところに?」

船舶の夜間の衝突防止のために国際法で義務付けられている装備が航海灯だ。このあたりにいる可能性のある船舶といえば、思い当たるのは――。

まさかと思いながら様子を窺っていると、こんどはさらに明るい光が灯った。それがしきりに明滅し、長い点灯と短い点灯を繰り返す。郷田の肩越しに外を覗き込み、山浦が声を上げる。

「あれはモールス信号ですよ」

「わかるのか?」

郷田が訊くと、山浦は頷いた。

「アマチュア無線に夢中になっていたとき勉強しました。ちょっと待ってください」

山浦は手近に散らばっていた紙片を手にとって、信号の内容を書き留める。五分ほどで転記を終え、山浦はそれを読み上げた。

「こちらロシア海軍の潜水艦、チェリャビンスク。あなたたちを救出する用意がある。国際VHFの16チャンネルで応答されたし」

国際ＶＨＦの16チャンネルは国際条約で定められた船舶の緊急通報用の周波数帯だ。山浦が戸惑いを露わに問いかける。

「どうしますか？」

躊躇することなく郷田は応じた。

「すぐ応答してくれ。奇跡が起きたと信じるしかない」

ジェイソンも頷いた。

「当然だ。信じればチャンスがある。疑えばすべてが終わる」

11

国際ＶＨＦによる交信では艦長のアレクセイ・カレリン本人が応答し、詳細についてはチェリャビンスクに移乗してから話す、いまは急を要する状況で、退避が遅れれば郷田たちはもちろん、チェリャビンスク自体も危険な状況に陥るからと切迫した調子で訴えた。

その説得には誠意が感じられた。生還できる希望はすでにゼロだった。ジェイソンが言うとおり、まさに疑えばすべてが終わる状況だった。インマルサット端末をふくむ最小限の荷物をまとめ、約一〇〇メートル先に浮上しているチェリャビンスクに全員が移乗した。チェリャビンスクはただちに潜航しその場を離れた。潮流はすこぶる速く、のんびりしていたらせっかくの開氷面がまた氷塊で埋まってしまう惧れがあるとのことだった。

艦内ではカレリンを含む乗員たちが食事や飲み物を用意して歓待してくれた。アーロンは彼らを無慈悲な殺戮を厭わない悪魔の手先だと信じていた。一時は郷田もそんな考えに傾きかけた。その原潜の乗員が、自分たちの無事を手放しで喜んでくれていることに、郷田は当惑し、心を揺さぶられた。

救出に至った経緯については、カレリン自ら説明してくれた。グローバルホークが得た画像情報は二次元の情報だが、最新型のソナーによる解析ではより三次元に近い情報が得られるらしい。それによれば、郷田たちがいる氷盤は著しく危険な状態にあり、そのままでは一気に崩壊する惧れがあった。やむなくとったのが氷盤の直下で魚雷を爆発させ、浮上可能な開氷面をつくるというものだった。

郷田たちに被害が及んではまずいし、かといってあまり離れた場所では乱氷帯に隔てられて移乗が困難になる。どの深度で起爆するかも重要な要素で、水雷担当士官を中心に綿密に検討し、炸薬量を調整し、詳細なプログラムを作成した。目標の氷盤直下三〇〇メートルまで急速潜航し、そこから放った魚雷は目標のポイントに十分な開氷面をつくった。一つ間違えば郷田たちのいる氷盤を破壊しかねない、まさに水際立った作戦だった。

チェリャビンスクはこれから母港のムルマンスクに帰投するが、郷田たちをそちらには同行できない。天候が回復したら北極海のどこかで米軍側の救難チームにバトンタッチしたいというのがカレリンの意向だった。その理由についてカレリンは多くを語らなかったが、郷田たちにしてもそのほうがありがたい。

　チェリャビンスクが郷田たちを追尾していた理由についても、カレリンは軍事上の機密事項だとして一切語らず、もう一隻の原潜についても同様だった。しかしロシアの原潜が理由もない行動をするはずがないし、それが当初から郷田たちを救出するためだったとも思えない。

　乗船していた軍医は郷田たちを診察し、白血球やリンパ球の減少、吐き気や倦怠感など臨床的な症状の有無を確認し、いまのところ急性の放射線障害は出ていないと診断した。もちろんこれから時間が経ってなんらかの症状が出ることもあるので、本国に帰還してから精密な検査を受けるべきだと警告した。

　危険な乱氷帯のある海域からしばらく南下し、小さなリードを見つけたところで、カレリンは海上にアンテナケーブルを出してくれた。通信担当士官はそのアンテナに郷田たちのインマルサット機器を接続した。ロシア版の衛星通信システムはアンテナの仕様に関してはインマルサットと互換性があり、若干の調整をすれば交信が可能だという。

　退避したときは分秒を争う状況で、アレックスに連絡を入れる暇もなかった。さっそくジェイソンが状況を報告すると、アレックスは不安を隠さなかった。命を救われたまではよかったが、相手はロシアの原潜で、けっきょく捕虜にされてロシア本国に連れ去られるのではないか――。割りきった調子でジェイソンは応じた。

「なんであれ、いまおれたちが生きているのはチェリャビンスクのお陰だ。言いたくはないが、あんたたちに任せていたらいまごろは海の底だった。それに――」

カレリンとすでに打ち合わせをしていた、救難活動を米軍側に移管するための段どりをジェイソンは説明した。チェリャビンスクはこれから南下して、浮上可能な開氷面を見つけて待機する。アラートから飛来する輸送機が氷盤の安定した極点近くに着陸して、積んできたヘリがそこから救出に向かう――。それはアレックスたちが想定していた救出のシナリオとほぼ一致するものだ。

ボブ・マッケンジーを介してペンタゴンと協議するとアレックスはいったん話を引き取ったが、これまでの動きの悪さとは打って変わって、三十分もしないうちに連絡を寄越した。アラートで待機するアラスカ州兵空軍部隊はさっそく準備に入り、バルネオ・アイスキャンプとも連絡をとりながら、氷盤の安定した着陸候補地を選定するという。

ボブ・マッケンジーは、チェリャビンスクの行動は自分のプッシュが功を奏し、米国務省がロシア政府を動かした結果だと鼻高々らしい。しかしそのことを確認すると、カレリンは言下に否定した。探査チームの救出に乗り出したのはあくまで海に生きる人間のモラルに従ったもので、この件については司令部からいかなる命令も受けていないと断言した。

12

翌日の午後三時。晴れ渡った空の一角に小さな黒い点が現れ、それが次第に大きくなる。かすかな爆音がやがて耳を劈く轟音に変わり、米軍の救難ヘリHH60が頭上に飛来した。間もなく到着するとの連絡を受け、郷田たちはチェリャビンスクの上甲板で待機していた。艦内滞在中に気持ちの通いあった士官や下士官も見送りのために集まってくれている。

ヘリは艦の上空でホバリングし、救難用のハーネスをセットしたワイヤーを下ろす。峰谷、山浦、サミー、ジェイソンが、乗員たちと名残惜しそうに握手を交わして移乗する。全員が移乗したのを確認して、居並ぶ士官や下士官に心からの礼を言い、郷田もハーネスに身を預けた。

艦橋で見送るカレリンとオルロフの姿が見える。上甲板に整列した士官たちと艦橋に立つカレリンたちがいっせいに敬礼をする。万感の思いとともに郷田も手を振った。

すべてはロシアが仕掛けた前代未聞の悪行から始まった。アーロンとチャーリーが命を失い、郷田たちも死の淵に立たされた。そこから救ってくれたのが、アーロンが悪魔と呼んだロシア人であるカレリンやバルネオのペトロフたちだった。

アメリカとロシアの国益を懸けた綱引きはまだまだ序の口かもしれない。北極をめぐる国家同士の利害の相克のなかで、郷田たちを救ってくれたのは、そんな利害とは無縁の、人としての矜持を失わない人々だった。水沼もアレックスも力を尽くしてくれた。ボブ・マッケンジーも、官僚という立場でできる限りのことはしてくれたものと信じたい。しかしそれでも世界はおそらく変わらない。そんな人々の力によって自分たちが生き延びたことが、世界にとってなんのプラスにもならなかったとしたらそれも虚しい。

約一時間の飛行で、ヘリは橇付きのC130が駐機している北緯八八度の氷盤上に到着した。待ちかねていた水沼と綿貫が白い息を吐きながら駆け寄ってきた。

「元気なのか。体調に異常はないか」

喜びと不安がない混ぜになったような調子で水沼は問いかける。胸に迫るものを覚えながら郷田は言った。

「ご心配をおかけしました。いまのところ、全員異常はありません。チェリャビンスクの軍医もそう言っていました」

「それはよかった。いや、精密な検査をするまでは安心はできないが、なにはともあれ生きて還ってくれたことが嬉しいよ」

水沼は感極まったように言う。綿貫も興奮を隠さない。

「お帰りなさい。みんな無事でよかった。でも僕は信じていたんです。郷田さんたちは必ず奇跡を起こすと」

「おれたちが起こしたんじゃないよ。奇跡は氷の下からやってきたんだ」

カレリンへの感謝の思いを込めて郷田は言った。傍らで水沼がかぶりを振る。

「それだけじゃない。最後まで希望を捨てずに闘い続けた君たちが奇跡を招き寄せたんだ。けっきょく私たちはなにもできなかった」

「そんなことはありません。みなさんの励ましがなかったら、私たちははるか以前に気持ちが折れていたことでしょう。みなさんがいてくれたことが私たちの勇気の源でした」

傍らに立つ大柄な人物にジェイソンが皮肉を言う。

「そのとおりだよ、アレックス。あんたたちはなにもできなかったが、その不甲斐なさへの怒りがおれのエネルギー源だった。生きて還って一言嫌味を言ってやるためにおれは気持ちを奮い立たせたんだ」

「きついことを言うなよ。なにはともあれ無事に還ってくれて本当によかった。ボブだって体面を保てただろう。いや逆に面目丸潰れかな。ロシアの原潜一隻がやってのけたことを、米軍が総掛かりでもできなかったわけだから」

アレックスも感無量の表情だが、嫌味ではジェイソンに負けてはいない。その傍らにいる小柄な男が気色ばむ。

「米軍だってあの猛低気圧には勝てないよ。弾道ミサイル搭載型原潜は、構造的に魚雷で氷盤に穴を開けるなんて芸当はできないんだよ」

「わかってるよ。あんたもそれなりに頑張った。しかしあんたの力じゃ山を動かせなかった。もうペンタゴンには見切りをつけたらどうだ。なんならうちの会社にそれなりのポストを用意してやるぞ」

アレックスが宥めるように言う。殊勝な口振りでボブは応じる。

「アーロンのことではみんなに迷惑をかけた。ペンタゴンに限らず、連邦政府の姿勢にもうんざりした。もしゴウダたちが生きて還れなかったら、国家による不作為の片棒を担がされたところだった。その提案については、これからじっくり考えさせてもらうよ」

周囲にいるアラスカ州兵空軍の将兵たちの耳を憚(はばか)りもせず、ボブはまんざらでもない様子だ。

そのとき綿貫のインマルサット端末の呼び出し音が鳴った。綿貫はそれに応答し、しばらくやりとりしてから、郷田に端末を手渡した。

「東京の奥さんからです。山浦くんと峰谷さんのご家族ともこのあと繋がります」

端末を受けとり、郷田は穏やかに語りかけた。

「おれだよ。心配をかけたね。いまは安全な場所にいる。これから米軍の輸送機でエルズミーア島のアラートに向かう。やっと足の下に地面がある場所に戻れるよ」

嗚咽交じりの恭子の声が流れてきた。

「あなた。生きてるのね。本当なのね。でも信じていたのよ。生きて還ってくれるって。必ず約束を守ってくれるって。水沼社長からも何度も電話をもらったわ。これまでどんな困難もあなたは乗り切ってきた。だから今度だって必ず還ってくるって。私には信じることしかできなかったけど、でもあなたも水沼社長も嘘は吐かなかった。いますぐそこへ飛んで行きたいわ。でもそこは私が行けるような場所じゃないわよね」

「来られるよ。毎年春先に北極点のすぐ近くに、今回おれたちを助けてくれたロシアの団体がキャンプを設営する。氷が融け始めるまでの三週間だけだが、空港もあればホテルもある。日本からの観光ツアーもあると聞いている。来年はその時期に休暇をとって、家族三人で遊びに来よう」

スピーカーフォンモードを使っているのだろう。娘の美花の声が割り込んでくる。

「本当、パパ？　美花も連れてってくれるの？　北極ってすごく寒いんでしょ。でもパパと一緒だったら安心だよね。ものすごい嵐でも助かったんだから。パパを信じなさいって、ママはずっと言ってたの。本当にそのとおりになったわ」

美花は過呼吸に陥ったように息を弾ませる。深い思いを込めて郷田は言った。

「でも、生きて還れたのはパパだけの力じゃないよ。みんなが力を合わせて頑張ったし、何人もの人がパパたちを助けるために努力してくれたんだ。そんな人たちみんなに感謝しなくちゃね」

13

チェリャビンスクによる救出劇は、美談として世界のメディアが大きく報道した。しかしロシアだけは沈黙した。米ロが水面下でどう手打ちをしたのか知らないが、その後、イタルタス通信は、ソーヴェスチの開発計画の中止をわずか数行の短信で報じた。

アメリカが目指していた対ロ制裁の国連決議は、ロシアの拒否権発動によって成立しなかった。その場合は独自制裁も辞さないと予告していたアメリカはその後なんの動きも見せず、ソーヴェスチを巡る騒動はなにごともなかったように沈静化した。そんな流れを見れば、ペンタゴン内部で語られていたという、米ロの密約を疑わせる噂には信憑性がある。

海洋学者の見解によれば、爆発地点とみられる場所に生じた巨大な開氷面は、今後数年でもとの厚さの氷盤に戻るという。一方ロシアは懲りることもなく、新たに北極海の海底に長大なパイプライン網を建設する計画をぶちあげた。世界の自然保護団体はこぞって反対しているが、領海にパイプラインを敷設するのは主権国家の当然の権利だとして撤回する姿勢を見せず、アメリカを始めとする北極海沿岸諸国もなぜか静観しているらしい。

国際政治の表舞台では、脱炭素社会の実現に世界が一丸となっているかに見えるが、その背後で、北極海という宝の海に埋蔵されている膨大な化石燃料に、各国がいまも食指を動かしているのは間違いない。

　米本国に戻り、専門の医療機関で検査を受けた結果、ソーヴェスチのフォールアウトによる被曝は深刻な障害を残すものではなかった。爆発直後に米軍の調査機が収集したデータが不正確だった可能性があり、そのためスパコンに入力したパラメーターに誤りがあって、実際に曝露された放射線量は当初の計算より遥かに少なかったという。


　日本へ帰国して二ヵ月ほどして、思いがけない人物から手紙が届いた。ジオデータ気付けで送られてきたもので、差出人はアレクセイ・カレリン。肩書はロシア海軍の軍人ではなく、民間の海運会社の役員になっていた。

　そこでカレリンが語った驚くべき事実に郷田は震撼した。自分たちの足の下の海中で起きていた驚愕の事態を、カレリンは赤裸々に明かした。そのすべてがロシア海軍司令部の意思によるもので、とりも直さずそれはロシアの最高権力者の意向を受けてのものなのは間違いないと断言した。

　自らの一連の行動は反逆罪に問われるものと覚悟していたが、郷田たちの救出が人道的な行為として世界から称賛された。ロシア政府はなんのコメントもしなかったが、そのニュースはロシア国内でも話題になった。その彼を軍事法廷で訴追することは、ロシア政府の隠された意図を明かすことにも繋がる。それを惧れた海軍司令部は、訴追はしない代わりに自己都合による退役を勧告したと言う。

カレリンとしては軍事法廷ですべての事実を明らかにする覚悟だったが、その場合は部下たちにも累が及ぶ。そのことを思い、カレリンは取引に応じた。しかし自分が世界のメディアでヒーローとして扱われたことにいまも強い違和感を抱いており、せめて郷田には真実を知ってもらいたいと手紙をしたためたとのことだった。

「ソーヴェスチが引き起こした一連の事態については、アメリカ側も曖昧なまま沈静化することを願っていると信じる根拠があります。国家というものがときに人類に対する恐るべき凶器となることを、私たちは決して忘れてはならないでしょう。祖国が行った非人道的な犯罪によってあなたたちに生死の境をさまよわせたことを、私は一人のロシア人として恥じています。そしてあなたたちとの出会いが、残りの人生に課せられたかもしれない魂の苦役から私を解放してくれたことに感謝しています」

カレリンはそんな言葉で手紙を締め括っていた。

この作品は2021年8月徳間書店より刊行されました。
なお、本作品はフィクションであり実在の個人・団体などとは一切関係がありません。

徳間文庫

アイスクライシス

2023年3月15日 初刷

著者 笹本稜平（ささもとりょうへい）
発行者 小宮英行
発行所 株式会社徳間書店
東京都品川区上大崎三―一―一 〒141―8202
目黒セントラルスクエア
電話 編集〇三（五四〇三）四三四九
販売〇四九（二九三）五五二一
振替 〇〇一四〇―〇―四四三九二
印刷 大日本印刷株式会社
製本

ISBN978-4-19-894838-2 （乱丁、落丁本はお取りかえいたします）

触法少女誘悪　ヒキタクニオ
天空の犬　樋口明雄
ハルカの空　樋口明雄
クリムゾンの疾走　樋口明雄
逃亡山脈　樋口明雄
風の渓　樋口明雄
異形の山　樋口明雄
ドッグテールズ　樋口明雄
それぞれの山　樋口明雄
ジェームス山の李蘭　樋口修吉
ラスト・ラブレター　樋口修吉
テロルのすべて　樋口毅宏
そのときまでの守護神　日野草
卑怯者の流儀　深町秋生
ヒステリック・サバイバー　深町秋生
ゴルゴタ　深見真
審判　深谷忠記
目撃　深谷忠記
立証　深谷忠記

黙秘　深谷忠記
影の探偵　藤田宜永
劇場版シティーハンター〈新宿プライベート・アイズ〉　原作 北条司　脚本 加藤陽一　著者 福井健太
罠に落ちろ　藤田宜永
ブルーブラッド　藤田宜永
去り際のアーチ　本城雅人
魔弾　松浪和夫
ワンショットワンキル　松浪和夫
化石少女　麻耶雄嵩
殺人鬼フジコの衝動　真梨幸子
インタビュー・イン・セル　真梨幸子
パリ警察1768　真梨幸子
5人のジュンコ　真梨幸子
坂の上の赤い屋根　真梨幸子
M.G.H. 楽園の鏡像　三雲岳斗
海底密室　三雲岳斗
上野の仔　三咲光郎
クレインファクトリー　三島浩司
助っ人刑事　南英男

突変　森岡浩之
異境の水都　森岡浩之
優しい煉獄　森岡浩之
地獄で見る夢　森岡浩之
ある実験　両角長彦
フィードバック　矢月秀作
紅い鷹　矢月秀作
紅の掟　矢月秀作
紅い塔　矢月秀作
カムイの剣　矢野徹
夜の塩　山口恵以子
妖鳥　山田正紀
囮捜査官北見志穂〈1～4〉　山田正紀
夏の探偵は学生しかしない　山本豪志
朽ちないサクラ　柚月裕子
闇狩り師1　夢枕獏
闇狩り師2　夢枕獏
蒼獣鬼　夢枕獏
黄石公の犬　夢枕獏

崑崙の王〈上下〉 夢枕 獏
荒野に獣 慟哭す〈1～5〉 夢枕 獏
月 神 祭 夢枕 獏
ハイエナの夜 夢枕 獏
混沌の城〈上下〉 夢枕 獏
月に呼ばれて海より如来る 夢枕 獏
【コミック版】
荒野に獣 慟哭す1～5 夢枕獏原作 伊藤勢漫画
闇狩り師 キマイラ天龍変 夢枕獏原作 伊藤勢漫画
顔 FACE 横山秀夫
七人の天使 六道 慧
ペルソナの告発 六道 慧
反撃のマリオネット 六道 慧
キメラの刻印 六道 慧
ラプラスの鬼 六道 慧
警察庁広域機動隊 六道 慧
ダブルチェイサー 六道 慧
医療捜査官 一柳清香 六道 慧
トロイの木馬 六道 慧
塩の契約 六道 慧

警視庁特殊詐欺追跡班 六道 慧
サイレント・ポイズン 六道 慧
製造迷夢 若竹七海
慶喜暗殺 阿井渉介
鬼はもとより 青山文平
氏真、寂たり 秋山香乃
先生のお庭番 朝井まかて
御松茸騒動 朝井まかて
雲上雲下 朝井まかて
家光の遺言 麻倉一矢
真田家の野望 麻倉一矢
火炎の乱 麻倉一矢
てしごと あさのあつこ他
北天に楽土あり 天野純希
けんか凧 井川香四郎
天 翔 る 井川香四郎
はぐれ雲 井川香四郎
荒鷹の鈴 井川香四郎
山河あり 井川香四郎

不知火の雪 井川香四郎
怒濤の果て 井川香四郎
海峡遙か 井川香四郎
赤銅の峰 井川香四郎
嫁入り桜 井川香四郎
万里の波 井川香四郎
天守燃ゆ 井川香四郎
栄華の夢 井川香四郎
龍雲の群れ 井川香四郎
虎狼吼える 井川香四郎
黄金の峠 井川香四郎
雲海の城 井川香四郎
暴れ旗本天下御免 井川香四郎
殿様商売 井川香四郎
もんなか紋三捕物帳 井川香四郎
賞金稼ぎ 井川香四郎
守 銭 奴 井川香四郎
泣かせ川 井川香四郎
別子太平記〈上下〉 井川香四郎

島津三国志　井川香四郎
大久保家の人々　井川香四郎
野望の憑依者　伊東潤
問答無用　稲葉稔
三巴の剣　稲葉稔
鬼は徒花　稲葉稔
亡者の夢　稲葉稔
孤影の誓い　稲葉稔
雨あがり　稲葉稔
陽炎の刺客　稲葉稔
流転の峠　稲葉稔
凄腕見参！　稲葉稔
難局打破！　稲葉稔
遺言状　稲葉稔
騙り商売　稲葉稔
沽券状　稲葉稔
竜門の衛　上田秀人
孤狼剣　上田秀人
無影剣　上田秀人
波濤剣　上田秀人
風雅剣　上田秀人
蜻蛉剣　上田秀人
悲恋の太刀　上田秀人
不忘の太刀　上田秀人
孤影の太刀　上田秀人
散華の太刀　上田秀人
果断の太刀　上田秀人
震撼の太刀　上田秀人
終焉の太刀　上田秀人
潜謀の影　上田秀人
奸闘の緒　上田秀人
血族の澱　上田秀人
傾国の策　上田秀人
寵臣の真　上田秀人
鳴動の徴　上田秀人
流動の渦　上田秀人
騒擾の発　上田秀人
登竜の標　上田秀人
君臣の想　上田秀人
日輪にあらず　軍師黒田官兵衛　上田秀人
大奥騒乱　上田秀人
政争　上田秀人
戸惑　上田秀人
崩落　上田秀人
策謀　上田秀人
混乱　上田秀人
相嵌　上田秀人
仕掛　上田秀人
混沌　上田秀人
続揺　上田秀人
決別　上田秀人
偽計　上田秀人
継争　上田秀人
峠道　鷹の見た風景　上田秀人
御楯　上田秀人
破矛　上田秀人
傀儡に非ず　上田秀人